Rose Bloom

Zwei Wochen im Sommer

Die Autorin

Rose Bloom ist das Pseudonym einer in Frankfurt aufgewachsenen Autorin, die es schon immer liebte zu lesen und in andere Welten und Leben abzutauchen. Bereits in ihrer Kindheit schrieb sie Kurzgeschichten, doch diese eher für ihre eigenen Bücherregale. Anfang 2016 fasste sie den Mut und veröffentlichte ihr erstes Buch im Selbstverlag. Seitdem vergeht kein Tag, an dem sie nicht mindestens ein Wort zu Papier bringt.

Das Buch

Zwei Männer, die unterschiedlicher nicht sein könnten – doch wer ist der Richtige für Lena?

Als Lena von ihrem Jugendfreund Eric verlassen wird, bricht für sie eine Welt zusammen. Um wieder einen klaren Kopf zu bekommen, reist sie kurzentschlossen mit ihrer besten Freundin nach Gran Canaria. Dort lernt sie den Sunny Boy Dominik kennen. Dominik ist das komplette Gegenteil von Eric: Er sucht das Abenteuer und lebt in den Tag hinein. Als erfolgreicher Motorradrennfahrer kann er sich das auch leisten. Zwischen den beiden entspinnt sich eine Urlaubsromanze. Doch Dominiks Lebensstil ist nichts für die sicherheitsliebende Lena. Und als sie nach zwei Wochen nach Hause zurückkehrt, wartet Eric schon mit einer Entschuldigung auf sie. Drei Jahre später treffen sich Lena und Dominik zufällig wieder – Lena ist inzwischen mit Eric verlobt. Doch sie hat Dominik nie wirklich vergessen …

Rose Bloom

Zwei Wochen im Sommer

Roman

FOREVER

MIX
Papier aus verantwortungsvollen Quellen
FSC® C083411
www.fsc.org

Originalausgabe bei Forever
Forever ist ein Digitalverlag
der Ullstein Buchverlage GmbH, Berlin April 2017

Umschlaggestaltung: zero-media.net, München
Titelabbildung: © FinePic®
Satz: Pinkuin Satz und Datentechnik, Berlin
Druck- und Bindearbeiten: CPI books GmbH, Leck
ISBN 978-3-95818-906-5

Gewohnheiten geben uns Sicherheit,
dass unsere Welt vertraut bleibt.
Doch manchmal ist es unvermeidbar, seine Welt zu ändern,
damit sie sich wieder in die richtige Richtung drehen kann.

Kapitel 1

Der Stoff raschelte laut bei jeder Bewegung, fast bei jedem Atemzug, den ich machte. Mein Puls beschleunigte sich. Es fühlte sich an, als hätte die Verkäuferin die Schnürung am Rücken des Kleides viel zu fest gezogen, so dass ich keine Luft mehr bekam. Tief sog ich den Atem durch den Mund ein, stieß ihn wieder aus und sah in den breiten Spiegel vor mir. Der Ausdruck in meinen grünbraunen Augen machte mich unsicher, und ich wandte den Blick ab.

»Es ist wunderschön! Du siehst aus wie eine Prinzessin!«

»So muss das aussehen! Na also!«, hörte ich die schnatternden Stimmen hinter mir, die sich vor Begeisterung nicht zurückhalten konnten.

Ich blickte erneut auf mein Spiegelbild. Das war nicht ich. Das wollte ich nicht sein.

»Alles okay?«

Ich spürte Selinas warme Hand auf meiner nackten Schulter und drehte meinen Kopf in ihre Richtung.

»Ja, klar …«

»Dreh dich doch mal, Schätzchen!«, sagte meine zukünftige Schwiegermutter Simone, und ich folgte langsam ihrer Bitte. Anders als langsam konnte ich mich in dem Alptraum aus cremefarbenem Tüll auch nicht bewegen. Der Reifrock war doppelt so breit wie ein Hula-Hoop-Reifen. Ich würde mit dem Teil den gesamten Boden im Standesamt wischen. Total übertrieben!

Simone klatschte erfreut in die Hände, und auch meine Mutter strich sich eine Träne aus dem Augenwinkel.

»Ich glaube, das ist es nicht«, stellte ich leise fest und sah, wie den beiden Frauen die Gesichtszüge entgleisten.

»Aber das ist doch das Schönste von allen!«, sagte Simone mit aufgerissenen Augen und fasste sich angespannt an ihre perfekte, haarspraygefestigte Hochsteckfrisur. Niemals hatte ich auch nur eine einzige Strähne ihres blonden Haars abstehen sehen. Selbst die würden sich nicht trauen, sich Simone zu widersetzen. Sicherlich schlief sie sogar mit dieser Frisur, und sah am nächsten Morgen genauso aus wie am Abend zuvor.

»Die waren vom Stil her auch alle gleich. Ich würde gerne noch etwas Unauffälligeres anprobieren.«

»Unauffällig? Du bist die Braut! Wenn jemand auffallen sollte, dann du!«, stellte meine Mutter bestürzt fest.

»Und die Braut sollte auch das letzte Wort haben!«, donnerte Selina und stemmte ihre Hände in die Hüften. Ich wusste, es war keine gute Idee gewesen, Simone und meine Mutter mitzunehmen. Selina dagegen war wie immer eine riesige Hilfe. Meine beste Freundin hatte mir genau angesehen, dass ich mich unwohl fühlte, und ich war ihr wieder einmal unendlich dankbar dafür.

Simone japste nach Luft und meine Mutter wurde bleich im Gesicht. Selina schüttelte ungläubig den Kopf, schnappte sich ein Sektglas, welches auf einem Tischchen neben der Sitzgruppe stand, und schob mich zurück in die Kabine. Glücklicherweise war die auf Ungetüme wie dieses Kleid ausgelegt und bot genügend Platz, dass Selina und ich zusammen hineinpassten. Mit einem Grummeln zog sie den Vorhang zu und drückte mir das Glas in die Hand. »Trink!«

Das ließ ich mir nicht zweimal sagen. Ich leerte es in einem Zug. Es war trotzdem viel zu wenig und half nicht gegen die aufkommende Panikattacke. Wenn ich die überstehen wollte, brauchte ich etwas Härteres als Sekt. Vielleicht hatten die hier auch Schnaps auf Lager? Ich war doch sicherlich nicht die einzige Frau, die in dieser Situation harten Alkohol benötigte.

Selina nahm mir das Glas aus der Hand und stellte es neben uns auf den Boden. »Bist du dir sicher?«

»Mit dem Kleid? Ja, ich finde es furchtbar!«, sagte ich. Selina kicherte.

»Stimmt, es ist echt hässlich. Hast du gesehen, dass es sogar eine Schleife am Po hat?«

»Was?«, rief ich aufgebracht und verrenkte mich, um meine Rückseite sehen zu können.

Selina berührte mich an der Schulter und strich mir fürsorglich eine braune Haarsträhne nach hinten. »Aber eigentlich meinte ich nicht das Kleid, sondern das alles hier.«

»Wie alles?« Ich verstand nicht genau, was sie damit sagen wollte. Klar hatten Simone und meine Mutter sich die Planung meiner Hochzeit vollständig unter den Nagel gerissen, mit der Begründung, sie würden schließlich bezahlen. Trotzdem wollte ich sie deshalb nicht komplett in Frage stellen. Es war doch normal, dass Eltern so reagierten. Und dass ich nicht unbedingt der Typ war, der sich widersetzte, wusste Selina ebenfalls.

»Ach, die zwei fangen sich schon wieder. Sie sind halt aufgeregt, du kennst sie doch.«

»Ich meine nicht nur die beiden Drachen da draußen. Hast du es dir gut überlegt? Willst du wirklich heiraten?«

Stirnrunzelnd erwiderte ich den besorgten Blick, der mir aus Selinas grünen Katzenaugen entgegenschlug. »Natürlich. Also, ja … Eric und ich sind nun lange genug zusammen, oder? Schon seit ich denken kann.«

»Das stimmt so nicht«, sagte sie. Ich schüttelte den Kopf, hauptsächlich um die Erinnerungen zu vertreiben, die sie mit ihrer Aussage heraufbeschworen hatte.

»Es ist der logische Schritt.«

»Aber ist es auch der richtige?«, fragte meine Freundin.

Ich zupfte verlegen an dem Oberteil des Kleides herum. Ich wollte nicht darüber nachdenken, was sie meinte. Eric hatte sich vor drei Jahren einmal von mir getrennt, doch kurze Zeit später hatte er sich wieder gefangen. Ich liebte ihn immer noch, und er mich ebenso, also hatte ich ihn zurückgenommen. Wieso hätte ich mich quälen sollen? Oder einer Sache hinterhertrauern, von der ich sowieso nicht wusste, ob ich sie jemals bekommen würde?

»Da war mal jemand anderes, Leni«, sagte Selina liebevoll. Ich konnte ihren fürsorglichen Blick kaum ertragen. »Auch wenn du nicht mehr daran denkst, ich weiß es noch genau. Vielleicht könnte da jetzt sogar mehr sein, wenn du dich trauen würdest?«

»Mehr als was? Es gibt kein Mehr! Was soll das jetzt? Selina, nur weil du ernsthafte Probleme hast, an Hochzeit auch nur zu denken, muss das doch nicht für uns alle gelten!«

»Darum geht es doch gar nicht …«

»Doch! Darum geht es für mich gerade. Ich liebe Eric, natürlich will ich ihn heiraten. Er ist liebevoll und passt auf mich auf, er kümmert sich um mich. Das ist es, was ich brauche. Kein Abenteuer …«

»Aber Leni, geht das alles nicht irgendwie verdammt schnell? Vielleicht solltet ihr euch einfach noch ein bisschen Zeit lassen.«

»Ich bin sechsundzwanzig, wir wohnen nun seit über einem Jahr zusammen und es läuft großartig! Auf was soll ich denn warten?«

Selina nickte resigniert, denn sie hatte verstanden, dass es nichts brachte, mich überzeugen zu wollen. Meine aufbrausende Art ihr gegenüber tat mir schon ein bisschen leid. Sie meinte es nur gut. Sie war die Einzige, die es ernsthaft und selbstlos nur gut mit mir meinte. Bis auf Eric …

»Komm, dreh dich um, ich helfe dir aus dem Monsterkleid!«

Ich lächelte ihr dankbar zu und war froh, dass sie das Thema wechselte. Denn sie hatte mich in den letzten Wochen mit ihren Zweifeln massiv verunsichert. Aber nun war ich mir sicher. Eric und ich gehörten zusammen. Für immer.

Auch wenn die Gedanken an die Vergangenheit mich in den letzten Tagen einfach nicht losgelassen hatten.

Kapitel 2

3 Jahre zuvor

Ich sah auf den Boden zu meinen Füßen. Dort, wo mein Herz lag und um seine letzten Schläge kämpfte. Der Raum drehte sich. Alles, was ich bisher gekannt hatte, wirbelte um mich herum, um sich danach in Luft aufzulösen.

»Du willst was?« Meine Stimme klang leise, fast fremd. Eric tastete nach meinen Fingern, die verschränkt auf meinem Schoß lagen, aber ich entzog sie ihm und sah ihn eindringlich an. Vielleicht hatte er sich vertan? Einfach die falschen Worte gewählt. Mit meinem Blick in seine sorgenvollen blauen Augen versuchte ich, das eben Gesagte zu verstehen.

»Leni …«

»Nenn mich nicht so!«, fauchte ich ihn an, und er fuhr sich beschämt durch die blonden Haare. Ruckartig stand er auf und zog unruhige Kreise in meinem kleinen Wohnzimmer. Seine Schritte hallten über das hellbraune Laminat, bis sie auf dem grauen Teppich vor der Couch verstummten. Die Sonne, die durch die weißen Gardinen schien, war viel zu hell, viel zu strahlend, und stand damit im krassen Gegensatz zu dem Sturm, der in mir tobte.

Ich zog die Beine an, umschlang sie mit meinen Armen und sah geistesabwesend durch den Raum. Er meinte es tatsächlich ernst …

»Es tut mir leid«, sagte er und blieb vor mir stehen.

»Was tut dir leid? Dass du mir an unserem Jahrestag verkündest, dass du eine andere Frau vögeln willst?«, schrie ich nun.

Er schüttelte den Kopf. Die Sitzfläche der Couch senkte sich ein Stück, als er sich eng neben mich setzte. »So ist es doch nicht. Len… Lena, ich hatte das nicht geplant. Ich will dich nicht verletzen!«

»Das fällt dir aber reichlich früh ein!« Nun traten doch Tränen in meine Augen und liefen mir vereinzelt die Wangen hinunter. Schniefend strich ich sie mit meinem Handrücken weg. Langsam gesellte sich Wut zu dem ersten Schock.

»Lena, wir sind quasi seit der Grundschule zusammen. Wir haben nichts kennengelernt außer uns, und …« Er verstummte, und ich wusste genau, was er sagen wollte. Er suchte das Abenteuer, er war einer der Männer, die mit dreiundzwanzig schon ihre Midlife-Crisis bekamen! Ganz große Klasse!

»Natürlich liebe ich dich, aber …«

Ich schnaufte bei dem Wort »aber«. Es brannte sich wie ein heißer Nadelstich in meinen Kopf. Aber lass uns Freunde bleiben. Aber wir können doch den Kontakt halten, dann kannst du immer sehen, wie gut es mir mit der anderen Tussi geht. Pff!

»Aber ich möchte nicht irgendwann aufwachen und mich fragen, ob ich etwas verpasst habe. Oder dich sogar noch mehr verletzen. Ist das denn so abwegig?«

»Liebst du sie?«, fragte ich, und meine Stimme brach.

Er seufzte und wandte den Blick ab. »Ich weiß es nicht …«

Schnell drehte ich meinen Kopf Richtung Fenster und betrachtete den Vogel, der davor seine Kreise zog. Mir würden gerade ebenfalls ein paar Flügel guttun, damit ich diesem Horror hier einfach entfliehen konnte. Wie hervorragend es sich anfühlen musste, so frei zu sein.

»Ich dachte, du hättest bei mir alles, was du brauchst«, sagte ich leise und spürte seine Finger auf meinen. Die gewohnte Berührung ließ mich zusammenzucken. Sie fühlte sich falsch an.

»Das dachte ich auch …«

***

»Erde an Lena!« Selina fuchtelte mit der Notfallanleitung vor meinen Augen herum und ich sah sie blinzelnd an. »Wo warst du denn jetzt gerade?«

Geräuschvoll stieß ich die Luft aus meinen Lungen und lehnte mich tiefer in den weichen Flugzeugsitz. »Ich hab nur kurz gedöst.«

»Mit offenen Augen?«, fragte meine beste Freundin und schüttelte ihre dichte schwarze Mähne. »Ich sehe es dir doch genau an. Hör jetzt endlich auf, dich immer wieder daran zu erinnern. Deshalb unternehmen wir schließlich diesen Trip! Damit du ihn vergisst und mal an dich selbst denkst!«

»Ja …«, sagte ich leise und sah aus dem ovalen Flugzeugfenster. Strahlend weiße Wolken schwebten wie Watte in der Luft, und ich erkannte darunter das dunkelblaue Wasser des Atlantiks.

»Es wird so toll! Gran Canaria! Strand, Cocktails, Männer in Badehosen und du hast auch noch bald Geburtstag!«

»Oh ja, wie toll«, antwortete ich mechanisch. Vor zwei Wochen, als Selina mich mit der Buchung überrascht hatte, hatte ich noch gedacht, ein Urlaub wäre eine gute Idee, um Abstand zu gewinnen. Mittlerweile war ich mir dessen nicht mehr so sicher. Doch ich schätzte an ihr, dass sie wenigstens versuchte, mich aufzuheitern. Auch wenn ich im Moment nicht gerade das Paradebeispiel für unterhaltsame Gesellschaft war.

»Du hast deine Ausbildung als Köchin in der Tasche, ich habe zwei ganze Wochen Urlaub von meinem bescheuerten Chef bekommen, was willst du mehr?«, plapperte sie weiter.

Ja, was wollte ich mehr? Vielleicht meinen Freund zurück, den ich liebte, der mir aber mit wehenden Fahnen und offener Hose das Herz aus der Brust gerissen hatte, indem er mich für eine andere verlassen hatte. Und was machte ich? Blies Trübsal, anstatt froh zu sein, dass ich diesen Blödmann los war!

»Isst du das noch?« Selina deutete auf das in Plastik eingepackte Brötchen auf dem kleinen Klapptisch, das unappetitlich vor mir lag und um Erlösung bettelte.

»Nee, kannst du haben.«

Sie griff hektisch danach und verspeiste es, als hätte sie tagelang nichts zu essen bekommen. Ich fragte mich ziemlich oft, wo sie diesen ganzen Fraß, den sie in ihren schlanken Körper stopfte, hinschob.

»Darf es noch etwas sein?« Die blonde Stewardess sah uns freundlich an. Ihr überschminkter Mund verzog sich zu einem Lächeln und entblößte strahlend weiße, gerade Zähne. So eine Frau hatte Eric bestimmt auch um ihren Finger gewickelt. Eine perfekte, hübsche, selbständige Frau. Die Stewardess ging mir schon die ganze Zeit auf die Nerven.

»Ja, zwei Sekt, bitte!«, bestellte Selina. Die Flugbegleiterin nickte und wühlte in ihrem Servierwagen. Triumphierend hielt sie uns die zwei kleinen Fläschchen hin. Die Deckel zischten, als wir sie öffneten, und wir stießen schwungvoll miteinander an, so dass der überschäumende Alkohol unsere Finger herablief.

»Auf einen Urlaub voller Spaß, Sonne und Erholung!«

Ich nickte zu Selinas Trinkspruch und setzte die Flasche an meine Lippen. Wenn es gar nicht anders ging, würde ich meinen Verstand eben mit Alkohol betäuben, bis Selina ihre Euphorie ein wenig gezügelt hatte. *Wenn* sie das überhaupt konnte. Ansonsten würde meine Leber nach diesem Urlaub sicherlich wochenlang stinksauer sein.

***

»Ist es hier nicht großartig!« Selina strahlte, und ich musste ihrem breiten Grinsen unvermittelt zustimmen.

»Hast du gut gemacht«, lobte ich und zwinkerte ihr zu. Wir standen vor der Rezeption und warteten, bis die Mitarbeiterin unsere Schlüsselkarten vorbereitet hatte. Das Hotel lag in grüner Wildnis, laut zirpende Grillen hatten unseren Weg von der Bushaltestelle bis zum Eingang begleitet. Die Sonne schien trotz April warm von dem blauen, wolkenlosen Himmel. Selina konnte froh sein, dass sie das Schnäppchen hier gefunden hatte. Vier Sterne zum Sonderpreis. Sie hatte direkt zugeschlagen, ohne mich auch nur zu fragen.

Aber nun war ich doch irgendwie froh. Es war ein luxuriöses, nicht zu großes Hotel. Das längliche Gebäude lag direkt am Strand, war aber nur drei Stockwerke hoch. Viel besser als diese Betonburgen, die wir vom Bus aus gesehen hatten. Furchtbar! Mit tausenden anderen Menschen am Buffet zu stehen oder zusammen im Pool zu schwimmen. Ich konnte mir nichts Schrecklicheres vorstellen, als an schwitzender, fremder Haut zu kleben, während ich mir zum Abendessen den Kantinenfraß auf den Teller schaufelte. Natürlich legte ich als mittlerweile gelernte Köchin großen Wert auf das Essen. Aber darum musste ich mir hier weniger Sorgen machen, denn Selina wusste, was mir wichtig war.

»Bitte schön, Zimmernummer 53. Ich wünsche Ihnen einen wundervollen Aufenthalt.« Das Lächeln der Empfangsdame wirkte ehrlich und machte sie auf Anhieb sympathisch.

Wir liefen, nur mit unserem Handgepäck unterm Arm, zu den Aufzügen. Der Page hatte sich bereits vor zehn Minuten unsere Koffer geschnappt und sie auf das Hotelzimmer bringen lassen. Was für ein Service! Normalerweise hätte ich mir das direkt nach meiner Ausbildung nicht leisten können und Selina mit ihrem Gehalt als Bürofachangestellte ebenfalls nicht. Es lebe Last Minute und Nebensaison!

Wir mussten in den zweiten Stock. Selbst der Lift wirkte edel, er war komplett verspiegelt und mit goldenen Knöpfen ausgestattet. Der Teppich darin hatte nicht einen einzigen Fleck. Ich traute mich kaum, darauf zu stehen.

»Das hast du wirklich gut gemacht«, sagte ich nochmal und lächelte Selina an, die sich sichtlich freute.

»War mir klar, dass es dir gefällt, wenn wir erstmal hier sind.«

Wir stiegen aus und suchten mit Hilfe der kleinen Metallschildchen an den Türen nach unserer Zimmernummer. Ich fühlte mich vor lauter Neugierde und Vorfreude auf unser Zimmer fast schon überdreht, als wir es endlich fanden. Das kleine grüne Lämpchen über der Klinke bedeutete uns, dass wir erfolgreich eingecheckt hatten. Ich drückte gegen das schwere Türblatt und mir blieb der

Mund offen stehen, während Selina einen Freudenschrei ausstieß und an mir vorbeistürmte.

»Oh! Mein! Gott!«, schrie sie immer wieder und hüpfte aufgeregt im Zimmer auf und ab. Und zwar im *Wohnzimmer*! Na ja, auch die größten Pechvögel mussten einmal Glück haben.

Unsere Koffer befanden sich auf der rechten Seite des Raumes, neben einer Sitzecke in weißem Leder, vor der ein niedriger Glastisch stand. Links ging eine Tür vermutlich in das Schlafzimmer und vorne im Eingangsbereich eine in das Badezimmer ab, die halb geöffnet war. Von hier erkannte ich hellgrauen Marmor und dunkelbraune Möbel. Schick.

Meine Starre löste sich und mein Körper stellte sich innerlich endlich auf Urlaub ein. Die Anspannung der letzten Wochen verflog zum größten Teil und ich konnte nach langer Zeit wieder durchatmen. Ich lief zu meiner besten Freundin und wir fielen uns lachend in die Arme.

»Zwölf Tage, Leni! Zwölf ganze Tage sind wir hier!«

Selina ging zur Fensterfront, schob die roten Samtgardinen zur Seite und öffnete die breite Flügeltür, die auf den Balkon führte. Ich folgte ihr und erneut fiel meine Kinnlade Richtung Boden.

»Wow!« Mehr konnte ich nicht sagen, mein Gehirn war völlig überwältigt.

Unter uns lag ein türkisfarbener Pool, der so aussah, als würde er direkt ins Meer übergehen. Rechts davon befand sich eine Bar, über der ein rustikales Holzschild und Bambusmatten mit Kokosnüssen hingen. Ein braungebrannter Spanier mit schulterlangen, dunklen Haaren schob zwei Gästen in Badeklamotten einige Gläser über die Theke.

Das Meer dahinter war fantastisch! Die Wellen wogten sanft auf den hellen Sandstrand zu, und ich roch das Salz in der Luft. Vereinzelt standen Liegen mit cremefarbenen Sonnenschirmen auf dem Sand, aber nicht so eng aneinander, dass man Angst haben musste, der Nachbar rutsche jederzeit rüber zum Kuscheln. Generell kam hier nicht der Eindruck auf, als wären viele Menschen anwesend.

»Komm, Bikini an und ab zum Strand!« Selina lachte und verschwand wieder nach drinnen.

Ich atmete einige Sekunden die warme, saubere Luft ein und genoss den Ausblick, bevor ich es meiner Freundin nachtat und meinen hellgelben Bikini überzog. Extra für den Urlaub hatten wir uns bunte Pareos gekauft, die wir nun um uns wickelten, um danach hinunter zum Strand zu laufen. Unsere Flipflops machten ploppende Geräusche auf den sandfarbenen Kacheln, die zum Meer führten. Der Barkeeper lächelte uns freundlich zu, als wir an ihm vorbeiliefen. Selina zog ihre Sonnenbrille ein Stück nach unten und grinste ihn frech an. Die Sonne wärmte unsere Haut, und ich dachte an die Daheimgebliebenen, die sich nun mit zehn Grad Lufttemperatur herumschlagen mussten, während wir knapp an die dreißig hatten.

Der Sand zwischen den Zehen war fast schon ein bisschen zu heiß, und wir rannten lachend los, um das frische Meer zu erreichen und unsere Füße abzukühlen. Die Wellen umschmeichelten unsere Beine, als wir bis zu den Waden hineinstiegen. Gemeinsam sahen wir auf die blaue Weite hinaus und versanken in unseren Gedanken.

»Können wir für immer hierbleiben?«, fragte Selina und ich seufzte, weil ich genau das Gleiche gedacht hatte.

»Klar, du fragst nach einem Job an der Rezeption und ich geh in die Küche. Das wäre ein Traum.«

»Komm, ich hab Lust, mich auf eine Liege zu fläzen und die heißen Einheimischen zu begutachten, die hier herumstolzieren.« Selina kicherte. Wir suchten uns zwei freie Liegestühle in der ersten Reihe, denn davon waren noch genug unbelegt. Dort breiteten wir die sonnengelben Handtücher aus, die in unserem Zimmer bereitgelegen hatten, stellten unsere Taschen unter das kleine Tischchen in der Mitte und ließen uns auf die weichen Rattanliegen fallen. Keine zwei Minuten später kam ein junger Angestellter und hielt uns zwei Kokosnüsse hin. Wir sahen uns sprachlos an und konnten unser Glück kaum fassen. Wir waren im Paradies angekommen, zweifelsfrei! Besser konnte der Urlaub überhaupt nicht mehr werden!

Während Selina mit dem hübschen Mann eindeutige Blicke austauschte und aus ihrer Tasche ein passendes Trinkgeld kramte, glitt mein Blick über den Strand.

Für die Größe des Hotels waren wirklich wenige Liegen belegt, vielleicht zehn zu jeder Seite hin. Ich sah erneut über das Meer. Einzelne Sandkörner kitzelten noch zwischen meinen Zehen, als ich meine Füße hin und her bewegte.

Plötzlich erregte etwas in meinem rechten Augenwinkel meine Aufmerksamkeit. Mir wurde noch heißer, als es mir in der Sonne ohnehin schon war, und mein Herz machte einen kleinen Hüpfer. Aus den Wellen kam ein Mann. Das Wasser glitzerte in der Sonne auf seinen definierten Bauchmuskeln. Das perfekte V verschwand in seinen dunkelblauen Badeshorts, die locker auf seinen Hüften saßen. Er strich sich das verbliebene Wasser aus den dunkelbraunen, dichten Haaren und lief an unseren Liegen vorbei. Sein Blick war unablässig geradeaus gerichtet und ich errötete leicht, als ich merkte, dass ich ihn offenherzig anstarrte. Aber ich konnte nicht anders. Er war einfach zu schön, als dass er nicht alle Blicke auf sich gezogen hätte, und hinter den dunklen Gläsern meiner Sonnenbrille war ich hoffentlich undercover. Unvermittelt traten Bilder in meinen Kopf, die mindestens eine FSK-18-Kennzeichnung verlangt hätten. Er strahlte so viel Selbstsicherheit aus, dass ich ihm nicht widerstehen konnte.

Bei genauerem Hinsehen erkannte ich auf seiner Haut einige kleinere, helle Stellen, die wie verblasste Blessuren aussahen. Doch dieser Makel machte ihn nur noch anziehender für mich. Auch die Muskeln seines Rückens waren trainiert. Gebräunte Haut zog sich über sein breites Kreuz.

Ich wandte erst meinen Blick ab, als er sich einige Liegen weiter fallen ließ und einem anderen Typen freundschaftlich auf den Rücken schlug, der erschrocken aus dem Schlaf aufwachte. Ich unterdrückte ein Kichern.

»Na, genug gegafft?« Selinas Stimme trat nur leise an die Oberfläche meines Bewusstseins.

»Was?«

»Den Typen. Wisch dir mal den Sabber aus dem Mundwinkel, das kommt unerotisch«, kicherte sie, und ich strich mir unauffällig über den Mund.

»Ha ha. Witzig …«

»Ist doch toll, wenn dich wieder andere Männer interessieren. Aber bei dem fällt es einem auch echt schwer, nicht hinzusehen.«

»Ja«, sagte ich geistesabwesend und kramte betont beschäftigt in meiner Strandtasche, um mir ein Magazin herauszuholen. »Wahrscheinlich sowieso schwul.«

Selina machte eine abweisende Handbewegung. »Das kriegen wir schnell heraus! Vielleicht sind sie noch länger da, wir könnten ja mal rübergehen.«

Ich sah sie skeptisch aus dem Augenwinkel an. »Nein, lieber nicht.« Eigentlich hatte ich kein großes Interesse an einer Bekanntschaft. Eventuell fehlte mir auch nur der Mut, einen Mann wie ihn anzusprechen, oder ich war mir selbst nicht sicher, was ich wollte. Auf jeden Fall wurde ich plötzlich unglaublich nervös, als ich mir vorstellte, mit ihm sprechen zu müssen. Stotterfrei, wohlgemerkt. »Vielleicht später«, sagte ich versöhnlicher.

Selina seufzte. Sie band ihre schwarzen Haare zu einem Dutt, drehte sich auf den Bauch und öffnete ihr Bikinioberteil, um den Worten *nahtlose Bräune* gerecht zu werden.

Manchmal bewunderte ich meine beste Freundin für ihr Selbstbewusstsein. Schon zu Schulzeiten hatte ich mich von ihr mitziehen lassen, während sie auf die verrückten Ideen kam.

Vielleicht lag es auch an meinen Eltern, die mir früh das Gegenteil von Unabhängigkeit beigebracht hatten. Natürlich hatten sie ihre Gründe für diese Art der Erziehung, aber sie übertrieben oft maßlos. Trotzdem hatte ich mich damit arrangiert, ja, ich brauchte diese Sicherheit mittlerweile sogar ein Stück weit in meinem Leben. Eric hatte mir genau das gegeben, und nach der Trennung war ich deshalb in ein tiefes Loch gefallen.

Nur meine beste Freundin konnte mir da wieder hinaushelfen. Selina war die einzige Person in meinem Umkreis, die mich ermutigte, Dinge einfach zu tun, die ich mich sonst nicht getraut hätte. Und dafür liebte ich sie bedingungslos.

Kapitel 3

Der restliche Tag verging genauso perfekt, wie er angefangen hatte. Wir lagen bis zum späten Nachmittag am Strand, sonnten uns, gingen eine Runde schwimmen oder machten einfach nur ein Nickerchen.

Nach den Anstrengungen meiner Abschlussprüfung, die nur zwei Wochen her war, und dem Gefühls-Wirrwarr, das Eric mir bereitet hatte, tat es gut, einfach das zu machen, worauf ich Lust hatte. Ohne das schlechte Gewissen, einer Verpflichtung nicht nachgekommen zu sein.

Auch das Abendessen war köstlich. Es gab frisch Gegrilltes, und Selina und ich schlugen uns die Bäuche voll. Wie unser Kellner uns mitgeteilt hatte, gab es für das Buffet jeden Tag ein anderes Motto. Wir freuten uns schon auf die morgige spanische Nacht mit frischem Fisch und Paella.

An diesem Abend fühlte ich mich so ausgeruht und ausgelassen wie schon lange nicht mehr. Blöd nur, dass es nun mitten in der Nacht war und ich mich unruhig in den Laken wälzte. Selina lag leise und gleichmäßig atmend neben mir in dem breiten Doppelbett und schlief wie ein Murmeltier. Sie hatte schon immer einen tiefen Schlaf gehabt, im Gegensatz zu mir.

Solange ich abgelenkt war, wie heute den Tag über, konnten mir meine Gedanken nichts anhaben. Das änderte sich schlagartig, als ich in der Stille des dunklen Raumes lag und keine Möglichkeit hatte, meinen Erinnerungen zu entkommen. Eine davon war schmerzhafter als die andere.

Ich dachte an Eric und an die Zeit, als er damals mit elf an unsere Schule gekommen war. Der blonde, witzige Junge, der mich und alle anderen mit seiner offenen Art in den Bann geschlagen hatte. Eric bei unserem ersten richtigen Date mit dreizehn am Badesee. Unser erster Kuss mit Zunge in seinem Zimmer, als wir vierzehn gewesen waren.

Eric, der mir die Sicherheit gab, die ich brauchte, weil er immer genau wusste, was zu tun war. Er hatte immer schon einen Plan gehabt. Und nun war mir dieser Plan vollständig abhandengekommen. Ich fühlte mich wie in freiem Fall, nur dass es einfach keinen Boden gab, der mich endlich erlöste.

Ich schloss die Augen und kniff meine Lider fest zusammen, damit die blöde Träne, die sich gerade ihren Weg gebahnt hatte, nicht weiterlief. Ich musste auf andere Gedanken kommen, jetzt, sonst würde ich Selina mit meiner Heulerei nur wecken.

Leise seufzend schwang ich die dünne Bettdecke zur Seite und überlegte, ob ich mir schnell etwas über meine Schlafshorts und das Top ziehen sollte. Aber es waren noch über zwanzig Grad und so spät würde bestimmt keiner mehr unterwegs sein.

Ich schlich mich auf Zehenspitzen nach draußen, schlüpfte in meine Flipflops und schnappte mir eine Schlüsselkarte. Nachdem ich die Tür leise hinter mir zugezogen hatte, lief ich einfach drauflos, ohne nachzudenken. Sollte ich an den Strand gehen? Oder mich an den Pool setzen? Das kam mir irgendwie erbärmlich vor, so ganz alleine. Am Ende des Ganges angekommen entdeckte ich ein kleines Schild, welches ich fast übersehen hätte. *Sonnendeck*, prangte darauf. Ein kleiner Pfeil zeigte auf die Treppe, die nach oben führte. Von dort oben hatte man sicher eine spektakuläre Aussicht.

Also stieg ich die Stufen hoch und drückte eine weitere Tür auf. Klare Nachtluft wehte mir entgegen. Automatisch atmete ich tief ein und hatte sofort den Eindruck, dass das Engegefühl in meiner Brust ein wenig nachließ. Ich staunte nicht schlecht.

Inmitten der Dachterrasse befand sich ein kleiner, viereckiger Pool. Die Lampen darin beleuchteten das hellblaue Wasser und waren die einzigen Lichtquellen hier oben.

Rings um das Becken standen einige Doppelliegen, die jeweils mit einem Baldachin aus weißem, dünnem Stoff versehen waren und wie gemütliche Himmelbetten aussahen. Selbst hier konnte man das leise, beruhigende Meeresrauschen vernehmen. Wahnsinn, wieso war dieser Ort nicht richtig ausgeschildert? Hier könnte man sicher einige schöne Tage verbringen.

Ich stockte, als ich etwas abseits eine dunkle Gestalt am Geländer lehnen sah. Dem Körperbau nach handelte es sich um einen gut trainierten Mann. Sein Blick war geradeaus auf das dunkle Meer gerichtet, und er hatte sich mit seinen Unterarmen auf dem Geländer abgestützt. Sein T-Shirt spannte über seinen Schulterblättern, und die kurzen Shorts waren seiner Badehose von heute Mittag nicht unähnlich.

Ich hätte einfach gehen sollen. Anscheinend hatte er mich noch nicht bemerkt. Obwohl ich nicht wusste, weshalb es mir unangenehm war, den Mann von heute Mittag hier oben zu treffen. Es war schließlich nicht nur sein Hotel.

Trotzdem drehte ich mich um und wollte gerade nach der Tür greifen, als ich seine tiefe, angenehme Stimme vernahm. »Du kannst ruhig hierbleiben.«

Ich zögerte, ließ dann die Hand sinken und wandte mich zaghaft zu ihm um. Es war mir selbst nicht ganz klar, was er an sich hatte, das mich wie ein kleines Mädchen reagieren ließ. Irgendetwas an ihm schüchterte mich ein. Sein Gesicht wurde nun halb von den Strahlern im Pool angeleuchtet, und er blickte mich erwartungsvoll an. Wahrscheinlich weil er dachte, dass ich jetzt irgendetwas sagen würde. Ja … das wäre auch die normale Reaktion gewesen! Wie peinlich.

Ich räusperte mich und nickte leicht lächelnd. »Danke.«

Wieso bedankte ich mich bei ihm? Weil er mir erlaubt hatte hierzubleiben? Oh gnädiger Fremder! Ein Lächeln umspielte seine Mundwinkel. Mutig ging ich hinüber und stellte mich etwas abseits neben ihn.

Wir schauten beide wieder geradeaus in die Schwärze, die das Meer nur vermuten ließ. Der Pool neben dem Hotel war ebenfalls beleuchtet und Lichterketten hingen auf einigen Palmen, die sanft in der Meeresbrise hin und her wogten.

»Es ist wirklich schön hier«, durchbrach ich die Stille.

»Oh ja, sehr. Ich habe diesen Platz durch Zufall gestern Nacht gefunden.«

»Du kannst anscheinend öfter nicht schlafen, was?«

Was fragte ich denn? Es ging mich doch überhaupt nichts an, wieso er hier war. Er sah wieder nach vorne und zuckte kurz mit den Achseln.

»Hier ist es so schön, ich halte jede Minute, in der ich schlafe, irgendwie für vergeudete Zeit.« Er stellte sich aufrecht hin und sah mich an. Ich musste den Kopf ein Stück in den Nacken legen, um ihm in die Augen zu sehen, weil er wirklich groß war. Und breit. Und so anziehend …

Doch sein Blick wirkte fast etwas unsicher, als ob er sich fragte, was ich nach diesem Geständnis von ihm dachte. Aber ich wusste, was er meinte, denn mir ging es ähnlich.

»Verstehe ich. Ich würde am liebsten überhaupt nicht mehr nach Hause fahren, obwohl wir erst heute angekommen sind.«

Sein Lächeln warf mich fast aus der Bahn, und ich rutschte unauffällig ein winziges Stückchen näher an ihn heran.

»Wir sind auch erst vor zwei Tagen angereist, aber ich war im letzten Jahr bereits hier. Glücklicherweise haben wir jetzt noch zehn weitere Tage.« Er zwinkerte mir zu, und wahrscheinlich sah er mir deutlich an, dass ich mich darüber freute, dass er nicht gleich wieder abreiste. Inzwischen standen wir nur einen halben Meter voneinander entfernt, denn auch er war einige Zentimeter nähergekommen.

»Und wieso kannst du nicht schlafen? Zu viele Sorgen mitgenommen, anstatt sie zu Hause zu lassen?«, fragte er. Ich seufzte.

»Ja, das trifft es ziemlich gut. Oder es war der Kaffee vorhin beim Abendessen«, witzelte ich. Auch wenn er mit seiner Vermutung den Jackpot geknackt hatte, war ich nicht bereit, einem Fremden alles über mein Leben zu erzählen. Anscheinend deutete er meine vage Aussage und die Stille, die darauf folgte, richtig, denn er streckte mir seine Hand entgegen. Ich sah ihn überrascht an.

»Dominik. Ich hab mich gar nicht vorgestellt, sorry.«

Lächelnd ergriff ich seine Finger, die sich angenehm fest um meine schmiegten. »Freut mich. Lena.«

Er hielt meine Hand noch einige Sekunden fest. Als er sie losließ, wünschte ich mir plötzlich, ihn noch länger berühren zu können.

»Und was machst du so zu Hause?«, fragte ich, weil ich das Gespräch wieder in Gang bringen und dieses wirre Gefühl in meiner Magengegend überspielen wollte.

»Wie wäre es, wenn wir nicht von zu Hause reden?«, schlug er vor und grinste mich schief an. »Lass uns den Moment genießen. Das ist viel schöner, als an etwas anderes zu denken.«

Ich erwiderte sein Lächeln, denn diese Idee gefiel mir ausgesprochen gut. Deswegen war ich doch hier raufgekommen, oder? Um auf andere Gedanken zu kommen und zu vergessen. »Klingt ausgezeichnet.«

Wir schauten wieder nach unten, und obwohl nun Stille zwischen uns herrschte, war es nicht unangenehm. Ich konnte es tatsächlich genießen, wie der lauwarme Wind über meine Haut strich und dass ich hier oben nicht allein war.

»Ich hab dich vorhin schon am Strand gesehen«, sagte Dominik plötzlich.

Mein Herz setzte einige Takte aus. Ich war ihm ebenfalls aufgefallen? Dabei hatte er kein einziges Mal zu mir geblickt. Zumindest war es mir nicht aufgefallen, während ich ihn immer wieder verstohlen von der Seite betrachtet hatte.

»Ich dich auch«, erwiderte ich mutig. Sein leises Lachen verriet mir, dass er das sehr wohl bemerkt hatte. Eine leichte Röte zog sich über meine Wangen, die er hoffentlich in dem schwachen Licht nicht erkennen konnte. Was machte er nur mit mir? Natürlich hatte ich nicht viel Erfahrung mit Männern, außer mit Eric, aber trotzdem war ich sonst nicht unbedingt auf den Mund gefallen. Alles an ihm gefiel mir so gut, dass ich mir wünschte, er würde mich ebenfalls attraktiv finden. Ich hatte ein wenig Angst, ihm nicht zu gefallen, wenn ich etwas Falsches sagte. Dabei war das Schwachsinn. Denn entweder er nahm mich so, wie ich war, oder er ließ es bleiben. Aber wie war ich überhaupt? Seitdem Eric nicht mehr an meiner Seite war, fehlte mir die Richtung.

Ich räusperte mich und stand auf. Er tat es mir gleich und wir sahen uns wortlos an.

»Danke für die nette Unterhaltung. Ich glaube, ich geh mal wieder ins Bett.«

Er nickte. »Dann gute Nacht, Lena.«

Ich mochte auf Anhieb, wie er meinen Namen aussprach.

»Gute Nacht, Dominik.«

Mit einem letzten Lächeln lief ich zur Tür und verließ das neu gefundene Stück Paradies, das den gesamten Urlaub noch weiter perfektionierte. Und ich wusste nicht, ob ich damit nur das Sonnendeck meinte.

Kapitel 4

Selina war nicht so wählerisch wie ich. Sie saß bereits an einem kleinen Tisch in einer Ecke und verspeiste ihr Frühstück. Mein Teller war nur halbvoll, und ich stand vor dem umfangreichen Buffet. Es war eine Berufskrankheit, alles einmal probieren zu wollen und sich dann nicht entscheiden zu können … außer bei den Tomaten. Die fand ich grundsätzlich widerlich!

»Na, keinen Hunger?«

Ich zuckte zusammen und sah nach rechts. Dominiks Augen funkelten mich in einem hellen Grün an. Die Farbe hatte ich gestern in der Dunkelheit nicht erkennen können. Seine Lippen kräuselten sich belustigt. Auch heute trug er, dem Wetter entsprechend, Shirt und Shorts. Seine muskulösen Oberarme schauten aus den kurzen Ärmeln und ich blinzelte einige Male, weil ich mich versichern wollte, dass ich mir unsere Begegnung gestern nicht eingebildet hatte und er tatsächlich mich meinte.

»Guten Morgen«, antwortete ich und musste selbst über mich lachen, weil ich mich einfach nicht entscheiden konnte. »Hunger schon, aber es gibt so viel Auswahl!«

Er lachte. »Dann probier doch einfach alles.« Er begann, Rührei auf seinen Teller zu schaufeln und pikte mit seiner Gabel nacheinander in die verschiedensten Gerichte hinein. Bevor er sich jedoch etwas auf den Teller legte, füllte er jedes Mal meinen, so dass ich die gleiche Anzahl an Köstlichkeiten darauf hatte wie er.

»Keine Tomaten!«, sagte ich panisch, und er legte sie schmunzelnd auf seinen eigenen Teller.

»Siehst du, gar nicht so schwer, oder?« Er zwinkerte mir zu.

Ich sah auf meinen überladenen Teller hinab. Wie sollte ich das denn alles essen? Doch wenn ich es nicht schaffte, würde Selina mir bestimmt bereitwillig helfen. Und so wusste ich für morgen wenigstens, was mir schmeckte. Guter Plan.

»Danke.«

»Was macht ihr heute?«, fragte er.

Ich zuckte mit den Schultern. »Ich hätte Lust, mir mit meiner Freundin etwas von der Gegend anzusehen. Mal schauen, so genau weiß ich es noch gar nicht.«

»Okay. Dann sehen wir uns vielleicht später am Strand?« Mit einem Lächeln, das mir fast die Flipflops und außerdem förmlich mein Höschen auszog, drehte er sich um und lief auf einen Tisch zu, an dem bereits sein Freund saß. Hoffentlich war er nicht doch schwul und einfach nur höflich zu mir … Und ich Pute interpretierte viel zu viel in seine Nettigkeiten hinein.

Unsicher ging ich zu Selina, die mich belustigt ansah und sich mit der Gabel eine Tomate in den Mund schob. Es schüttelte mich bei dem Anblick.

»Na, schon eingelebt, wie ich sehe«, grinste sie.

Ich senkte den Kopf. »Vielleicht …«

»Vielleicht? Lena, was wollte Hottie?«, fragte sie mit aufgerissenen Augen.

»Er wollte wissen, was wir heute machen.«

»Und? Hast du ihm gesagt, dass wir die beiden unbedingt in Badehosen sehen wollen?«

Ich sah peinlich berührt durch den Raum. »Psst! Nicht so laut …«

»Wieso nicht? Ich glaube, die zwei wissen ganz genau, wie sie auf Frauen wirken.« Sie schaute hinüber zu den beiden Männern und grinste Dominiks Freund breit und ungeniert an. Er erwiderte ihr Lächeln.

»Also, wenn der dir nicht hilft, mal abzuschalten, dann schafft es keiner«, sagte sie und suchte erneut meinen Blick.

Ich musste mir ein lautes Lachen verkneifen. »Hörst du dir manchmal selbst zu? Du klingst wie eine rollige Katze!«

»Wer sagt, dass ich keine bin?«

Jetzt platzte es doch aus mir heraus. Selina stimmte mit ein und unser Gelächter hallte durch den Frühstücksraum. Aus dem Augenwinkel sah ich, wie die anderen Gäste, einschließlich Dominik und sein Freund, zu uns herüberschauten.

»Um wieder zu einem normalen Thema zurückzukommen: Was hast du ihm gesagt, was wir machen?«

Ich zuckte mit den Schultern und schob mir Rührei und Paprika in den Mund. Köstlich! Wenigstens war es nicht dieses fertige Eipulver, sondern schmeckte wirklich sehr gut.

»Ich hab gesagt, dass ich mir gerne die Gegend mit dir ansehen würde.«

»Bist du verrückt? Das heißt so viel wie: Lass mich in Ruhe, ich will lieber etwas ohne dich machen!«

»Was? Nein! Wieso?«, fragte ich verstört, denn das hatte ich als Allerletztes damit sagen wollen.

»Oje, du brauchst echt Nachhilfe. Wie hat er reagiert?«

»Er hat gesagt, dass wir uns dann vielleicht später am Strand sehen, und ist zu seinem Tisch gegangen.«

»Siehst du!«, meckerte Selina. »Klare Abfuhr.«

»Ach was … Oder? Und jetzt?«

»Ist doch klar, wir gehen heute zum Strand. Ich hab sowieso keine Lust, bei der Hitze durch irgendeine alte Stadt zu laufen. Total langweilig! Ich genieße lieber Kokosnüsse am Meer und hole mir Cocktails beim süßen Barkeeper.« Sie fing an, mit ihrer Gabel auf meinem Teller herumzustochern. Ich hatte ja gewusst, dass sie mir helfen würde. Und das nicht nur beim Leeren meines viel zu überladenen Tellers.

»Okay. Dann heute Strand. Aber vielleicht in den nächsten Tagen Sightseeing?«, fragte ich mit vorgeschobener Unterlippe.

»Deal«, sagte sie und grinste mich an. »Aber nur, wenn du den heißen Typen klarmachst!«

Ich verdrehte die Augen. »Mal sehen.«

Mit einem verstohlenen Blick in seine Richtung sah ich sein

unfassbares Lächeln und erwiderte es. Insgeheim freute ich mich auf den Strand. Sehr sogar.

***

Wir hatten wieder unseren Platz auf den Liegen am Meer bezogen und blätterten in unseren Magazinen. In Selinas ging es um Promi-Klatsch und -Tratsch, in meinem natürlich um aktuelle Rezepte.

Plötzlich verzog sich die Sonne und breite Schatten legten sich über uns. Ich sah neugierig nach oben.

»Hi!« Dominik und sein Freund standen vor uns, und er hob kurz die Hand zum Gruß.

»Hi.« Das glückliche Lächeln konnte ich mir einfach nicht verkneifen.

Er deutete auf den Platz vor meinen Füßen. »Darf ich?«

Ich zog die Beine an. »Klar.«

Während sich Dominik so nah zu mir setzte, dass es ein Leichtes gewesen wäre, ihn zu berühren, rückte sein Freund näher an Selina heran. Die klimperte bereits wieder mit den Wimpern.

Dominik stützte die Unterarme auf die Oberschenkel und grinste mich an. So nahe neben ihm fiel mir eine dünne, langgezogene Narbe an seiner linken Seite auf, die man nur bei genauerem Hinsehen bemerkte.

»Doch Strand heute?«, fragte er und holte mich damit zurück in die Realität.

Ich nickte lächelnd.

»Das ist übrigens mein Freund Milan. Milan, Lena«, stellte uns Dominik einander vor. Milan hob die Hand und lächelte freundlich in die Runde. Mit seinen schwarzen Haaren, den blauen Augen und der ebenfalls gebräunten Haut passte er genau in Selinas Beuteschema. Sie musterte ihn bereits von oben bis unten.

»Und das ist meine Freundin. Selina, Dominik«, stellte ich sie ebenfalls vor.

Sie grinste noch breiter. Ich wusste genau, was ihr Gesichtsausdruck bedeutete. »Hi.«

»Wie gefällt es euch hier?«, fragte Milan.

Selina antwortete: »Jetzt noch besser«, und verwickelte Milan direkt in ein Gespräch.

Dominik drehte sich zu mir. »Was macht ihr heute Abend?«, fragte er mich.

Ich zuckte mit den Schultern. »Bis jetzt haben wir noch nichts geplant.«

»Es gibt hier einige Meter die Straße runter ein wirklich nettes Fischrestaurant. Habt ihr Lust mitzukommen?«

»Liebend gerne«, antwortete ich schnell.

Kleine Lachfältchen traten neben seinen grünen Augen hervor. »Toll! Das freut mich sehr!« Er zeigte auf die beiden Liegen neben uns. »Sind die noch frei?«

Ich folgte seiner Geste. »Eigentlich kommen gleich noch unsere Freunde.«

Seine Miene verdüsterte sich und er schien schockiert.

Ich musste kichern. »Klar sind sie noch frei.«

»Na warte!«, rief er. Er packte mich plötzlich mit festem Griff um die Hüfte und warf mich über seine Schulter. Meine Schreie hallten über den gesamten Strand, als er mich in Richtung Wasser trug. Lachend schrie ich, dass er mich hinunterlassen solle. Doch er dachte nicht daran und lief in die seichten Wellen hinein, als würde ich überhaupt nichts wiegen. Sein fester Griff um meine Taille ließ mich kribbelig werden. Doch als ich erkannte, dass ich gleich im Wasser landen würde, verdrängte pure Panik das Hochgefühl.

»Luftholen!«, warnte er mich und sprang mit mir in die Wellen. Bevor ich laut aufschreien konnte, atmete ich tief ein und wurde kurz darauf vom Meer umhüllt, das zu dieser Jahreszeit noch eiskalt war. Panisch ruderte ich mit den Armen, spürte kleine Luftblasen um mich herum. Das Wasser schluckte jeden Laut. Auf einmal spürte ich Dominiks Hände an meinem Körper, die mich zielsicher an die Wasseroberfläche zogen und mich schützend umfingen. Bevor die altbekannte Angst vollständig von mir Besitz ergriff, schloss ich die Augen und atmete tief ein und aus.

»Hey, alles gut! Es war nur ein Spaß«, hörte ich Dominiks sanfte Stimme. Meine Muskeln schmerzten, so sehr hatte sich mein Körper verkrampft. Aber ich wollte die Augen nicht öffnen und ihm zeigen, dass alles in mir vor Panik schrie. Es war eine dumme Angst, die mich ab und zu im Wasser überfiel, aber sie war nun mal da. Schon immer gewesen. Zumindest fast immer …

Ich spürte Dominiks Finger an meiner Schläfe. Er strich mir eine Haarsträhne aus dem Gesicht. Seine andere Hand lag noch an meiner Taille und hielt mich fest. Mir konnte überhaupt nichts passieren. Ich war sicher. Das sagte ich mir wie ein Mantra immer wieder vor.

Vorsichtig öffnete ich die Lider. Die Wellen drückten uns leicht von links nach rechts. Ich versank in dem Grün seiner tröstlichen Augen. Seine Hand legte sich um mein Gesicht und strich unablässig und beruhigend über meine Wange, als könnte er spüren, dass gerade ein ziemlicher Sturm in meinem Inneren tobte.

»Alles gut, ich bin da.« Seine leise Stimme bewegte irgendetwas in mir. Ich fühlte mich auf einmal wirklich sicher.

Wie in weiter Ferne hörte ich Selinas Rufen. Milan und sie rannten durch die Wellen auf uns zu.

Ruckartig zog Dominik seine Hände zurück und ließ sich rücklings ins Wasser fallen. Er schwamm einige Zentimeter von mir weg, als unsere Freunde uns erreichten. Unsere Blicke waren immer noch aneinandergeheftet, und ich spürte, dass auch er meine Nähe gerne noch etwas länger genossen hätte.

»Alles okay?«, fragte Selina aufgebracht und zog mich ein Stück zum Strand.

Ich nickte. »Ja, alles gut.«

»Bist du verdammt nochmal bescheuert?«, schrie Selina nun Dominik an. Der schaute uns ratlos entgegen.

»Ganz ruhig, er wusste es ja nicht. Selina, krieg dich wieder ein. Und hör auf zu fluchen!«

Mit aufgerissenen Augen blickte sie mich an. Sie wusste, wie ich normalerweise auf Wasser reagierte, und konnte sich gerade keinen Reim darauf machen, dass ich einigermaßen locker blieb. Und ich selbst ebenfalls nicht.

»Es tut mir leid. Es sollte nur ein Spaß sein«, entschuldigte Dominik sich.

»Alles in Ordnung«, beruhigte ich ihn. Doch Selina schnaufte nur und zog mich zurück zu den Liegen. Zum ersten Mal in meinem Leben bedauerte ich, dass ich nicht länger im Wasser bleiben konnte.

Kapitel 5

Nachdem der Schock endlich verflogen war, überzeugte ich Selina davon, am Abend mit den Männern essen zu gehen. Nun stand ich vor dem hohen Flurspiegel und drehte mich voller Aufregung von links nach rechts. Ich hatte mich für ein helles, knielanges Sommerkleid mit dünnen Trägern entschieden, das meiner mittlerweile leicht gebräunten Haut einen etwas dunkleren Touch verlieh. Egal, ob es an der Sonne, dem Salzwasser oder allgemein an unserer Stimmung lag, ich fühlte mich einfach großartig und war rundum zufrieden. Und auch Selina sah mit ihren offenen schwarzen Haaren und dem bodenlangen, trägerlosen Maxikleid wirklich super aus.

»Bereit?«, fragte sie mich und zwinkerte mir zu, während ich den Lippenpflegestift und Kaugummis in meine kleine Tasche steckte.

»Aber so was von.« Ich grinste.

»Das wollte ich hören!«

Wir verließen unser Hotelzimmer und gingen die zwei Stockwerke über die Treppen nach unten. Wir trugen beide flache Sandalen, für den Fall, dass wir uns doch noch an einen Strandspaziergang wagen würden, was ich sehr hoffte.

Dominik war nach dem kleinen Vorfall kaum von meiner Seite gewichen. Nachdem wir uns am Strand voneinander getrennt hatten, hatte ich es kaum erwarten können, dass endlich sieben Uhr war. Dominik und Milan wollten vor dem Hotel auf uns warten.

Mit klopfendem Herzen durchquerten wir die Lobby. Die elektrischen Schiebetüren glitten auf und mir verschlug es fast die Sprache.

Dominik trug ein hellblaues Leinenhemd, das über seine Unterarme nach oben gekrempelt war. Durch die beiden oberen, offenstehenden Knöpfe konnte man seine muskulöse Brust erahnen. Unter der weißen Stoffhose trug er lässige Schnürschuhe. Sein schiefes Grinsen war definitiv nur für mich bestimmt. Milan war ähnlich gekleidet, aber meine gesamte Aufmerksamkeit galt in diesem Augenblick Dominik.

»Habt ihr schon Hunger?«, fragte er uns. Ich bekam nur ein Nicken zustande. Alle Gefühle, von denen ich bisher dachte, sie wären nicht zu toppen, verdoppelten sich in Dominiks Nähe. Meine Hände waren nass, als er nach ihnen griff und meine Finger in seine Armbeuge legte. Mein Herz hüpfte fast aus meiner Brust und sein Duft, der mir nun in die Nase stieg, war das Köstlichste, was ich bisher gerochen hatte. Wie konnte ein einzelner Mann mir in dieser kurzen Zeit so den Kopf vernebeln? Vielleicht war ich auch einfach anfällig für seine Aufmerksamkeit, denn sie war wie eine Streicheleinheit für meine gepeinigte Seele und tat mehr als gut.

Das Restaurant lag nur wenige Gehminuten vom Hotel entfernt. Auf dem Weg dorthin unterhielten wir uns darüber, was wir in den folgenden Tagen auf der Insel geplant hatten. Die Männer hatten ein straffes Programm, das ich mir nicht mal im Traum hätte vorstellen können.

Wie sich herausstellte, waren beide wirkliche Abenteurer. Selina und ich staunten, als sie uns von ihrem Fallschirmsprung im letzten Jahr erzählten. Niemals würde ich mich freiwillig kopfüber aus einem Flugzeug stürzen!

Das Restaurant gefiel mir auf den ersten Blick. An der hölzernen Überdachung vor der Eingangstür waren zwischen den Weinreben viele kleine Lichter verteilt und schimmerten in der warmen Abendluft. Das offene Gebäude lag direkt am Strand, so dass unser Schuhwerk perfekt gewählt war. Die vorderen Tische bekamen sogar hin und wieder eine kleine Spülung Meerwasser um die Füße.

»Gefällt es dir?«, fragte mich Dominik leise, als wir eintraten, und strich sachte über meine Finger, die immer noch in seiner Armbeuge lagen.

»Sehr«, wisperte ich und freute mich unwahrscheinlich über sein stolzes Lächeln. Wir suchten uns einen Tisch. Dominik setzte sich neben mich und Milan nahm neben Selina Platz.

Der Kellner trat an unseren Tisch und begrüßte uns freundlich. Er trug ein halboffenes, weißes Hemd und eine knielange Hose, und ich war froh, dass hier auf der Insel alles so locker war. Nichts wirkte gezwungen oder aufgesetzt, sondern man hatte den Eindruck, die Menschen waren tatsächlich so nett, wie sie schienen.

Wir bestellten zwei Flaschen Weißwein mit Wasser. Meine Neugierde wuchs, als der Kellner uns mitteilte, dass es nur ein Gericht auf der Karte gebe. Nämlich eine gemischte Platte mit gegrilltem Fisch und Gemüse. So etwas hatte ich vorher noch nie erlebt. Ich war gespannt, als der Kellner uns die Getränke und das Essen brachte. Dazu wurden vier Teller ohne Besteck bereitgelegt. Ich sah Dominik fragend an. Er legte den Arm auf meine Rückenlehne und strich sachte durch meinen Nacken.

»Hier gibt es frisch auf den Tisch, was die Fischer am Tag gefangen haben. Außerdem isst man mit den Händen«, meinte er amüsiert.

Endlich begannen wir, das Essen zu genießen. Es schmeckte so gut, dass ich nicht genug bekommen konnte!

»Schmeckt es euch?«, fragte Milan mit halbvollem Mund.

Ich erwiderte begeistert: »Es ist großartig!«

Selina nickte ebenfalls. »Wenn Lena das sagt, dann muss es stimmen. Sie ist nämlich Köchin und hat sogar ein Jobangebot eines Vier-Sterne-Restaurants!«

Meine Wangen färbten sich rosa. Dass Selina nie ihren Mund halten konnte …

»Wirklich? Das ist toll!«, sagte Dominik.

Ich freute mich über seine Begeisterung, machte jedoch eine wegwerfende Handbewegung. »Ach, das ist doch nichts …«

»Und wie es das ist!«, beteuerte er.

Selina bestätigte seine Aussage. »Sie ist viel zu bescheiden!«, sagte sie und zwinkerte mir zu.

»Was macht ihr eigentlich beruflich?«, fragte ich, um von mir abzulenken.

Milan öffnete den Mund, aber Dominik kam ihm zuvor. »Milan leitet eine Eventagentur für Sportveranstaltungen«, sagte er und grinste seinen Freund breit an.

»Wow! Das klingt ja super spannend!«, rief Selina begeistert. Milan nickte.

»Ja, das ist es auch. Trotzdem hat Do...«

»Er kennt viele bekannte Sportler! Fragt ihn, wen alles, er liebt es, darüber zu sprechen«, ergänzte Dominik und unterbrach ihn damit schon zum zweiten Mal. Wieso lenkte er so sehr von sich selbst ab? Unsere Blicke wanderten interessiert von einem der Männer zum anderen.

»Okay, mein Job ist cool, aber ich riskiere nicht tagtäglich mein Leben!«, warf Milan ein.

Mein Kopf wirbelte zu Dominik herum, aber der winkte nur ab.

»Übertreib nicht.«

»Komm schon, raus mit der Sprache!«, stichelte Selina. Meine Neugier war ebenfalls geweckt.

»Unser Mister Danger hier fährt Motorradrennen. Er steht kurz davor, sich für den Großen Preis von Deutschland zu qualifizieren, danach kommen Europa und die Weltmeisterschaft, Ladys!«, sagte Milan.

Ich hielt die Luft an, während Selina große Augen bekam.

»Halb so wild«, sagte Dominik und schob sich ein Stück Brot in den Mund.

»Daher kennt ihr euch, von den Veranstaltungen?«, fragte ich. Milan nickte.

»Oha, wenn ihr die Afterpartys sehen würdet, die wir ...«

»Ist okay, Milan! Ich glaube, sie haben verstanden«, meinte Dominik nun etwas ungehalten. Milan nickte beschwichtigend. Also steckte doch mehr hinter Dominiks Äußerem. Er liebte das

Risiko und anscheinend auch die Annehmlichkeiten, die ihm sein Job brachte, vielleicht sogar inklusive Groupies. Das stand im kompletten Kontrast zu meinem Leben zu Hause. Während ich in diese Überlegungen abdriftete, erzählten die beiden Männer Geschichten darüber, was sie in ihren Urlauben normalerweise alles unternahmen. Dagegen wirkten Selinas und meine Pläne wie die von zwei Rentnerinnen.

Alles in allem schienen die zwei wirklich gute Freunde zu sein. Sie hatten die gleiche Vorliebe für Freizeitaktivitäten, bei denen mir schon vom Zuhören die Knie schlotterten. So kamen wir von einem Thema zum nächsten und lernten uns Stück für Stück kennen. Was ich von Dominik mitbekam, gefiel mir immer besser. Außer vielleicht, dass er einen dramatischen Hang zu lebensgefährlichen Sportarten hatte, aber jeder brauchte schließlich eine Schwäche. Ansonsten zeigte er sich von seiner besten Seite. Er schenkte uns nach, wenn unsere Gläser leer waren, war bei seinen Erzählungen bescheiden und hörte sich mit Freude unsere Geschichten aus der Schulzeit an. Immer wieder suchte ich seinen Blick oder sah verstohlen zu ihm hin.

Nach dem Essen servierte uns der Kellner heiße Tücher, mit denen wir unsere Finger reinigen konnten. Wir bestellten noch eine dritte Flasche Wein. Mein Herz begann zu rasen, als Dominik seinen Arm auf meine Rückenlehne legte und mich sachte an der Schulter berührte. Ein wenig lehnte ich mich seiner Berührung entgegen.

»Ist dir kalt?«, fragte er leise. Ich schüttelte den Kopf, auch wenn ich etwas flunkerte. Aber ich wollte den Abend und alles, was dazugehörte, so lange genießen, wie es nur ging. Er beugte sich leicht zu mir, während Selina und Milan über ein Thema diskutierten, bei dem ich ausgestiegen war, seitdem ich Dominiks Finger gespürt hatte.

»Hast du Lust, mit mir am Strand zurückzulaufen? Nur wir zwei.« Sein Blick wurde bei den letzten Worten intensiver, und mein Atem ging immer flacher.

»Sehr gerne«, wisperte ich, war mir aber sicher, dass er es genau verstanden hatte, denn er stand plötzlich auf und lief zum Kellner, der hinter dem aus Weinkisten zusammengezimmerten Tresen stand.

Selina sah mich wissend an und grinste mir ermutigend zu. Auch Milan schien, als hätte er kein Problem damit, wenn sich für den heutigen Abend unsere Wege trennten. Dominik kam zurück und streckte mir die Hand hin, die ich bereitwillig ergriff. Ein Kribbeln begann an der Stelle, an der seine Haut meine berührte, und ich stand auf.

»Müssen wir nicht noch bezahlen?«, fragte ich.

Dominik schüttelte den Kopf. »Ihr seid heute eingeladen.«

»Aber du kannst doch nicht das Essen von vier Leuten bezahlen!«, protestierte ich mit schlechtem Gewissen. Doch Milan raunte mir im Vorbeigehen leise zu: »Doch, er kann. Mach dir keinen Kopf. Wenn jemand großzügig ist, dann Dom.« Etwas lauter fügte er hinzu: »Danke, Alter, du bist der beste Kumpel, den sich ein Mann wünschen kann.« Er lachte.

Selina und ich verdrehten über das Gehabe leicht grinsend die Augen. Trotzdem schnappte sich Selina mit einem breiten Lächeln die noch volle Weinflasche und hakte sich bei Milan unter.

Wir trennten uns vor dem Restaurant, und Dominik ging mit mir runter zum Strand. Dort zog ich meine Schuhe aus, nahm sie in die Hand und lief mit nackten Füßen durch die seichten, kalten Wellen, die an den Strand brandeten. Wieso fühlte sich alles hier so viel intensiver an als zu Hause? Hätte man das nicht immer haben können?

»Erzähl mir etwas von dir, das nicht jeder weiß«, sagte Dominik und drückte ermutigend meine Finger, die wieder mit seinen verhakt waren.

Ich kaute nachdenklich auf meiner Unterlippe herum. »Ich würde gerne ein eigenes Restaurant aufmachen«, antwortete ich und lächelte bei dem Gedanken daran.

»Was würdest du kochen?«

»Ich würde gerne etwas zubereiten, bei dem man das Gefühl hat, man macht einen Kurzurlaub. Ich würde in meinem Restaurant Speisen anbieten, die es nicht an jeder Ecke gibt. Vielfältige Gerichte, kleine Portionen wie Tapas, etwas anderes einfach, so etwas wie heute Abend.« Ich sah ihn an und er lächelte aufmunternd.

»Hört sich klasse an.«

»Ja, wird aber wohl ein Traum bleiben ...«

»Vielleicht musst du das gar nicht so negativ sehen. Wir sind noch jung, wir sollten Dinge erleben und uns nicht an so etwas Großes binden«, fand er, während ich weiter auf meiner Unterlippe kaute.

»Was aber, wenn uns diese Dinge Sicherheit geben und gut laufen?«

»Aber du musst doch etwas erleben wollen, oder? Du könntest mit einem Restaurant nicht mal ohne Probleme in den Urlaub fahren. Sicherheit hast du damit bestimmt auch eher weniger, denn du bist ja immer von den Gästen abhängig«, stellte er fest.

Wahrscheinlich hatte er recht. Mir fehlte ja schon der Mut zu kleinen Abenteuern.

Dominik löste seine Finger und umschlang meine Schulter mit seinem Arm, drückte mich nah an sich. Ich legte meinen Arm um seinen Rücken. Er fühlte sich stark an, und ich passte perfekt in seine Umarmung. Wir liefen im Gleichtakt weiter.

»Was ist denn dein Traum?«, fragte ich.

»Ich mache irgendwann mal eine Weltreise. Nur mit einem Rucksack.«

»Du machst? Da bist du dir aber schon ziemlich sicher.«

»Klar, wer soll mich denn davon abhalten? Das kann nur ich selbst, aber ich finde die Idee ziemlich genial. Außerdem muss man manchmal etwas wagen, um zu gewinnen.« Schelmisch lächelte er mich von oben an.

»Darf ich fragen, was vorhin am Strand los war?«, fragte er leise und zog mich noch ein wenig enger an sich. Diese kleine Geste gab mir den Ansporn, mich ihm zu öffnen, obwohl ich ihn nicht mit meinem Ballast nerven wollte.

»Mit fünf hatte ich einen Badeunfall im Schwimmbad. Ich

konnte noch nicht sicher schwimmen, wollte es aber den großen Kindern trotzdem nachmachen. Meine Mutter war eingeschlafen, und ich hab mich mutig zum Schwimmbeckenrand begeben. Natürlich hat mein Herz gerast, als ich das tiefe Wasser vor mir gesehen habe, aber trotzdem hab ich meinen gesamten Mut zusammengenommen und bin hineingesprungen. Einfach so.«

Dominiks Finger streichelten sachte über meine Schulter.

»Der Bademeister hat es zum Glück gesehen, mich wieder herausgefischt und beatmet, bis ich das Wasser hustend aus meinen Lungen spucken konnte. Es war knapp gewesen, sicher, aber als Kind begreift man diese Dinge einfach noch nicht. Das kam erst später. Meine Mutter macht sich immer noch Vorwürfe.«

»Und immer, wenn du im Wasser bist, kommt die Erinnerung hoch«, stellte Dominik fest. Ich nickte erneut.

»Es tut mir leid, ich wollte dir keine Angst machen …«, meinte er.

»Es ist nicht deine Schuld, die Panik ist auch idiotisch. Ich kann schwimmen, habe mehrere Kurse gemacht und meistens geht es auch. Aber wenn ich plötzlich unter Wasser gezogen werde, ohne es selbst in der Hand zu haben, wirft es mich manchmal aus der Bahn.«

Dominik blieb stehen und strich mir leicht über die Wange. »Ich verspreche dir, wenn du mit mir schwimmen gehst, passe ich auf dich auf.«

»Ich wollte schon immer einen persönlichen Rettungsschwimmer wie in Baywatch haben!«

»Ich brauche nur noch eine rote Badehose, dann kann es von mir aus losgehen!«

Wir setzten uns wieder in Bewegung.

»Seit ich denken kann, sitze ich auf einem Motorrad. Mein Onkel hat mich mit seiner Maschine schon früh vom Kindergarten abgeholt und mir mein erstes Motorrad mit sechzehn geschenkt. Meine Eltern sind fast ausgerastet.« Er lächelte wehmütig. »Trotzdem gab und gibt es immer mal wieder brenzlige Situationen, und so eine habe ich vor drei Jahren erlebt. Übler Unfall auf meiner Trainingsstrecke.«

Ich drückte mich näher an ihn und meine Finger streiften über seine Seite, an der ich die Narbe gesehen hatte.

»War ganz schön knapp, und ich hab mich Wochen nicht auf das Motorrad getraut. Aber Milan hat mir zur Seite gestanden und mir gut zugeredet. Hin und wieder hatte ich genau solche Panikattacken, aber ich hab gemerkt, dass sie weniger wurden, je öfter ich fuhr. Ich kann mir vorstellen, dass dir das auch helfen könnte«, sagte er leise. Ich bewunderte den Mut, den er aufbrachte, um einfach weiterzumachen.

Die Lichter des Hotels kamen in Sicht und ich ließ die Schultern etwas sinken, weil ich nicht das Bedürfnis hatte, unseren Spaziergang jetzt schon zu beenden. Es war einfacher, sich mit Dominik zu unterhalten, als ich gedacht hatte. Er war bodenständig, abenteuerlustig und anders, als alles, was ich bisher erlebt hatte. Vielleicht zog mich genau diese Unwissenheit, wie der nächste Tag mit ihm aussah, einfach an.

Trotzdem war ich realistisch genug, um zu wissen, dass sich nicht mehr zwischen uns entwickeln würde. Dafür saß der Schmerz meiner Trennung von Eric noch viel zu tief, und ich hatte keine Lust, so etwas nochmal zu erleben. Dominik war so unbeständig wie interessant. Er lebte in den Tag hinein, genoss dafür aber jede Minute so intensiv, wie ich es mir immer gewünscht hatte.

Das war vielleicht für den Moment gut, aber so etwas hatte im Alltag keinen Platz. Ich würde mich immer fragen, wann es so weit wäre, dass es ihn forttrieb. Schweigend führte er mich durch das Hotel. Aber es war keine unangenehme Stille, sondern wir hingen jeder unseren Gedanken nach. Ich hatte noch keinen einzigen unangenehmen Moment mit Dominik erlebt.

Vor meiner Zimmertür angekommen, lösten wir uns voneinander und sahen uns an.

»Es war ein sehr schöner Abend, danke dafür«, sagte ich.

»Das fand ich auch. Sehen wir uns morgen?« Der hoffnungsvolle Ton in seiner Stimme ließ mich erneut lächeln. In seiner

Gegenwart bekam ich fast Muskelkater in den Wangen vor lauter dümmlichem Grinsen.

»Auf jeden Fall.«

Er lehnte sich ein Stück vor und mein Herz wummerte immer heftiger. Wollte ich, dass er mich küsste? Konnte ich mich darauf einlassen, nur in diesem Moment? Er nahm mir die Entscheidung ab und drückte mir nur ein Küsschen auf die Wange.

»Gute Nacht, Lena«, sagte er liebevoll.

»Gute Nacht, Dominik.« Als er sich umgedreht hatte und langsam den Flur hinunterging, sah ich seinem breiten Kreuz hinterher und schloss kurz die Augen. Seufzend öffnete ich die Tür und trat ein. Im Flur zog ich meine Sandalen von den Füßen und warf sie in eine Ecke, während ich die hüpfenden Schritte von Selina vernahm.

»Und? Und? Habt ihr geknutscht?«, rief sie.

Ich ließ mich lachend auf der Couch in der Sitzecke nieder. Der Fernseher lief und Selina hatte eine dünne Wolldecke ausgebreitet, die ich mir nun schnappte.

»Nein. Wir haben uns unterhalten.«

»Unterhalten? Wie öde ist das denn? Ich dachte, der Typ geht mehr ran.«

»Selina!«

Sie warf sich neben mich.

»Leni, du darfst nicht so viel Zeit verstreichen lassen, sonst wird er dir noch vor der Nase weggeschnappt. Wir haben nur ein paar Tage!«

»Was war denn mit dir und Milan?«

Sie zuckte mit den Schultern. »Er ist nett und sieht echt gut aus, aber ich glaube, das wird eher so eine freundschaftliche Kiste. Wir haben uns auch gut unterhalten, aber da war nicht unbedingt ein Knistern, so wie bei euch. Meine Güte, ihr habt fast die Bude da unten abgefackelt!«

»Ja, ist ja gut«, murmelte ich und erhob mich. »Ich geh mich jetzt umziehen und ins Bett.« Wie zur Bestätigung unterdrückte ich mühsam ein Gähnen.

»Seht ihr euch morgen wieder?«

»Ich hoffe es«, antwortete ich leise und schlurfte ins Badezimmer. Ich hoffte es sogar sehr.

Kapitel 6

Am nächsten Morgen konnte ich es kaum abwarten, endlich zum Strand zu kommen. Wir hatten mit den Männern gefrühstückt und uns für später verabredet. Also rannte ich förmlich die Treppen nach unten und hörte Selinas leises Lachen, weil sie sich über mich lustig machte.

»Na, kannst es wohl kaum erwarten?«, neckte sie mich.

»Und wenn? Ja, okay, er interessiert mich. Wie könnte er auch nicht?«

»Endlich gibst du es wenigstens zu! Halleluja!« Sie tat so, als würde sie zu Gott beten, aber ich ging einfach weiter. Am Strand sahen wir die beiden bereits aus der Ferne. Dominik hatte links neben sich zwei freie Liegen mit Handtüchern beschlagnahmt, von denen ich die neben ihm ansteuerte. Natürlich.

»Hi! Danke!«, begrüßte ich die beiden Männer. Dominik grinste breit. Er lag nur in Badeshorts da und ich unterdrückte den Drang, mich einfach neben ihn zu legen und mich an ihn zu kuscheln. Denn das wäre das, was ich am liebsten getan hätte.

Milan lag neben ihm und hob den Kopf, damit er uns ebenfalls begrüßen konnte. »Hey, Ladys! Wir haben heute eine ganz besondere Überraschung!«

Ich zog die Augenbrauen hoch und wickelte mich aus meinem Pareo. »Überraschung?«

Selina setzte sich auf den Rand der Liege und strahlte über das ganze Gesicht. »Ich liebe Überraschungen!«

Die Männer standen auf, Dominik drückte mir einen Kuss auf den Scheitel, was mein Herz mal wieder zum Galoppieren brachte, und die beiden liefen den Strand hinunter ohne ein weiteres Wort. Fragend sah ich zu Selina, die sich mit Sonnenmilch die Arme eincremte.

»Weißt du, was sie meinen?«

»Ist doch egal. Überraschungen sind toll!«, sagte sie. Ich legte mich seufzend neben sie.

Zehn Minuten später ertönte das dumpfe Dröhnen eines Motors. Oder mehrere? Es wurde immer lauter. Ich öffnete die Augen und setzte mich auf.

»Nicht im Ernst!«

Selina sprang jubelnd auf und hielt mir die Hand hin. »Komm! Das ist ja der Wahnsinn!«

Mit einem mulmigen Gefühl lief ich auf Dominik zu, der mir schief grinsend eine Schwimmweste hinhielt. Mit verschränkten Armen blieb ich am Strand stehen, während Selina schon hinter Milan auf dieses Höllenteil kletterte.

»Komm«, sagte Dominik ermutigend.

Ich schüttelte den Kopf. »Niemals steig ich auf so ein Ding!«

Er lachte. »Es kann dir nichts passieren. Du hast eine Schwimmweste, und ich bin da, okay?«

»Bist du überhaupt schon mal Jetski gefahren?«, fragte ich skeptisch.

»Ich glaub, ich darf behaupten, mehr als einmal. Ich fahre langsam und pass auf dich auf. Vertrau mir.« Seine tiefe Stimme hallte durch meinen Kopf, der dem Ganzen auf einmal überhaupt nichts mehr entgegensetzen konnte. Ich wollte Spaß haben und ihm vertrauen. Wenn ein professioneller Rennfahrer sich nicht mit so was auskannte, wer dann? Der Urlaub sollte doch dafür sein, dass ich mir mal keine Gedanken über irgendetwas machte, sondern einfach lebte. Außerdem weckte Dominik irgendetwas in mir, so dass ich ihm auf Anhieb glaubte, was er zu mir sagte.

Ich atmete nervös aus, ging aber zu ihm in das schenkelhohe Wasser und griff nach der Weste. Während ich hineinschlüpfte, hörte ich Selinas laute Freudenschreie, als Milan mit lautem Getöse und hohen Wasserspritzern davonfuhr. Ein flaues Gefühl bereitete sich in meiner Magengegend aus.

»Ich will doch nicht«, sagte ich, als ich schon die Schwimmweste geschlossen hatte. Die sollte mich retten, falls ich im offenen Meer hinunterfiel und abtrieb? Oh Gott!

Dominik lächelte mich warm an und hielt mir seine Hand hin. Wie automatisch ergriff ich sie, und er half mir, hinter ihn zu steigen.

»Ich muss verrückt sein«, murmelte ich.

»Umschling meinen Bauch«, befahl er sanft. Seine Finger streichelten beruhigend meinen Handrücken, als ich mich ängstlich an ihm festklammerte. Er drehte den Kopf zu mir, und ich presste meine Wange fest gegen seinen Rücken.

»Entspann dich. Wir machen ganz langsam, okay? Außerdem gefällt es mir, wie nah du bei mir bist. Allein das ist ein Grund, mit dir Jetski zu fahren.«

Das flaue Gefühl wurde durch tausend Schmetterlinge ersetzt, als ich realisierte, wie nah ich seinem starken Körper war. Ich schloss die Augen, spürte, wie er behutsam anfuhr, um mich an die Bewegung zu gewöhnen. Es war wirklich gar nicht mal so schlecht. Der Wind wehte mein Haar nach hinten, das Salzwasser überzog unsere Haut mit einem Nebel, der von dem Jetski unter uns hochgewirbelt wurde. Erst drehte Dominik nur flache Kurven, dann immer engere und schnellere. Aber obwohl er die Geschwindigkeit erhöhte, fühlte ich mich sicher bei ihm. Er würde mein Vertrauen nicht missbrauchen, da war ich mir hundertprozentig sicher.

Ich lockerte meinen Griff ein wenig und rutschte ein Stück zurück, um mir die Gegend ansehen zu können. Hier draußen waren die Menschen am Strand ganz klein. Die Sonne knallte immer noch vom Himmel und spiegelte sich in den kleinen Wassertropfen auf Dominiks Oberarmen. Seine Hände hielten fest den Lenker umgriffen und seine Muskeln zuckten, als er eine weitere Rechtskurve fuhr und wir in wogenden Bewegungen an

Selina und Milan vorbeirauschten. Selina rief mir etwas zu, das ich kaum verstehen konnte, aber es hörte sich an wie: »Ist das nicht der Hammer?«

Und das war es tatsächlich! War es dieses Hochgefühl, das ihn dazu trieb, solche Sachen zu machen? Dann konnte ich ein wenig verstehen, dass ihn dieses Gefühl immer und immer wieder berauschte.

***

»Und es macht dir wirklich nichts aus, wenn ich nicht mitkomme?«, fragte ich und ließ meine Beine vom breiten Waschtisch im Bad baumeln. Selina hatte sich dicht vor den Spiegel gebeugt und trug peinlich genau ihre Wimperntusche auf.

»Nein, alles okay. Milan und ich werden eine Menge Spaß haben. Zwar nicht so viel wie Dominik und du, aber trotzdem.« Sie kicherte albern. Ich lehnte mich mit dem Rücken an den breiten Spiegel und schaute sie besorgt an.

»Wenn irgendwas ist, Milan doch komisch ist oder dich alleine lässt, ruf an!«

Sie legte die Schminkutensilien zur Seite und sah mich schmunzelnd an. »Ja, Mama. Ich verspreche, ich bin pünktlich zu Hause.«

»Gut«, sagte ich nur, als ich plötzlich ein leises Klopfen vernahm.

»Hast du das gehört?«

»Was?«, fragte Selina und richtete den Ausschnitt ihres engen, schwarzen Kleides.

»Hat es geklopft?«

»Keine Ahnung.« Ich sprang mit einem Satz vom Waschtisch und ging zur Tür. Doch als ich mich im Flur umsah, konnte ich niemanden entdecken. Ich wollte die Tür bereits wieder zumachen, da entdeckte ich einen kleinen, gefalteten Zettel auf dem Teppich. Skeptisch griff ich danach und öffnete ihn.

In 30 Minuten auf unserem Sonnendeck
Liebe Grüße, Dominik

Jetzt war es schon unser Sonnendeck. Die Schmetterlinge in meinem Bauch flatterten so heftig, dass ich das Gefühl hatte, sie wollten ausbrechen.

Zur verabredeten Zeit ging ich mit klopfendem Herzen nach oben. Wie bei unserer ersten Begegnung auf dem Deck stand Dominik am Geländer und sah auf das Meer. Er trug heute eine Jeans und darüber ein graues T-Shirt. Ich bewunderte seine Silhouette, die von der untergehenden Sonne angestrahlt wurde.

Als hätte er mich gespürt, drehte er sich um und lächelte, während ich zu ihm ging. Wortlos drückte er mich an sich und wir betrachteten die Sonne, die ein orangefarbenes Licht auf das Meer warf. Der Himmel über uns war dunkelblau, fast schwarz, aber die letzten Strahlen kämpften sich noch am Horizont nach oben. Dominiks Finger legten sich um meinen Nacken und strichen unablässig sachte über meine Haut, während ich mich enger an seine Seite drückte. Wie konnte er mir jetzt schon so vertraut sein?

Als die Dunkelheit der Nacht sich über uns legte, sah Dominik mich an. Er rieb meine nackten Arme, auf denen sich eine Gänsehaut ausgebreitet hatte. Heute war es kühler als sonst und ich ärgerte mich, dass ich mir keinen Pullover mitgenommen hatte. Er nickte in die Richtung der breiten Liegen.

»Wollen wir rübergehen? Da ist es bestimmt ein bisschen wärmer.«

»Okay.«

Wir liefen hinüber und ich legte mich auf die linke Seite der Doppelliege. Der weiße Baldachin wehte über uns im sanften Wind hin und her, und Dominik löste die Knoten, so dass er beschützend die Liege verschloss. Am Ende des Pools lag ein Stapel frischer Handtücher, von denen er einige geholt hatte. Hier war es schon deutlich angenehmer, vor allem mit ihm bei mir. Ich kuschelte mich in Dominiks Arm und legte meinen Kopf auf seine Brust, während er uns mit den Handtüchern zudeckte. Endlich konnte ich ihm so nahe sein, wie ich es die ganze Zeit schon wollte.

»Ich bewundere deinen Mut«, hauchte ich und spürte seine Finger an meiner Wirbelsäule entlangstreichen.

»Jeder kann mutig sein, das ist nicht so schwer, wie man denkt.«

»Ich glaube, ich nicht. Ich würde so gerne noch so viel machen, aber alleine traue ich mich das nicht.«

»So geht es wohl den meisten. Aber vielleicht musst du es gar nicht alleine machen.« Er lächelte mich an, als ich den Kopf hob.

»Du hattest doch bestimmt einen Freund zu Hause, der dich unterstützt hat, oder?« Ein schmerzender Stich durchfuhr mein Herz, als er mich an Eric erinnerte. Die letzen Tage hatte ich überhaupt nicht mehr an ihn gedacht. Ich fühlte mich so wohl bei Dominik, so weit entfernt von zu Hause, dass ich alles dort völlig vergessen hatte.

»Doch schon … vielleicht lag es einfach an mir.« Eigentlich hatte ich überhaupt noch nicht darüber nachgedacht, weshalb Eric gegangen war. Wahrscheinlich war es wirklich mein Fehler gewesen und er hatte sich etwas anderes gewünscht. Etwas Aufregendes und keine Langweilerin, die wartete, bis man ihr etwas vorsagte. Vielleicht hatte er tatsächlich versucht, mit mir darüber zu sprechen, und ich hatte ihm einfach nicht zugehört.

Dominik zog mich enger an sich, und ich begann, zärtlich seinen Bauch über dem Shirt zu streicheln. Seine Atmung ging etwas schneller, und das Kribbeln in meinem gesamten Körper nahm nach seiner Reaktion noch einmal zu.

»Und du? Du hattest doch sicherlich eine Freundin, die dieses ganze Zeug mitgemacht hat. Tandemsprung, Bungee-Jumping, Höllenritt und das alles.«

Sein Bauch hob und senkte sich, als er lachte.

»Da bin ich wohl das Gegenteil von dir. Ich mache so etwas lieber alleine als zu zweit. Dann ist das Risiko geringer.«

»Aber da draußen muss es doch eine Frau geben, die auf so etwas steht und der das Risiko nichts ausmacht«, sagte ich.

Er begann gedankenverloren eine meiner Locken um seinen Finger zu drehen, und mir fuhr ein Schauer den Nacken hinunter. »Beziehungen sind nicht so mein Ding. Ich will nicht behaupten, dass ich es nicht versucht habe, aber ich bin ziemlich viel unterwegs. Bisher hat es vielleicht auch deswegen nicht gehalten. Außerdem will ich spontan irgendwo hinfliegen können, ohne mich rechtfertigen zu müssen, warum ich das alleine machen möchte. Denn das will ich, ja. Keine Ahnung, vielleicht brauche ich die Auszeiten von dem ganzen Trubel in meinem Job einfach für mich.«

Seine Aussage bestätigte meine Annahmen über ihn. Ich musste das zwischen uns sehen, wie es war. Eine wunderschöne Zeit mit einem Ablaufdatum, das von vornherein feststand. Ich würde seinen Ansprüchen niemals gerecht werden und er meinen im Alltag wahrscheinlich ebenso wenig. Doch einen Beschluss hatte ich gefasst. Ich wollte unsere gemeinsame Zeit so gut wie möglich nutzen.

Ich stützte mich auf meine Unterarme und sah ihn an. Sein Blick verharrte kurz auf meinen Lippen. Mein Herz schlug mir bis zum Hals und in meinem Unterleib begann es zu pulsieren, als ich mich ein Stück nach vorne lehnte. Er umfasste meinen Kopf mit seiner Hand und zog mich noch enger an sich.

Es war unvermeidbar, dass es nun passierte. Ich spürte, dass auch er es so sehr wollte, dass wir es unmöglich hätten stoppen können. Als seine weichen Lippen meine berührten, hatte ich das Gefühl, als löse sich in meinem Inneren ein Knoten. Etwas, das mich bisher zurückgehalten hatte. Ich fühlte mich frei, lebendig und unwahrscheinlich begehrt.

Ich drückte mich seufzend enger an ihn, während seine Zungenspitze leicht über meine Lippen fuhr, die ich bereitwillig für ihn öffnete. Unsere Zungen umkreisten einander, und sein Duft berauschte mich. Es war so gut, und ich konnte mich kaum zügeln. Seine Hand umfasste immer noch meinen Hinterkopf und hielt mich fest. Meine Hände gingen auf Wanderschaft und schoben sich unter sein Shirt. Das Gefühl seiner weichen Haut über der Härte seiner Muskeln ließ mich fast durchdrehen.

Unser Kuss wurde immer leidenschaftlicher, und meine Empfindungen versanken in einer aufregenden Tiefe. Er drehte mich auf den Rücken, ohne dass sich unsere Lippen nur eine Sekunde voneinander lösten. Er war nun über mir, und ich umfasste seinen Nacken mit meinen Händen, fuhr leicht mit meinen Fingernägeln über die Haut unter seinem Haaransatz. Dominik löste seine begnadeten Lippen von meinem Mund, um sie umgehend an meinen Hals zu setzen und sich bis zu meinem Ohr zu küssen.

»Du schmeckst so viel besser, als ich es mir ausgemalt habe«, flüsterte er.

Ich stöhnte leise und genoss das Gefühl, welches er in mir auslöste. Ich hatte mir auch vorgestellt, wie er küsste, doch die Wirklichkeit übertraf meine Fantasie um Längen! Fast hatte ich das Gefühl, vorher noch nie so geküsst worden zu sein. Jeder seiner zarten Küsse auf meinen Hals setzte mich weiter in Brand.

Viel zu schnell hielt er inne, drehte sich wieder auf den Rücken und zog mich seufzend an sich. Ich wollte mehr! Mein Körper lechzte nach seinen Berührungen. Doch ich spürte, dass wir heute nicht weiter gehen würden. Enttäuschung machte sich in mir breit. Warum auch immer er diese kleine Barriere zwischen uns errichtete, denn gerade ihm musste doch klar sein, dass uns nicht viel Zeit blieb.

»Ich habe in drei Tagen Geburtstag«, sagte ich leise, vielleicht auch, um mich selbst abzulenken.

»Darf ich mit dir feiern?«, fragte er mich ernst und sah mich so intensiv an, dass sich in mir eine neue, unfassbare Hitze aufbaute.

»Sehr gerne.« Ich legte meinen Kopf auf seine Brust und lauschte seinen kräftigen Herzschlägen.

»Was war dein schönster Tag?«, fragte ich, weil ich mich von dem dumpfen Pochen zwischen meinen Beinen ablenken musste.

»Mein schönster Tag?« Ich spürte, wie er überlegte. »Als ich meine erste eigene Wohnung bekommen habe! Sie war viel zu klein und viel zu teuer, aber sie war mein erstes eigenes Reich. Ich hatte nur ein Sofa, eine Matratze und eine Kaffeemaschine, aber es war herrlich. Und deiner?«

»Zweifellos als ich Selina im Kindergarten kennengelernt habe! Sie war die Lauteste von allen, und unsere erste Begegnung endete mit einer Schaufel und einem Loch in meinem Kopf, ich landete im Krankenhaus. Trotzdem waren wir seitdem unzertrennlich.« Die Erinnerung brachte mich zum Lachen, und er stimmte mit ein.

»Lieblingsfarbe?«, fragte er, und sein Finger glitt zart an meinem Rückgrat auf und ab.

»Lila, wie mein erstes Fahrrad«, antwortete ich. »Deine?«

»Rot, wie mein erstes Motorrad. Wobei ...« Er setzte sich auf und gab mir einen zarten Kuss auf den Mund. »Jetzt könnte es auch Grün-Braun sein.«

Er sah mir tief in die Augen. Eine leichte Röte zog sich über meine Wangen, und ich lächelte verlegen.

»Nette Masche, Mister Danger«, zog ich ihn mit dem Spitznamen auf, den Milan ihm verpasst hatte.

Er grinste wissend und drehte sich zurück auf den Rücken.

Ich schloss die Augen und drückte mein Ohr auf seine Brust, spürte seine tiefen Atemzüge und wie sich sein Brustkorb hob und senkte. Und bevor ich noch etwas anderes denken konnte, driftete ich, umhüllt von seiner beschützenden Umarmung und seinem köstlichen Duft, ab in eine beruhigende Traumwelt.

Kapitel 7

Ich gab ein brummendes Geräusch von mir, bevor ich langsam ein Lid aufschlug und mit gerunzelter Stirn meine Umgebung betrachtete. Irgendwas hatte mich geweckt, und ich hatte ganz und gar nicht geweckt werden wollen!

»Guten Morgen!«

Oh … Vielleicht doch. Dominik hatte sich über mich gelehnt und strich mir eine Haarsträhne aus dem Gesicht.

»Morgen«, sagte ich heiser, und er drückte mir einen sanften Kuss auf die Stirn. Doch. Daran könnte ich mich gewöhnen.

»Komm, ich bring dich in dein Zimmer. Selina macht sich bestimmt schon Sorgen«, sagte er, während er federleicht aufsprang, die Stoffbahnen zur Seite drückte und mir die Hand hinhielt. Wie konnte man am frühen Morgen schon solch einen Elan haben? Vor allem, wie lange war er schon wach? Hoffentlich hatte er mich nicht beim Schlafen beobachtet. Doch dann hätte er wahrscheinlich schon das Weite gesucht.

»Wie viel Uhr haben wir?«, fragte ich und rieb mir die Augen.

»Sieben.«

»Oh Gott. Können wir nicht noch ein bisschen hierbleiben?«, fragte ich schmollend und drehte mich auf die Seite. Ich legte meinen Kopf auf meine gefalteten Hände und sah ihn von unten an. Er stand hüftbreit vor der Liege, verschränkte gespielt böse die Arme und sein Blick brannte sich in meinen.

»Muss ich dich erst zwingen, aufzustehen? Du weißt, dass ich sehr überzeugend sein kann«, witzelte er. Ich kicherte.

»Mach doch.«

Mit aufgerissenen Augen stürzte er sich auf mich, biss mir in den Hals und kitzelte mich, bis mir die Tränen von den Wangen liefen.

»Okay, okay! Frieden!«, schrie ich. Er setzte sich lächelnd auf den Rand der Liege. Mit dem Daumen strich er mir eine Lachträne aus dem Gesicht, und ich musste schlucken. Wie intensiv das Grün seiner Augen leuchtete. An diesen Anblick hätte ich mich tatsächlich gewöhnen können.

Seufzend stand ich auf, um dem Gefühl, das sich in mir breitmachen wollte, zu entkommen, und wir liefen Arm in Arm hinunter. Vor unserer Zimmertür lehnte er sich mit dem Rücken gegen den Türrahmen und fuhr sich verlegen durch die noch vom Schlaf zerzausten Haare.

»Ich weiß, das kommt jetzt irgendwie doof, aber ich muss es einfach ansprechen. Das, was ich gestern gesagt habe, habe ich ernst gemeint. Lena, du bist wirklich großartig, aber ich will keine Beziehung, die dann irgendwann sowieso wieder auseinandergeht, weil ich mich nicht genug darauf einlassen kann. Verstehst du, was ich meine?«

Ich nickte verständnisvoll. »Du brauchst nichts zu sagen, ich weiß. Ich habe auch erst eine lange Beziehung hinter mir. Aber ich genieße die Zeit einfach. Es ist kein Problem für mich, wirklich.«

Die Erleichterung stand ihm ins Gesicht geschrieben und er zog mich an sich.

»Du bist wirklich toll, ich hoffe, du weißt das«, sagte er leise und drückte seine Lippen kurz auf meine. Dann löste er sich von mir und ging den Flur hinunter. Tief atmend schluckte ich den dicken Kloß hinunter, der sich in meinem Hals breitmachen wollte, den ich dort aber absolut nicht gebrauchen konnte. Seufzend ging ich in unser Zimmer und wappnete mich für Verhör Nummer zwei.

»Da bist du ja endlich!«, rief Selina aus dem Schlafzimmer. Ich ging hinüber und schmiss mich zu ihr auf das breite Doppelbett.

»Ich bin müde. Lass mich«, brummte ich und schloss die Augen.

»Das kann ich mir denken! Nicht viel Schlaf bekommen, was?« Ich hörte ihr breites Grinsen aus ihrer Stimme heraus.

»Nicht so, wie du meinst. Wir haben geredet.«

»Schon wieder?«, stöhnte sie. »Kommt ihr auch mal zur Sache?«

Ich musste lachen und sah sie an. »Wir haben uns geküsst.«

»Na also!«, jubelte sie.

»Und Milan und du? Hattet ihr Spaß?«

»Oh ja, sehr! Er ist wirklich witzig und hat gut auf mich aufgepasst.«

»Das ist schön«, gähnte ich und schloss erneut die Augen. Es war noch viel zu früh. Zeit, eine Runde Schlaf nachzuholen. Ich spürte, wie Selina die Bettdecke über mich zog und mir kurz über den Kopf strich, während sich der Schleier des Schlafes wohltuend über mich legte.

***

Die Männer hatten sich heute wieder etwas Besonderes überlegt. Sie wollten unbedingt tauchen gehen, aber dafür war ich nun wirklich nicht geschaffen. Egal, was die anderen diesmal sagten und wie sie versuchten, mich zu überreden! Bei dem Thema blieb ich hart.

Dominik hatte mir versprochen, dass ich auf Deck bleiben konnte, und wenn ich doch Lust hätte, mit ins Wasser zu gehen, konnte ich schnorcheln. Das war definitiv eine Alternative, und so sah ich Dominik und Milan zu, wie sie mit voller Ausrüstung in das Wasser sprangen. Die Wellen wogten das kleine Boot hin und her und ich war froh, nicht seekrank zu sein. Selina wollte ebenfalls tauchen und ließ sich gerade von dem Tauchlehrer noch mal alle Geräte einstellen. Ihre Augen strahlten glücklich durch die Taucherbrille und sie gab mir das Okay-Zeichen, bevor sie mit ihren Flossen mutig voraus in das Meer sprang. Der Tauchlehrer folgte. Nun saß ich alleine mit dem Kapitän, der nur Spanisch sprach, auf dem Boot herum. Ich lächelte ihm nett zu. Er erwiderte es und schnappte sich daraufhin eine Zeitung, der er seine Aufmerksamkeit widmete. Kein guter Gesprächspartner.

Mein Blick schweifte über das Meer und die Wellen. Ich konnte doch nicht nur hier herumsitzen! Da unten würden schon keine Haie sein, sonst wären die anderen ganz sicher nicht einfach hinuntergesprungen. Gab es im Atlantik überhaupt Haie? Ich hatte mir doch vorgenommen, über meinen Schatten zu springen, oder? Hiermit könnte ich das wortwörtlich tun.

Ich vertrieb meine Gedanken, zog mir eine Schwimmweste und die bereitgelegten Flossen an, schnappte mir Taucherbrille und Schnorchel und stellte mich tapfer an die Reling. Es war vielleicht nur ein Meter vom Schiff bis zum Wasser, aber von hier oben konnte ich nicht erkennen, was sich unter der Oberfläche befand. Es war nur dunkel, irgendwie gruselig. Mir klang Dominiks Stimme im Ohr. *Manchmal muss man etwas wagen, um zu gewinnen.*

Ich setzte todesmutig die Taucherbrille auf, schloss die Augen und zögerte. Es war nur Wasser. Ich hatte eine Schwimmweste an und unter mir waren Menschen, die mir sofort helfen würden. Ich konnte schwimmen! Verdammt nochmal!

Ich sprang. Als mein von der Sonne aufgehitzter Körper die kühlen Fluten traf, hielt ich kurz die Luft an. Ich befreite den Schnorchel vom Meerwasser und ließ mich in die Horizontale treiben. Meine Ohren befanden sich unter Wasser und ich hörte nur leises, beruhigendes Gluckern und meinen eigenen Atem. Unter mir erstreckte sich ein breites Riff. Mein Körper trieb wie schwerelos und wurde von den Wellen hin- und hergeschaukelt, während ich versuchte, etwas unter mir zu erkennen.

Als wäre ich auf ihn gepolt, erkannte ich sofort Dominik, der einige Meter unter mir an den Felsen vorbeizog. Etwas weiter entfernt befand sich Selina mit dem Tauchlehrer, und auf der anderen Seite trieb Milan. Fischschwärme schwammen an den Tauchern vorbei, damit sie nicht miteinander kollidierten. Ich atmete langsam und kontrolliert und beobachtete neugierig die fremde Welt. Alles war so friedlich unter Wasser, so ruhig. Man konnte sich nicht vorstellen, dass es noch etwas anderes gab außer das hier. Dominik war nun genau unter mir, und ich warf einen Schatten auf den hellen Sand am Meeresgrund. Er sah nach oben und erkannte mich. Ich winkte ihm zu, und er drehte seinen Körper auf den Rücken und schwamm parallel zu mir am Boden entlang. Es war ein tolles Erlebnis, ich war froh, es gewagt zu haben. Obwohl man sich hier nicht unterhalten konnte, hatte ich den Eindruck, das alles nicht alleine zu erleben. Es war ein so viel schöneres Gefühl, dieses Abenteuer mit jemandem teilen zu können. Vor allem mit Dominik, der mich genauso ermutigte, etwas zu tun, wie es bisher nur Selina geschafft hatte.

Wir trieben noch einige Minuten umher, bis ich sah, dass die anderen wieder Richtung Oberfläche tauchten und Dominik ihnen folgte. Dort angekommen, nahm ich den Schnorchel und die anderen ihre Mundstücke aus dem Mund und wir begannen laut und glücklich loszulachen.

»Leni!«, schrie Selina. »Du hast es geschafft!«

Dominik paddelte zu mir und zog mich an sich. Sein Arm umschlang meinen Rücken, aber durch die dicke Schwimmweste spürte ich seine Berührung einfach nicht genug.

»Ich bin stolz auf dich«, sagte er leise. Ich platzte fast vor Selbstvertrauen. Hätte ich gewusst, dass sich solch eine Kleinigkeit so anfühlen würde, hätte ich sie garantiert schon viel früher gewagt.

Kapitel 8

»Doch, wir saßen wirklich fünfzehn Minuten in den Büschen im Freibad und hofften, dass uns die Hunde nicht riechen würden!«, sagte Milan mit aufgerissenen Augen. Selina und ich strichen uns die Lachtränen von den Wangen.

»Und dann?«, fragte Selina und japste nach Luft.

»Natürlich haben die Tölen uns gerochen! Wir sind nackt, so schnell es ging, über den Zaun geklettert. Der eine hat fast Dominiks Hintern erwischt.«

Ich sah nach links, wo Dominik saß und mich beobachtete. Ein warmer Ausdruck trat auf sein Gesicht, und ich grinste ihn breit an.

»Das wäre eine Schande, wenn er den erwischt hätte«, beteuerte ich leise, und Dominik legte seine Hand warm um meinen Nacken.

»Und, seid ihr davongekommen?«, fragte Selina mit großen Augen.

Milan machte es spannend, trank einen Schluck seines Zombies und nickte. »Oh ja. Drei Kilometer nackt durch die Stadt bis nach Hause, weil unsere Autoschlüssel in unseren Klamotten waren. Wenigstens war Nacht und wir haben nur eine Oma mit ihrem Dackel getroffen. Die hatte ein Strahlen in den Augen, sag ich euch!« Wir brachen wieder in Gelächter aus, als ich mir das bildlich vorstellte.

»Da hattest du dein Risiko«, ärgerte ich Dominik.

Er zuckte grinsend mit den Schultern, lehnte sich nach vorne und stützte sich mit den Unterarmen auf den Tisch.

»Wir waren jung, da muss man erst mal herausfinden, wie weit man gehen kann.«

»Und jetzt wisst ihr es?«

»Meistens«, antwortete er mir. In seinen Augen funkelte es belustigt. Immer noch schmunzelnd rückte ich den Stuhl nach hinten und stand auf.

»Bin gleich wieder da.«

Die anderen nickten und begannen direkt wieder ein neues Gespräch, während ich die kleine Cocktailbar durchquerte, in der wir den heutigen Abend ausklingen lassen wollten. Unser Tauchausflug klang immer noch in mir nach und auch das anschließende Abendessen im Hotel war großartig gewesen. Der Urlaub entwickelte sich zu der besten Zeit meines Lebens, und ich bedauerte jetzt bereits unsere Abreise.

Nachdem ich meine Blase entleert und meine Hände gewaschen hatte, trat ich hinaus in den schmalen Flur, der zu den Waschräumen führte, und hielt inne. Dominik stand gegenüber der Tür, hatte einen Fuß an der Wand abgestützt und grinste mich wölfisch an.

»Hi«, sagte ich kleinlaut. Er stieß sich ab und kam langsam auf mich zu. Etwas hatte sich in seinem Blick verändert. Er war eindeutig, fast gefährlich, wie ein Raubtier auf der Jagd. Kein einziges Mal unterbrach er unseren Blickkontakt, und ich ging einen Schritt rückwärts, bis die Wand mich stoppte. Er stützte sich rechts und links von mir ab und sah gierig auf mich herunter. Es war das erste Mal, dass er mich so ansah, und ich konnte nicht beschreiben, was das in mir auslöste. Extreme Aufregung und Vorfreude machten sich in mir breit. Dominik führte seinen Mund langsam zu meinem Ohr.

»Ich wollte den ganzen Tag schon deine Lippen berühren. Jetzt kann ich mich nicht mehr zurückhalten«, wisperte er und drückte hungrig seinen Mund auf meinen. Ich umschlang seinen Nacken, während er mich eng gegen die Wand presste und wir uns atemlos küssten.

Nichts wollte ich lieber als das. Es war mir in diesem Moment egal, wo wir uns befanden, es zählte nur Dominiks Körper, seine Berührungen, sein Mund. Seine Hände umschlangen mein Gesicht und seine Küsse wurden immer fordernder. Doch je länger wir uns küssten, desto größer wurde der Hunger, der uns zu überwältigen drohte. Schwer atmend löste er sich von mir, legte seine Stirn an meine und verharrte einen Moment.

»Pause«, sagte er atemlos, und ich wusste genau, was er meinte.

»Bitte.« Es war mir selbst nicht klar, ob ich darum bettelte, dass er weitermachte und mich einfach in die Toilette zog oder dass er mit mir woanders hinging. Egal, was es gewesen wäre, Hauptsache, er unterbrach nicht dieses unglaubliche Gefühl.

»Wenn wir jetzt nicht aufhören, dann kann ich für nichts garantieren. Aber das ist nicht der richtige Ort«, antwortete er leise. Er seufzte und zog mich zurück zu unserem Tisch.

Fast schmollend folgte ich ihm. Keine Sekunde konnte ich mich noch auf unsere Unterhaltung konzentrieren, als wir uns erneut zu Selina und Milan setzten. Ich spürte auf meinen geschwollenen Lippen immer noch Dominiks Berührung und musste mich bemühen, nicht mit den Fingern darüber zu streichen, um dem Pochen entgegenzuwirken, das immer mehr von ihm verlangte. Ich war verloren. Und ich konnte überhaupt nichts dagegen tun.

***

Auch die letzte Nacht hatten Dominik und ich gemeinsam auf dem Sonnendeck verbracht. Nachdem die Männer uns vor unsere Zimmertür gebracht hatten, hatte er mir ins Ohr geflüstert, dass er auf mich warten würde. Selina hatte natürlich Verständnis. Diesmal nahm ich mir die dünne Wolldecke mit, die auf unserer Couch gelegen hatte. Dominik hatte den gleichen Gedanken und es sich mit einer ähnlichen Decke auf der Liege gemütlich gemacht.

Wir erzählten uns Geschichten, küssten uns immer wieder oder zogen das weiße Baldachin zur Seite, um in seliger Ruhe die Sterne zu beobachten. Es war fast schon zu kitschig, aber ich genoss jede Minute, in der ich mit ihm zusammen war. Irgendwann schliefen wir ein und trennten uns am nächsten Morgen, um uns frisch zu machen.

Beim gemeinsamen Frühstück verabredeten wir uns für einen Marktbesuch, auch wenn Selina lieber am Strand geblieben wäre. Aber Dominik und Milan wollten heute wieder etwas erleben und uns unbedingt mit dabeihaben. Ihrem Hundeblick konnte selbst Selina nicht widerstehen. Natürlich reichte der Adrenalinkick eines Einkaufs den beiden nicht, und so hatten sie für später noch eine neue Überraschung geplant. Obwohl mir mulmig war, vertraute ich Dominik. Er hatte mich bisher in keine Situation gebracht, die ich nicht geschafft hätte, und ich war mir sicher, das würde er auch diesmal nicht.

Zunächst schlenderten wir über den Markt. An bunten Ständen hingen allerlei Sachen, ein Verkäufer nach dem anderen wollte uns lautstark etwas andrehen, und ich war froh, dass die Männer bei uns waren. Wobei Selina im Handeln eine wirkliche Königin war. Sie ersteigerte für einen Bruchteil des Preises zwei neue Strandtücher, ein Kleid und einige Oberteile.

Ich war noch nie die große Shopperin gewesen. Mir reichte es, die vielen verschiedenen Menschen zu beobachten und mir die Sachen in der Auslage anzusehen. Am liebsten die, die hell funkelten, dazu war ich dann doch Mädchen genug.

»Gefällt es dir?« Dominiks Stimme nah an meinem Ohr ließ mich erschauern. Ich sah ihn an.

»Ach, ich schau nur.«

Mein Blick wanderte zurück zu dem filigranen Silberkettchen, an dem zwei kleine Anhänger hingen. Der Urlaub war bisher finanziell im Rahmen gewesen, natürlich hätte ich mir auch etwas gönnen können, aber Spontankäufe passten einfach nicht zu mir.

»Komm«, sagte ich deshalb und zog Dominik weiter.

Wir gingen zu Selina und Milan, die sich irgendetwas Frittiertes in den Mund schoben. Die beiden würden gut zusammenpassen, wenn sie sich nicht eher wie Freunde verstehen würden. Es stellte sich heraus, dass das, was die beiden da so genüsslich verschlangen, spanische Churros waren, die wirklich köstlich schmeckten! Im Geiste notierte ich mir das Rezept. Nur für den Fall …

Als wir weitergingen und Selina bei einem Schuhstand hängenblieb, leistete ich ihr Gesellschaft. Die Männer wollten noch einige Andenken für ihre Familien zu Hause besorgen. Meine Eltern machten sich nichts aus solchem Schnickschnack, also sparte ich mir die Investition, bevor sie nur wieder in einer Kiste im Keller verschwand.

Eine halbe Stunde später saßen wir wieder in dem roten Jimny Jeep, den wir uns geliehen hatten, öffneten das Verdeck und fuhren über Schotterwege in Richtung Meer. Die Sonne zeigte sich mal wieder von ihrer besten Seite, der Wind peitschte Selinas und meine Haare von links nach rechts und die Männer saßen lässig mit Sonnenbrillen vorne und drehten das Radio lauter. Meine Hand lag auf Dominiks Schulter und zwischendurch streichelte er sanft über meinen Handrücken, was mir jedes Mal einen ganzen Schmetterlingsschwarm einbrachte.

Von mir aus hätte die Fahrt noch länger dauern können, aber viel zu schnell parkten wir und Dominik half mir hinaus. Wir schnappten unsere Taschen und Schwimmsachen und kletterten über Felsen und dunkle Steine.

Selina und ich warfen uns skeptische Blicke zu und versuchten, beim Klettern nicht unsere lockeren Flipflops zu verlieren. Aber der beschwerliche Weg war alles wert, was wir jetzt sahen.

Vor uns lag ein türkisfarbenes Wasserbecken, von ungleichmäßigen Klippen umgeben. Die Farbe des Wassers war fast unwirklich und bildete einen starken Kontrast zu den fast schwarzen Steinen ringsherum.

»Wow! Das ist wirklich fantastisch!« Ich strahlte und sah Dominik an, der meine Hand ergriff und mir einen Kuss auf die Fingerknöchel drückte.

»Das sind Naturschwimmbecken. Das Meereswasser läuft rein und bildet solche kleinen Pools.«

Selina breitete ihr Handtuch auf einem flachen Felsen aus, zog ihre weiße Shorts und das Oberteil aus, und sprang mit einem lauten Schrei ins Wasser. Wir anderen folgten ihr und plantschten laut lachend in dem angenehm warmen Wasser.

Irgendwann kletterte Milan hinaus und rief Dominik zu, er solle ihm folgen. Mein Herz klopfte ängstlich, als ich sah, wie die beiden die Steine hochkletterten und sich oben angekommen wie Gorillas auf die Brust schlugen.

»Geht zur Seite!«, rief Milan. Er nahm Anlauf, und ich hielt die Luft an, als er aus sicherlich drei Metern Höhe in das Becken sprang.

»Tu das nicht!«, rief ich Dominik zu. Der warf mir eine Kusshand zu und tat es Milan gleich. Das Wasser spritzte nach oben, als er aufkam. Mit großen Augen und wild mit den Armen rudernd suchte ich ihn in dem Becken, aber er tauchte nicht auf. Langsam bekam ich Panik, denn Milan war bereits wieder hinausgeklettert und wollte diesen bescheuerten Leichtsinn wiederholen. Ich sah mich weiter um, bis ich plötzlich ein zartes Zupfen an meinem Bein spürte und Dominik direkt neben mir auftauchte. Erleichtert seufzte ich, als er seine Arme um mich schlang und mich an sich zog.

»Hast du dir Sorgen gemacht?«, grinste er. Ich presste die Lippen aufeinander.

»Natürlich, du Hornochse! Es hätte sonst was passieren können!«

»Ist es aber nicht.« Sein zufriedenes Grinsen wurde nur breiter. »Du siehst süß aus, wenn du schmollst«, neckte er mich und gab mir einen Kuss auf die Unterlippe, die ich ein kleines Stück nach vorne geschoben hatte.

»Komm mit.«

Er kletterte aus dem Becken und hielt mir die Hand hin.

»Bist du wahnsinnig? Ich spring da nicht runter!«

Hatte er sie noch alle? Ich war doch nicht so lebensmüde wie er! Selina hingegen landete gerade mit einem lauten Kreischen im Wasser.

»Bist du verrückt?«, keifte ich sie an, als sie wieder auftauchte.

»Sei kein Spielverderber! Es macht Spaß!«, rief sie lachend und schwamm zum Rand. Ich sah zurück zu Dominik, der immer noch seine Finger in meine Richtung streckte und aufmunternd mit den Augenbrauen wackelte. Seufzend schwamm ich zu ihm und ließ mir aus dem Wasser helfen. Er zog mich an sich und strich mir sanft über den Rücken.

»Denkst du, ich lasse dich da in den Tod springen?«, fragte er leise.

»Wer weiß, vielleicht ist das euer eigentlicher Plan! Die Klippen-Killer sind wieder unterwegs.« Er lachte und drückte mir einen Kuss auf den Mund. Seine Lippen schmeckten gleichzeitig salzig und süß.

»Hab ich dich bisher ernsthaft in Gefahr gebracht?«

Ich schüttelte stumm den Kopf.

»Na siehst du! Komm.« Er nahm meine Hand und ging mit mir zum Aufstieg. Ich war mir nicht sicher, ob ich es gerade gut fand, dass er mich immer wieder zu so etwas überredete. Skeptisch stand ich vor den hohen Felsen und sah nach oben.

»Du zuerst, dann kann ich wenigstens deinen hübschen Hintern betrachten«, triumphierte er, und ich verdrehte schmunzelnd die Augen. Seufzend begann ich hinaufzuklettern. Bisher hatte es jedes Mal wirklich Spaß gemacht, und wenn ich es nicht versuchen würde, würde ich es vielleicht bereuen. Als wir uns noch nicht ganz oben befanden, rief er auf einmal: »Stop!«

Ich blieb stehen.

»Das reicht«, sagte er. Ich sah nach oben zu Milan. Okay, das war nur in etwa ein Viertel des Weges, trotzdem sah es von hier oben verdammt hoch aus! Ich fühlte Dominiks beschützenden Körper hinter mir.

»Stell dir vor, du stehst im Schwimmbad auf dem Einmeterbrett. Unter dir ist nur ein Pool. Du schaffst das! Spring so weit in die Mitte, wie es geht, Baby.«

Bei seinem Kosewort kribbelte alles in mir. Doch die Situation war zu ähnlich zu damals. Panik stieg in mir auf und ich schloss die Augen. Mein Atem wurde schneller. Dominik strich mir sachte die Arme auf und ab. Seine Finger kitzelten meine Haut, und ich konzentrierte mich nur auf das Gefühl.

»Ich bin da. Dir kann nichts passieren. Das Becken ist tief genug, dass du nur im Wasser aufkommst, und ich springe sofort nach, so dass ich dir beim Auftauchen helfen kann, wenn du meine Hilfe brauchst. Spring über deinen Schatten und werf dieses Gefühl endlich ab.«

Ich stellte mich aufrecht hin. Seine Berührungen und seine geflüsterten Worte hielten die Angst in Schach. Natürlich war sie immer noch da, aber ich hatte auf einmal das Gefühl, sie endlich wirklich vertreiben zu können.

»Jetzt!«

Fast genau auf sein Kommando drückte ich mich von den rauen Steinen ab. In meinem Magen kribbelte es wild und mein Körper spannte sich noch im Fall vor Aufregung an. Als das Wasser meine Füße berührte, hielt ich die Luft an und spürte, wie es mich komplett umhüllte. Es war ein wahnsinnig gutes Gefühl, es getan zu haben, und verdrängte alle anderen Gefühle, die sonst in mir hätten aufsteigen können. Hastig schwamm ich an die Oberfläche und lachte laut, während die anderen jubelten. Verrückt!

Dominik sprang neben mich und zog mich im Wasser hinter sich her. Wir schwammen an den Klippen entlang bis zu einem kleinen Durchgang, der in das Innere einer Höhle führte. Mit ihm an meiner Seite hatte ich keine Angst, auch wenn es dort drin ziemlich düster war.

Der Boden kam näher und meine Füße berührten weichen Sand. Dominik zog mich zu sich und ich umschlang seine Hüften mit meinen Beinen. Seine Finger gruben sich in meinen Po und er drückte mich noch enger an sich. Er küsste mich hungrig, besitzergreifend, und die Endorphine rauschten mit dem Adrenalin meines kleinen Sprungs um die Wette.

»Das hast du gut gemacht«, wisperte er, als er sich von mir gelöst hatte, und drückte direkt im Anschluss erneut seine Lippen auf meine. Ich krallte mich mit den Fingern in seinem Nacken fest. Die Gier hatte mich wieder, und ich spürte, dass unsere Berührungen auch ihn nicht kalt ließen.

»Oh Gott, wenn wir jetzt nicht aufhören, kann ich nie wieder aus diesem Wasser steigen«, sagte er.

»Dann lass uns einfach hierbleiben. Hier ist es doch schön! Wir könnten uns in der Höhle einrichten. Ein paar Blumen, ein bisschen Deko, voilà.«

»Dann sehen wir irgendwann aus wie verschrumpelte Erbsen. Ich meine, ich finde dich auch so hinreißend, aber willst du meine Froschfinger dann auf dir?«

Ich musste lachen und klammerte mich noch enger an ihm fest.

»Ich will deine Finger immer auf mir«, erwiderte ich leise, und er seufzte sehnsüchtig.

»Na gut, lass uns zurückschwimmen«, lenkte ich widerwillig ein. Nach einem letzten Kuss verließen wir die kleine Grotte. Doch die Sehnsucht nach ihm, die er mit jeder Sekunde in mir entfachte, brauchte bald ein Ventil. Sehr bald.

Kapitel 9

Das Meer umspülte meine nackten Füße, während ich erneut zu der Platte in der Mitte unseres Tisches griff.

»Und, Leni, wie willst du in deinen Geburtstag feiern?«, fragte mich Selina und schob sich mit den Fingern ein Stück helles Fischfilet in den Mund. Die letzten Tage waren viel zu schnell rumgegangen. Wenn ich daran dachte, dass Dominik und ich nur noch zwei gemeinsame Tage hatten, begann sich mein Magen schmerzhaft zusammenzuziehen. Aus diesem Grund wollte ich jede Minute, die uns noch blieb, mit ihm verbringen. Ich sah ihn von der Seite an, und er lächelte mich warm an.

»Ich bin heute irgendwie in Feierlaune! Gibt es hier noch einen Club oder so was?«, fragte ich.

»Oh ja! Da fällt mir etwas Passendes ein!«, rief Milan begeistert und hob sein Weinglas in die Höhe. Wir anderen taten es ihm gleich und stießen über der Tischmitte miteinander an.

»Auf Lenas Geburtstag und einen schönen Abend!«

»Auf Lena«, sagte Dominik leise an mich gewandt und drückte mein Knie unter dem Tisch. Auch wenn ich der Meinung gewesen war, dass unsere gemeinsame Zeit sich auf Gran Canaria beschränken sollte, war ich mir immer, wenn ich in seine grünen Augen blickte, nicht mehr sicher, ob ich es wirklich beenden wollte. Aber alles auf dieser Insel war wunderschön. Vielleicht war das, was wir zusammen hatten, wirklich nur hier so. In der Realität des Alltags fühlte es sich sicherlich anders an. Wenn es darum ging, wer die Spülmaschine ausräumte oder einkaufen ging. Was uns hier verband, könnte zu Hause den Glanz, der mich hier berauschte, vollständig verlieren. Das wollte ich auf gar keinen Fall. Es war besser so, da war ich mir sicher, auch wenn es kurz schmerzte.

***

Milan hatte nicht zu viel versprochen. Wir betraten den Club durch einen Torbogen aus braunen Sandsteinen. Die Musik dröhnte uns bereits hier entgegen und einzelne Laserlinien zogen sich wild flackernd in den Himmel hinauf.

So etwas hatten Selina und ich noch nicht gesehen! Aber klar, dass man in Frankfurt, bei der Anzahl der Regentage im Jahr, keine komplette Freiluftdiskothek errichten konnte. Doch hier war es mehr als passend. Der Himmel thronte über uns wie eine dunkle Decke. Hinter der riesigen Tanzfläche stand ein DJ hinter einem höher gelegenen Pult und nickte mit dem Kopf zum Beat. Die Menge tobte und warf die Hände in die Luft. Auch hier roch man überall die frische Sommerluft. Kein stickiger, übervoller Raum. Alles war weitläufig, trotz der vielen Menschen.

Auf der linken Seite befanden sich einige Tische mit Stühlen und daneben eine langgezogene Bar. Auch hier hingen, passend zum sommerlichen Flair, Palmblätter und exotische Blumen an dem Dach aus Korbmatten.

Als mein Blick zurück nach rechts wanderte, sah ich einen Pool, der sich über die gesamte Seite erstreckte. Einige Menschen plantschten wild darin herum. Manche mit Badeklamotten, andere waren direkt in ihren Anziehsachen hineingesprungen.

Sachte spürte ich Dominiks Hand auf meinem unteren Rücken. Wir liefen zu der Bar, wo wir eine Getränkerunde bestellten und uns einige Minuten das Treiben auf der Tanzfläche ansahen.

»Los, lass uns tanzen«, raunte Dominik in mein Ohr. Ich konnte nur noch nicken. Er nahm mir das Cocktailglas aus der Hand und ergriff meine Finger. In der Mitte des Clubs angekommen, zog er mich zu sich und umschlang meine Hüften mit seinen Armen. Ich verschränkte die Finger hinter seinem Nacken und spürte seine leichte Gänsehaut, als ich über seine Haut strich. Er beugte sich ein Stück zu mir herunter, und ich drückte mich noch enger an ihn.

»Gefällt es dir?«

»Alles, was du mir bisher gezeigt hast, hat mir gefallen«, sagte ich lächelnd.

»Das freut mich. Vor allem, dass ich mit dir in deinen Geburtstag feiern darf.« Ich biss mir auf die Unterlippe, denn der Gedanke, wie er mir einen noch schöneren Geburtstag verschaffen konnte, ließ mich nervös werden. Mutig stellte ich mich auf die Zehenspitzen und streckte mich zu seinem Ohr.

»Ich will heute Nacht mit dir im Meer schwimmen gehen.«

Er sah mich an. Fast war es mir peinlich, was sein dunkler Blick in mir hervorrief. Alle um uns herum konnten sicherlich sehen, wie mir die Knie schlotterten. In seiner Miene konnte ich lesen, dass er sich ebenfalls nichts sehnsüchtiger wünschte. Er küsste mich und zog mich noch enger an sich. Die Musik ging in einem Rauschen unter, bis sie nur noch im Hintergrund erklang. Ich konnte nur noch fühlen. Seine Hände, die den Rücken hinab zu meinem Po strichen. Seine Zunge, die begierig meine Lippen teilte. Alles in mir vibrierte, und ich war froh, dass Dominik mich so fest hielt, sonst wären meine Knie sicherlich eingeknickt.

Er löste sich von mir und küsste sich über meinen Hals bis zu meinem Ohr. »Ich würde nichts lieber tun, als dir deinen Wunsch zu erfüllen, und kann es kaum erwarten.«

Plötzlich riss mich jemand mit einem Ruck von ihm fort, und ich schnappte nach Luft.

»Happy birthday! Ich will die Erste sein!«, schrie Selina und drückte mich an sich. Ich lachte und bedankte mich, während auch Milan mich kurz umarmte. Danach drehte ich mich wieder zu Dominik um, der die Arme ausbreitete. Ich kuschelte mich in sie hinein.

»Alles Gute, Baby«, raunte er und gab mir einen weiteren Kuss.

Bisher war dieser Geburtstag auf der Skala all meiner Geburtstage weit oben. Sehr weit! Und es gab nur eines, das ihn auf Platz eins anheben konnte.

***

»Ich kenne eine kleine Bucht, nicht weit vom Hotel«, sagte Dominik und schwang unsere verschränkten Hände wieder nach vorne, während wir am Strand entlanggingen. Es waren nur wenige Schritte bis zum Hotel, und Selina und Milan liefen etwas entfernt vor uns. Mein Herz klopfte aufgeregt, wenn ich daran dachte, auf was ich mich eingelassen hatte.

»Dann gute Nacht, Jungs!«, sagte Selina, als wir vor dem Eingang zur Lobby standen. Sie sah mich erwartungsvoll an. Mit leichter Röte auf den Wangen ging ich zu ihr und drückte sie an mich.

»Wir gehen nochmal an den Strand«, sagte ich leise. »Es tut mir leid, dass ich ständig weg bin. Es ist schließlich auch dein Urlaub, und ich lasse dich immer alleine.«

Selina schob mich an den Schultern zurück und sah mich streng an. Sie senkte ihre Stimme, damit Dominik, der etwas weiter weg stehen geblieben war, nichts verstand. Milan hatte sich schon verabschiedet, als er gemerkt hatte, dass Dominik heute Abend wieder nicht mit aufs Zimmer kam.

»Süße, der Urlaub war für dich. Damit du auf andere Gedanken kommst und mal ein bisschen lebst. Was wäre ich für eine Freundin, wenn ich dir das verwehren würde? Habt Spaß!« Sie gab mir ein Küsschen auf die Wange und ließ mich los. »Gute Nacht, Dominik!«, flötete sie, und er hob kurz die Hand. Danach lief sie leise singend zu den Aufzügen und verschwand.

Dominik streckte seine Hand nach mir aus und ich ergriff sie. »Komm«, hauchte er. Meine Aufregung erreichte neue Ausmaße. Noch nicht einmal vor meiner Prüfung war ich so nervös gewesen!

»Ach, ich brauche noch einen Bikini!«, sagte ich und wollte

Richtung Lift gehen, als Dominik mich zurückzog und mit der Hand an sich presste.

»Du brauchst keinen Bikini«, stellte er dunkel fest. Eine Gänsehaut lief mir die gesamte Wirbelsäule hinunter.

»Okay.« Meine Stimme klang piepsig und ich kam mir fast so vor wie kurz vor meinem ersten Mal.

Er lächelte schief und drückte mir einen Kuss auf den Mundwinkel. »Du bist wirklich göttlich, weißt du das?«

Nein, das wusste ich nicht, aber es tat gut, es von ihm zu hören.

Bevor wir über die Steinkacheln zum Meer hinuntergingen, griff Dominik noch einen Stapel Handtücher vom Pool und klemmte sie sich unter den Arm.

Wir liefen händchenhaltend über den Strand. Meine Sandalen hatte ich ausgezogen und hielt sie nun in meiner rechten Hand, während die andere pitschenass mit Dominiks verschlungen war. Anscheinend schien ihn nicht zu stören, dass man die Aufregung überall an mir spüren konnte. Oder war es die Erregung, die mich langsam in Besitz nahm?

Im Dunkeln vor uns lag eine kleine Felsformation. Als wir näher darauf zugingen, sah ich einen schmalen Spalt, durch den man sich hindurchdrücken konnte. Dominik ging vor und zog mich einfach mit. Auf der anderen Seite angekommen, standen wir beschützt in einer kleinen Bucht.

Dominik ließ mich los. Wie verloren stand ich mitten auf dem Sand. Ich sah nach links zu dem dunklen Meer, das auf einmal überhaupt nicht mehr einladend auf mich wirkte. Wie viele nachtaktive, große Fische gab es dort, die nur darauf lauerten, dass ich mich unbedacht in ihre Fänge verirrte?

»Du denkst schon wieder zu viel«, riss mich Dominik grinsend aus meinen Gedanken. Mein Kopf schnellte zu ihm. Er hatte die Handtücher auf dem Boden ausgebreitet, und ich musste schmunzeln, denn es sah wirklich gemütlich aus.

Langsam kam er auf mich zu und packte mich am Nacken, zog mich zu sich und begann mich zu küssen. Doch diesmal hatten seine Berührungen nichts Behutsames mehr, sondern ich schmeckte die pure Lust hinaus. Seine Zunge massierte forsch meine, und ich stöhnte unweigerlich einige Male auf. Seine Hände fuhren über meinen Körper, blieben zuerst an meinem Po hängen und tasteten sich dann zum Saum meines lockeren Tops. Er löste sich nur kurz von mir, als er mir das Oberteil über den Kopf zog und einfach neben uns fallen ließ.

Ich wollte ihn jetzt genauso dringend anfassen, spüren und schmecken. Ich tastete nach seiner Jeans, öffnete den oberen Knopf und zog sie nach unten, so dass sie zu Boden fiel. Eine seiner Hände hatte immer noch meinen Nacken ergriffen, und sein Mund fuhr zart über die Haut an meinem Hals. Mit den Fingern strich ich über seinen harten Bauch und fuhr über dem dünnen Shirt die Konturen seiner Muskeln nach. Es war unbeschreiblich. Ich dachte in diesem Moment über nichts nach, außer wie gut sich alles anfühlte, was Dominik mit mir machte.

Als ich ihm ebenfalls das T-Shirt über den Kopf zog und gierig über seine breiten Schultern küsste, sog ich tief den köstlichen Geruch seiner Haut in mich ein. Niemals mehr würde ich diesen Duft vergessen können. Er war männlich rein und vermischte sich mit dem Duft seines Parfüms zu einer betörenden Note. Meine Finger fuhren weiter zart über seine Haut, fühlten die Erhebungen seiner Blessuren, die er anscheinend von seinen Motorradstürzen zurückbehalten hatte. Doch bevor ich weiter darüber nachdenken konnte, weshalb man sein Leben so leichtsinnig aufs Spiel setzte, öffneten seine Finger meinen Hosenknopf und fuhren leicht am Bund meines Slips entlang. Wir entkleideten uns gegenseitig, bis wir vollständig nackt und schweratmend voreinander standen. Er trat einen Schritt zurück, und auch wenn ich gerne die Hände vor meinen Körper gehalten hätte, weil mich noch niemand so intensiv betrachtet hatte, verhinderte dies sein anerkennender Blick.

»Du bist wunderschön«, wisperte er. Ein schüchternes Lächeln trat auf meine Lippen. Ich konnte ihm eindeutig ansehen, dass er es ernst meinte, denn seine beachtliche Erregung war schwer zu verstecken. Er trat zu mir und nahm mich an der Hand. Zusammen gingen wir auf die dunklen Wellen zu, die in der Kühle der

Nacht nicht so kalt waren, wie ich angenommen hatte. Hüfthoch reichte uns das Wasser, und ich verschwendete keinen Gedanken mehr daran, was alles dort auf uns lauern würde, sondern überlegte nur noch, wie ich mich endlich wieder an Dominiks starken Körper drücken könnte. Und ich tat es einfach. Ich trat vor ihn, und er hob mich hoch, so dass ich meine Beine um ihn schlingen konnte. Seine Erektion drückte sich hart zwischen uns und er lief noch einige Zentimeter weiter, so dass die sanften Wellen nun meinen halben Rücken kitzelten. Doch er hatte mich fest im Griff, ich brauchte von dem dunklen Wasser nichts zu befürchten.

Wir küssten uns, streichelten jeden Fleck Haut, den wir erreichen konnten. Er knabberte sich leicht an meiner Schulter nach oben bis zu meinem Hals. Das Schwimmen geriet vollständig in den Hintergrund. Ich konnte nur noch an ihn denken.

Der Mond warf ein sanftes Licht auf seine Gesichtszüge, als er mich ansah, und ich musste keine Worte benutzen, damit er verstand, was ich wollte. Ihn.

Er trug mich nach draußen, legte mich vorsichtig auf die vorbereiteten Handtücher und streckte sich seitlich neben mir aus. Mit den Fingern fuhr er über meine nassen, aufgestellten Brustwarzen und sein Mund folgte und saugte an ihnen. Ich drückte den Rücken durch und bäumte mich auf, als er seine Reise über meinen Bauch fortsetzte und über meinen glatten Venushügel strich. Meine Mitte pulsierte, wollte, dass er mich dort berührte, und als er es endlich tat, stoben fast Funken vor meinen geschlossenen Augen. Ich krallte mich in das Handtuch unter mir. Seine Finger zogen Kreise über meine Klit, testeten, ob ich bereit für ihn war, während er mit den Lippen eine meiner Brustwarzen umschloss. Und das war ich, so bereit wie noch niemals zuvor. Es gab viele Zweifel in meinem Leben, aber in diesem Moment lösten sie sich alle in Luft auf.

Er fischte nach seiner Hose und zog ein Kondom hinaus. Kurz fragte ich mich, ob er das geplant hatte, aber dann war ich froh darüber, denn ich hätte in meinem vernebelten Kopf sicherlich nicht an die Verhütung gedacht. Obwohl ich bereits seit meinem sechzehnten Lebensjahr die Pille nahm, ging es natürlich nicht nur um eine mögliche Schwangerschaft.

Ich zitterte mittlerweile vor Erregung und Kälte, als er sich endlich auf mich legte und mich mit seinem warmen Körper behutsam umschloss. Er presste seine Arme um meinen Oberkörper, und als er mir in die Augen blickte, hatte ich das Gefühl, dass er sehr viel tiefer sah, als ich es zulassen sollte. Um seinem Gesichtsausdruck und dem, was er in mir auslöste, zu umgehen, schloss ich die Lider. Ich umschlang seinen Rücken mit den Armen und seinen Unterleib mit meinen Beinen, denn ich konnte es keine Minute mehr aushalten. Ich musste ihn endlich spüren.

Als er sich langsam in mich schob, legte ich den Kopf in den Nacken und presste die Lider zusammen. Es war fast schon zu viel. Zu viel Gefühl für die kurze Zeit, die wir uns kannten. Und vor allem zu viel für die wenige, die uns noch blieb. Ich schluckte hart den Kloß hinunter, besann mich auf das Hier und Jetzt, das ich mit jeder Faser meines Körpers genießen wollte. Und das tat ich, als er sich endlich in mir bewegte. Seine tiefen Stöße hatten genau die richtige Intensität. Seine Lippen saugten immer fester an meinem Hals. Zwischendurch spürte ich leicht seine Zähne an meiner Haut und krallte mich in seinen Rücken. Das Gefühl war dermaßen intensiv, dass ich es kaum aushalten konnte. Als er sein Becken ein wenig kippte und mit seinem Schambein über meinen Kitzler rieb, schob er uns beide damit sicher auf den Höhepunkt zu. Mein Unterleib zog sich lustvoll zusammen, meine Schreie und sein tiefes Stöhnen klangen durch die kleine Bucht, die heute Nacht nur uns gehörte. Diese Erinnerung würde uns niemand jemals nehmen können. Atemlos fanden unsere Lippen zueinander und unsere Körper kosteten die letzten Wogen unserer Lust vollständig aus. Ich wollte mich noch nicht von ihm lösen, wollte ihn noch viel länger so nah spüren. Genau das hätte ich nicht zulassen sollen. Aber ich konnte es nicht verhindern.

Was als Abenteuer begonnen hatte, endete mit meinem garantierten Untergang.

Kapitel 10

Tief hing ich in meinem wirren Traum fest, der mich zutiefst verstörte. Ich war ein Hummer und steckte in einem Kochtopf fest, welcher mit kochend heißem Wasser gefüllt war. Schweiß rann mir die Stirn hinunter, die Luft fehlte mir zum Atmen, ein gleißend helles Licht blendete mich. Plötzlich wurde es dunkel. Meine Lider zuckten, und ich konnte mich endlich von diesem Alptraum losreißen. Blinzelnd schlug ich die Augen auf und sah mich um. Dominik hatte seinen breiten Arm auf mich gelegt und presste seinen Oberkörper fest an meinen Rücken. Die Sonne sendete heiß ihre Strahlen auf die Erde und verbrannte uns förmlich, während alles an mir klebte.

Ich hob den Kopf ein Stück und stieß einen Schrei aus. Dominik brummte, und ich blickte in die braunen Augen eines Jungen, der mich breit grinsend fixierte. Ich sah nach unten und zog schnell das Handtuch über meine nackte Brust.

»Spinnst du! Verschwinde!«, rief ich, aber der Kleine machte keine Anstalten abzuhauen. Wir hatten wohl länger geschlafen als beabsichtigt. Wie lange hatte der kleine Perversling uns bereits im Schlaf beobachtet? Na, wenn der jetzt schon so war, was kam danach …

Dominik hob den Kopf und sah, was mich so aufbrachte.

Ich hörte das Grinsen in seiner Stimme, als er sagte: »Na komm, Kleiner. Geh zurück zu deinen Eltern. Schnell!«

Glücklicherweise tat dieser, was ihm befohlen wurde, und wir befanden uns wieder alleine in der kleinen Bucht. Dominik drehte mich auf den Rücken und lächelte mich an.

»Guten Morgen! Ich könnte mich wirklich daran gewöhnen, so neben dir aufzuwachen.« Sein Blick wanderte zu meinen Fingern, die immer noch krampfhaft das Handtuch an meinen nackten Körper pressten. Mit einem Ruck entzog er es mir, und ich kreischte auf.

»Hey! Lass das! Es könnten Leute kommen!«

Er senkte seinen Mund an meinen Hals und küsste eine heiße Spur über meine überhitzte Haut bis zu meiner Brust. Seine Zunge kreiste geschickt um meine Brustwarze, und das Verlangen erwachte erneut in meinem gesamten Körper.

»Bitte, wir sollten uns wirklich anziehen«, wisperte ich stöhnend, obwohl ich viel lieber weitergemacht hätte. Aber nicht hier!

Er brummte frustriert und drückte mir einen Kuss auf das Schlüsselbein. »Du bestimmst heute, du hast schließlich immer noch Geburtstag«, erinnerte er mich. Ich lächelte.

»Stimmt! Gut, dass du es sagst!«

Ich setzte mich auf und zog meine Kleidung heran. Schlüpfte in meinen Slip und meinen Jeansrock, während Dominik immer noch nackt auf der Seite lag und mich ansah. Sein Anblick machte mich erneut sprachlos.

»Willst du dich wirklich anziehen?«, fragte er und schob schmollend die Unterlippe nach vorne. Ich schüttelte grinsend den Kopf und schloss den Verschluss meines BHs.

»Von wollen ist hier keine Rede, aber wenn wir unsere letzten Urlaubstage nicht wegen Erregung öffentlichen Ärgernisses im Knast verbringen wollen, ist das wohl unvermeidbar.«

Dominik gab sich schwer seufzend geschlagen und schlüpfte ebenfalls in seine Kleidung.

»Was willst du heute machen?«, fragte er mich, während wir Arm in Arm zurück zum Hotel schlenderten.

»Egal, Hauptsache, du bist dabei«, antwortete ich ehrlich, denn es war nicht nur mein Geburtstag, sondern auch unser letzter Tag zusammen. Morgen war Freitag und damit Abreisetag für Dominik und Milan. Auch wenn Selina und ich noch einige Tage länger blieben, war ich mir sicher, dass der Urlaub ohne Dominik nicht derselbe sein würde.

»Okay, dann denke ich mir was Schönes zum Abschluss aus.«

»Aber jetzt bitte keine Steigerung wie Fallschirmspringen oder so was! Die Klippe hat mir gereicht!«

Er lachte. »Keine Sorge. Bungee-Jumping ist aber in Ordnung, oder?«

»Hm, ja, das dürfte drin sein«, sagte ich grinsend und sah mir sein Profil an. Da war er wieder, der blöde Kloß, der sich einfach nicht mehr herunterschlucken ließ.

Vor unserer Zimmertür blieb Dominik vor mir stehen und sah mich lächelnd an. Leicht strich er über meine Wange und senkte seine Lippen auf meine. Schon wieder erwachte mein Körper und sehnte sich nach seinen Berührungen und Küssen wie nach sonst nichts anderem. Er bemerkte es wohl, denn an meinen Lippen spürte ich sein Grinsen.

»Bis gleich beim Frühstück«, verabschiedete er sich und löste sich von mir. Nickend schob ich die Karte in den Türöffner und drückte die Tür einen Spalt auf. Doch bevor ich sie vollständig öffnen konnte, zog er mich noch einmal in seine Umarmung und küsste mich, dass mir die Luft wegblieb.

Kopfschüttelnd sah er mich an, und ich krallte mich an seinem Shirt fest.

»Was machst du nur mit mir?«, flüsterte er und fuhr mit dem Daumen über meine Lippen. Doch ich konnte ihm die Frage nicht beantworten, denn mir fehlte selbst jegliche Antwort darauf.

***

Natürlich hatte Dominik mich nicht enttäuscht. Der Tag war schöner, als ich es mir hätte ausmalen können.

Wir schlenderten zu viert durch die schmalen Gässchen von Vegueta, der Altstadt von Las Palmas, bis zu der prächtigen Kathedrale Santa Ana. Danach holten wir uns ein Eis am gigantischen Hafen und bestiegen dort ein altes Piratenschiff für eine

Rundfahrt auf See. Kapitän Pedro sah aus, als wäre er auf dem Schiff geboren worden, und das machte alles fast unwirklich authentisch. Es fehlte nur ein krächzender Papagei auf seiner Schulter und vielleicht noch eine Augenklappe.

Vom Schiff aus sahen wir die Insel aus einer ganz anderen Perspektive. Pedro reichte uns nach einer halbstündigen Fahrt gebratenen Fisch, den er selbst jeden Tag frisch aus dem Meer zog, wie er uns stolz erzählte. Dazu tranken wir Clara, Bier mit Limonade, und genossen das ruhige Schaukeln der alten Santa Maria.

Ich hätte gerne noch etwas Zeit bei Pedro verbracht, doch der nächste Programmpunkt stand an. Wir wollten unbedingt noch ein wenig schwimmen gehen.

Wir steuerten auf dem Rückweg zu unserem Hotel den nächsten menschenleeren Strand an und stürzten uns laut lachend in die Fluten, alberten herum oder genossen einfach das Salz auf der Haut, wenn die Sonne das Wasser darauf getrocknet hatte.

Am Abend aßen wir nach einer erfrischenden Dusche im Hotel wieder in unserem Lieblingsrestaurant die gemischte Fischplatte. Ich hatte in einem Urlaub mit Halbpension abends noch nie so oft außerhalb gegessen, aber es lohnte sich wirklich. Am liebsten hätte ich das gesamte Restaurant mitgenommen, damit wir weiterhin jeden Abend den leckeren Fisch und den kühlen Wein genießen konnten.

Es wurde immer später und der Gedanke an den nächsten Tag zog mich immer mehr herunter. Nun konnte ich Dominiks Aussage vom ersten Abend, dass er sich keine Sekunde entgehen lassen wollte, gut verstehen. Unter keinen Umständen wollte ich nun schlafen, um nicht eine Minute, ja auch nur eine Sekunde, zu verpassen.

Als wir zum Hotel zurückgingen, erzählten wir uns lustige Geschichten, und es schien, dass auch die beiden Männer nicht nach Hause wollten. Ich bemerkte bei Dominik eine Veränderung. Er war ruhiger gewesen beim Essen und hatte mich öfter verstohlen von der Seite angesehen. Trotzdem verlor keiner von uns vieren ein Wort darüber, dass der Abschied unwiderruflich bevorstand.

Wenn keiner etwas davon sagte, fühlte es sich viel weiter weg an, als es war.

»In zehn Minuten, auf unserem Sonnendeck?«, fragte Dominik hoffnungsvoll, als wir vor unserer Zimmertür angekommen waren.

Ich nickte. Selina und Milan hatten sich bereits verabschiedet, und auch den beiden hatte ich angesehen, dass sie es um die aufkommende Freundschaft wirklich schade fanden. Aber so war es nun mal. Das war abgemacht und von Anfang an klargewesen. Ein Urlaub, mehr nicht.

»Bis gleich«, sagte ich und verschwand im Zimmer, um mich noch etwas frisch zu machen. Selina wusste Bescheid, sie hatte sich mit einer kleinen Flasche Wein aus der Minibar vor den Fernseher gesetzt und wünschte mir augenzwinkernd viel Spaß.

Über einem Wäscheset aus dunkelblauer Spitze, welches mir Selina im letzten Jahr zu meinem Geburtstag geschenkt hatte, trug ich eine Shorts und ein lockeres Top. Mit klopfendem Herzen ging ich nach oben. Dominik stand vor dem Geländer und sah über das Meer. Die Szene erinnerte mich an unsere erste Begegnung hier oben und ich musste lächeln. Langsam drehte er sich um und kam mir entgegen. Wortlos nahm er mich in den Arm und strich mir über den Rücken, dirigierte mich in Richtung der Liege, auf der er bereits eine Wolldecke ausgebreitet hatte.

So still wie unsere Begrüßung ausgefallen war, so legten wir uns ohne ein Wort auf die weichen Bezüge und begannen uns zu küssen. Doch auch wenn wir nichts dabei sagten, drückten unsere Körper so viel mehr aus, als Worte es jemals gekonnt hätten.

Es gab keinen Zentimeter Haut an unseren Körpern, die wir nicht mit unseren Händen oder unseren Lippen berührten, während wir uns langsam gegenseitig auszogen. Der Wind strich sachte über uns und verstärkte die Gänsehaut, die mich erfasste, nur noch mehr. Am liebsten hätte ich die Zeit angehalten und wäre für immer mit Dominik hier geblieben. Ich wollte mir nicht vorstellen, dass dies das letzte Mal sein würde, dass ich ihn so fühlen konnte. Dass ich seine Stimme hörte, die mir leise Worte zuflüsterte, und sein Stöhnen vernahm, während er in mich eindrang und mich vollständig in seinen Bann zog. Wir liebten uns langsam und ausgiebig. Auch wenn wir uns noch nicht lange kannten, fühlte ich mich unwahrscheinlich mit ihm verbunden. Als ich das erlösende Ziehen beinahe nicht mehr hinauszögern konnte, verharrte er in mir und sah mir in die Augen. Er strich mir eine Haarsträhne aus dem Gesicht und holte Luft. Ich wartete auf das, was er mir sagen wollte, aber er schloss seinen Mund wieder und küsste mich stattdessen. Eine kleine Bewegung von ihm genügte und ich zersprang unter ihm in tausend Teile.

***

Noch bevor ich die Augen vollständig öffnete, wusste ich es. Ich musste mich nicht einmal umdrehen und die leere Stelle neben mir sehen.

Dominik war weg. Ich hatte keinen Nachnamen, keine Adresse und keine Telefonnummer. Wir hatten nur unsere Vereinbarung. Ein Urlaub, der mir so viel mehr gegeben hatte, als ich mir jemals hätte vorstellen können.

Vorsichtig wagte ich den Blick über die Schulter. Der Stich, der mich durchfuhr, tat dennoch weh. An Dominiks Schlafplatz lag ein kleines Päckchen. Daran klebte ein Zettel, der nach den Blöcken auf den Hotelzimmern aussah. Ich setzte mich auf, zog ihn von der Schleife und faltete ihn auseinander.

Lena,
ich danke dir für die wundervolle Zeit mit dir. Du wirst mir für immer in Erinnerung bleiben. Jedes Mal, wenn ich das Meer sehe, werde ich an dich denken.
Dein Dominik

Nun stiegen doch Tränen in meine Augen und die Buchstaben verschwammen. Mit leisen Schluchzern nahm ich das Päckchen und drehte es zwischen meinen Fingern. Heiße Tropfen fielen hinunter und durchweichten das silberfarbene Papier, während ich es aufriss. Ein hölzernes Kistchen kam zum Vorschein, und ich öffnete den schmalen Deckel.

Vorsichtig, als würde es sich in Luft auflösen, wenn ich es anfasste, holte ich das schmale silberne Kettchen heraus. Wie in meiner Erinnerung hing daran eine kleine schimmernde Muschel und daneben ein Herz. Und es war noch so viel schöner als einst auf dem Markt.

Kapitel 11

Heute

Als ich den Schlüssel in der Wohnungstür hörte, zwang ich mich endlich, aus meinen Gedanken zurückzukehren. Selina hatte mich bei der Anprobe heute Mittag viel zu sehr an das erinnert, was damals auf Gran Canaria geschehen war. An das, woran ich nie wieder denken wollte, weil es einfach nichts brachte. Trotzdem konnte ich meinen Geist nicht zur Ruhe bringen, bis ich mir bewusst machte, dass es eben nur eines war. Eine Erinnerung, die bereits drei lange Jahre hinter mir lag.

Es ging nur um das Hier und Jetzt. Und dort hatte Eric mich um Verzeihung gebeten und ich hatte sie ihm gewährt. Mein Eric. Mein Fels in der Brandung, den ich wirklich vermisst hatte und ebenso sehr brauchte.

»Hallo, Schatz!« Eric knallte seine Aktentasche auf die breite Arbeitsfläche in unserer offenen Wohnküche, an der ich saß, und drückte mir einen Kuss auf die Stirn.

»Hi«, antwortete ich ihm und lächelte. Natürlich war ich mir sicher, dass ich ihn wollte! Was war das für eine Frage gewesen?

Schnaufend durchquerte er das Wohnzimmer und verschwand in dem angrenzenden Schlafzimmer. Ich schob den Laptop beiseite und unterbrach die Menüplanung, die ich heute noch für das Wochenende fertigstellen musste.

»Wie war es auf der Arbeit?«, rief ich und hörte, wie er sich durch den Nebenraum bewegte.

»Wie Montage eben so sind!«

Klang nicht berauschend. Ich wusste, dass Eric vorgehabt hatte, in diesem Jahr zum Abteilungsleiter befördert zu werden, und auch, dass sein derzeitiger Chef ihm Anfang des Jahres Hoffnungen darauf gemacht hatte. Aber bisher hatte sein Chef kein Wort mehr darüber verloren, und das frustrierte Eric. Er war ehrgeizig genug, dass es ihm nicht reichte, ein einfacher Wirtschaftsprüfer für kleine Firmen zu sein. Er wollte an die ganz dicken Fische. Dabei arbeitete er meiner Meinung nach jetzt schon viel zu viel. Wobei es mir im Moment nicht viel anders ging.

Ich zog den Laptop wieder zu mir und sah auf die ausgedruckte Menükarte, die daneben auf dem Tresen lag.

Lachshäppchen zur Vorspeise, Hauptgericht Steak, Fisch und Vegetarisches …

»Ach, was mir noch einfällt!« Eric kam zurück ins Wohnzimmer und lief auf mich zu. Mittlerweile hatte er den Anzug gegen seine Laufkleidung getauscht. Denn war die Arbeit nicht schon stressig genug, wollte er im Spätsommer bei einem Halbmarathon mitlaufen. Woher er diese ganze Energie nahm, war mir schleierhaft. Mir reichte es, von Montag bis teilweise Sonntag im Auftrag des Cateringunternehmens *Your best Day,* für das ich arbeitete, unterwegs zu sein.

Nach meiner Ausbildung hatte ich angefangen, als Köchin in einem gehobenen Restaurant etwas außerhalb von Frankfurt zu arbeiten. Es machte mir wirklich Spaß, selbst Hand anzulegen, und in meinem Hinterkopf lag immer noch mein Herzenswunsch nach einem eigenen kleinen Restaurant. Als Erics Mutter Simone mir vor einem Jahr mitgeteilt hatte, dass bei ihrem Cateringunternehmen die Stelle als Geschäftsführerin frei werden würde, hatte Eric mir unbedingt dazu geraten, sie anzunehmen. Es würde eine Möglichkeit sein, mich im Bereich der Hochzeitsgastronomie fortzubilden. Auch wenn das bisher nie die Richtung gewesen war, die ich einschlagen wollte, sprachen die Vernunftsgründe doch dafür. Ich wurde besser bezahlt, hatte tägliche Abwechslung bei der Planung verschiedener Hochzeitsfeste und konnte in direkter Zusammenarbeit mit unseren Köchen die Menüs selbst bestimmen. Das Einzige, was mir fehlte, war das Kochen an sich. Denn mein Job beinhaltete nur die Organisation. Aber das konnte ich schließlich in meiner Freizeit machen – auch wenn Eric immer strikt auf seinen Ernährungsplan achten wollte.

»Ich habe gerade mit meiner Mutter telefoniert.«

Ich sah erwartungsvoll in Erics blaue Augen, als er vor mir stehen blieb.

»Sie sagte, du sollst sie dringend anrufen, da geht es wohl um irgendeinen neuen Auftrag. Der Caterer ist abgesprungen, und jetzt brauchen die unbedingt jemanden, der das Wochenende in zwei Wochen etwas kurzfristig auf die Beine stellt.«

Ich seufzte. Natürlich war es gut, wenn wir viele Aufträge hatten, aber Juli war Hochsaison und ich kam jetzt schon kaum zum Durchatmen.

»Okay, ich rufe sie gleich an.«

»Du bist die Beste! So, ich muss los, sonst packe ich die zehn Kilometer heute nicht mehr.«

Mit einem lauten Knall fiel die Eingangstür ins Schloss, und ich beugte mich über meinen Kalender. Wo sollte ich den Termin denn noch unterbringen? Ich musste unbedingt mit Simone sprechen, damit wir entweder weniger Aufträge annähmen oder sie mir eine Hilfe einstellte. Alles andere grenzte wirklich an Burnout!

Mein Magen grummelte in genau der Sekunde, als ich weiterarbeiten wollte. Wohl ein Zeichen, dass ich endlich etwas essen sollte, denn heute hatte ich nur ein schnelles Frühstück geschafft. Ich stand auf, doch bevor ich zum Kühlschrank gehen konnte, tanzte mein Handy vibrierend über die Arbeitsfläche. Simone.

Na gut, dann würde ich zuerst das Gespräch hinter mich bringen, auch wenn ich für heute, nach dieser Horrorhochzeitskleidanprobe, eigentlich genug von meiner Schwiegermutter hatte.

»Hallo, Simone!«

»Lena, Schätzchen! Bist du noch am Arbeiten?«, fragte sie mich, und ich unterdrückte ein Schnauben. Natürlich war ich das noch. Sie wusste doch selbst, wie voll unser Terminplan war. Oder eher, wie voll meiner war. Denn sie hatte genug damit zu tun, sich in ihrer Villa auf die faule Haut zu legen oder in irgendwelchen Luxusressorts Urlaub zu machen. Für die Bedenken ihrer Angestellten – *Your best Day* war nicht ihr einziges Unternehmen –, hatte sie in der Regel keinen freien Kopf. Das war auch das, was mich anfänglich gereizt hatte. Freie Entscheidungen zu treffen, die sich nachträglich aber nicht wirklich frei anfühlten, weil Simone in jeder Angelegenheit das letzte Wort hatte.

»Ja, natürlich bin ich das.«

»Sehr gut! Wir haben gerade noch einen überaus wichtigen Auftrag reinbekommen. Der Zeitungsartikel vor zwei Monaten hat uns wirklich so viel Publicity verschafft!«, rief sie begeistert.

Das konnte ich nur bestätigen, denn seitdem rannten uns die Kunden förmlich die Tür ein. Auch wenn ich mich zuerst geweigert hatte, mit einem riesigen Foto auf der Titelseite der größten Zeitung unserer Stadt zu stehen. Große Aufmerksamkeit war noch nie mein Ding gewesen.

»Der Bräutigam ist irgendein wahnsinnig bekannter Rennfahrer, sie angeblich Moderatorin«, redete sie weiter.

»Hm …«, konnte ich nur antworten. Rennsport war nun wirklich nicht mein Interessensgebiet. Sei's drum …

»Also, auf jeden Fall haben sie einen Caterer für ihre Hochzeit gesucht und uns beauftragt. Das wird die Hochzeit, die uns vielleicht in die Höhen katapultieren könnte!« Sie war kaum noch zu bremsen. Ich verstand immer noch nicht, was der ganze Hype sollte.

»Wenn seine Freunde, die übrigens alle in einem heiratsfähigen Alter sind, sehen, wie toll diese Hochzeit wird, dann bekommen wir in der Szene wirklich einen Fuß in der Tür!« Sie plapperte ohne Punkt und Komma, und ihre Wörter überschlugen sich fast. »Sie kommen Mittwoch um fünf! Richte bitte einen Platz dafür in deinem Kalender ein! Und, Lena, gib dir bitte alle Mühe!«

Natürlich tat ich das, für jeden einzelnen Kunden.

»Okay, trage ich ein.«

»Toll! Das wird einfach großartig! Und jetzt lass ich dich wieder in Ruhe, damit du dir schon mal Gedanken machen kannst. Unser Abendessen am Mittwoch steht immer noch fest, ich bin gespannt, was du erzählst! Tschüs!«, trällerte sie.

Ich verabschiedete mich und seufzte. Nun war die letzte Stunde für diese Woche auch schon wieder weg. Da fiel mir auf, sie hatte mir vor lauter Euphorie überhaupt nicht den Namen genannt. Aber sie deshalb erneut anzurufen, dazu hatte ich keine besondere Lust. Dann würde ich eben am Mittwoch fragen müssen, oder ich würde ihn selbst erkennen, wenn er tatsächlich so bekannt war.

Müde stand ich auf, um mir ein schnelles Abendessen zu bereiten. Für etwas Aufwändiges, wie ich es früher oft gekocht hatte, fehlte mir schlichtweg die Lust. Außerdem war es nur halb so schön, wenn man für sich alleine kochen musste. Eric würde garantiert nach seiner Trainingseinheit wieder nur ein paar Blätter Salat verspeisen.

Kapitel 12

Nach einem weiteren stressigen Arbeitstag freute ich mich wahnsinnig auf etwas Entspannung mit meiner Freundin Selina.

»Das ist so viel besser als dieser langweilige Kurs!«, nuschelte sie und schob sich noch einen Löffel Kirscheis in den Mund. Ich nickte.

»Eric darf das niemals herausfinden!«

»Woher soll er denn? Wenn er nicht mit Yoga-Jakob spricht, kriegt er nicht raus, dass der uns aus seinem megaöden Dienstagskurs geschmissen hat.« Sie kicherte, und ich musste mir ebenso das Lachen verkneifen, um die Eisschokolade, die ich noch im Mund hatte, nicht über den Tisch zu versprühen.

»Wie kam er überhaupt darauf, dich da einfach anzumelden?«, fragte Selina.

Ich zuckte mit den Schultern. »Eigentlich wollte er mich zu seinem Lauftraining mitnehmen. Als wir es einmal versucht haben, bin ich nach zwei Kilometern fast zusammengebrochen, und er hatte sein Pensum noch nicht mal annähernd erreicht.«

»Immer noch der Marathon?«

Ich nickte und verdrehte die Augen. »Du weiß doch, wenn er sich einmal etwas in den Kopf gesetzt hat, ist er kaum zu bremsen.«

»Trotzdem finde ich das hier besser.« Sie machte eine ausladende Geste. »Solange uns Lorenzo nicht verpetzt, können wir ruhig weiter *Yoga* machen.« Ihre Finger beschrieben Anführungszeichen in der Luft und ich musste grinsen. Jakob hatte uns nur aus seinem Kurs geschmissen, weil wir uns geweigert hatten, am Anfang seiner Stunde unseren Frust rauszulachen. Lachtheraphie nannte er das. Wir standen mit zehn erwachsenen Menschen in einem Raum, die gespielt lachten und dabei aussahen, als würden sie gleich den nächsten Menschen um die Ecke bringen. Gruselig! Und irgendwie schräg …

Das Lachen fiel uns jedoch nicht schwer, als Jakob in seinen engen und sehr kurzen Yogashorts den herabschauenden Hund demonstrierte. Ebenfalls gruselig!

Nach dem vierten Lachanfall unsererseits war von dem ausgeglichenen, entspannten Yogalehrer nichts mehr übrig und er verwies uns kurzerhand seines Studios. Selina und ich hatten sofort die Eisdiele an der Ecke gesehen und sie zu unserem wöchentlichen Treffpunkt erkoren. In Sportklamotten natürlich, damit Eric nichts mitbekam. Denn ich wollte mir seine Standpauke darüber, dass man unbedingt einen Ausgleich neben dem Beruf benötigte, kein zweites Mal anhören.

Dabei war ich ausgeglichen. Wenn ich nicht an unsere bevorstehenden Hochzeitsvorbereitungen dachte.

»Und, wie läuft die Planung bei euch?«

Da war sie wieder. Die nervös pochende Ader an meinem Hals. Komischerweise war es nicht schwer für mich, andere Hochzeiten zu planen. Nur meine eigene wurde zum Desaster.

»Na ja, wir haben ja noch Zeit«, antwortete ich. Der Strohhalm machte ein schlürfendes Geräusch, als der Boden meines Schokoladenbechers in Sicht kam. Ich brauchte Nachschub!

»Ich will ja nicht immer wieder damit anfangen, aber wann habt ihr den Termin?«

»September«, krächzte ich viel zu hoch und nahm mir die Speisekarte. Meine Lust auf Süßes wuchs unaufhaltsam.

»Juli, August, ach da kommt ja schon der September. Brauchst du noch Hilfe?«

»Nein, danke! Wirklich! Wir haben einfach viel zu tun im Moment, das wird schon alles.«

»Aha«, war Selinas einziger Kommentar neben ihrer hochgezogenen Augenbraue. Zur Not würden wir einfach bei Erics Eltern im Garten heiraten. Wie in diesen ganzen amerikanischen Hochzeiten. Die waren doch schön! Zumindest das, was man in den Filmen immer sah. Ich hatte sowieso nicht vor, etwas Pompöses zu planen mit Ballsaal und Kronleuchter an der Decke. Am schönsten hätte ich es gefunden, wenn wir nur unsere engsten Freunde und die Familie einluden und irgendwo ganz entspannt essen gingen. Kein Schnickschnack, kein Aufwand, kein übertriebenes Hochzeitskleid. Doch da hatte ich die Rechnung ohne meine Schwiegermutter und meine Mutter gemacht. Die sahen schon eine zweite royale Hochzeit vor ihrem geistigen Auge. Prinzessinnenkleidchen, Diadem, funkelnde Tischdekoration, Smoking für die Männer, Kutsche vor der Kirche und so weiter. Nein, danke!

»Ja, Simone hat mir jetzt sogar noch einen neuen Auftrag verschafft!«

»Noch einen? Aber du hast doch kaum noch Zeit, etwas anderes zu tun! Ich würde so gerne mal wieder mit dir abends ins Kino, ohne dass du mir ständig absagst, weil du müde bist!«, meckerte Selina. Aber sie hatte ja recht. Zwei Abende in der Woche hatte ich ihr freihalten müssen, damit ich kein Ärger mit ihr bekam. Aber spontane Abende oder freie Wochenenden wurden immer schwieriger.

»Da geht's um so einen total wichtigen Rennfahrer. Simone denkt, wenn wir dem eine schöne Hochzeit planen, kommen noch andere. Sie sieht schon die ganz großen Namen in unserer Kartei.«

»Na klasse, dabei solltest du doch eher etwas abgeben, damit dir Zeit für deine eigene Planung bleibt!«

Schon wieder das Thema!

»Wie geht's Maik?«, versuchte ich abzulenken.

Selinas Augen begannen zu strahlen.

»Sehr gut! Er hat dieses Wochenende tatsächlich ein Probetraining als Trainer in diesem Boxstudio!«, sagte sie begeistert.

Maik war Selinas neuste Eroberung. Groß, breit, durchtrainiert, nicht wirklich die hellste Kerze im Leuchter, aber normalerweise wollte Selina mit ihren Männern auch keine tiefgründigen Gespräche führen. Unsere Idealvorstellung einer Beziehung war nicht unbedingt dieselbe. Wobei man das, was sie hatte, nicht wirklich als Beziehung bezeichnen konnte. Eher als temporäre Übereinkunft.

»Schön! Freut mich für ihn«, erwiderte ich ehrlich, und sie nickte.

»Ich weiß, du kannst nicht wirklich viel mit ihm anfangen, aber …«

Ich legte beschwichtigend meine Hand auf ihre. »Wenn er dich glücklich macht, egal auf welche Art, finde ich es okay.«

Sie lächelte mich an. »Danke.«

Auch wenn wir unsere Leben niemals tauschen würden, verstanden wir trotzdem, was die andere brauchte, und akzeptierten es.

Ich – Sicherheit. Sie – Abenteuer. Erst ein einziges Mal war es andersherum gewesen. Aber da hatte ich ja gesehen, wo es mich hinführte. In etwas ohne Zukunft.

Kapitel 13

Ich tippte schnell die letzten Zeilen der E-Mail an unseren neuen Lieferanten und mein Blick huschte immer wieder zur kleinen Uhr in der rechten Ecke des Bildschirms. Mist, schon zehn nach fünf! Hatte Simone nicht ausdrücklich gesagt, wie wichtig es sei, dass ich pünktlich war? Und ausgerechnet jetzt war ich es nicht! Doch der Abend gestern mit Selina war tatsächlich mal wieder lange geworden und ich war spät im Bett gewesen. Die Arbeit, die die letzten beiden Tage schon liegen geblieben war, hatte ich unbedingt heute nachholen müssen.

Schnell drückte ich auf Senden und verließ mein kleines Eckbüro. Meine schwarzen Wildlederpumps klackerten auf dem Fliesenboden, als ich mit großen Schritten über den Flur zu unserem Besprechungsraum lief. Der taillierte Bleistiftrock war nicht wirklich zum schnellen Gehen hergestellt worden, aber an drei Tagen in der Woche empfing ich Kunden. Und das hieß, dass zumindest an diesen Tagen Businesskleidung angesagt war, auch wenn ich mich sonst in Jeans und Turnschuhen wohler fühlte.

Ich durchquerte den Empfangsbereich in der Mitte des Stockwerkes und sah kurz zu Inga, die hinter dem hohen Tresen saß. »Sie sind schon da«, sagte sie eindringlich.

Ich nickte ihr knapp zu. »Ja, danke. Bin schon auf dem Weg.«

Am Ende des Flurs angekommen, drückte ich die Türklinke nach unten und trat ein. Ich war ziemlich gespannt auf diesen Rennfahrer und seine Frau und darauf, was für Vorstellungen sie für ihre Hochzeit hatten. Ich konnte mir vorstellen, ziemlich lockere im Gegensatz zu Simones.

»Meine Verspätung tut mir sehr leid!«, entschuldigte ich mich und blieb kurz in der Tür stehen.

Gegenüber an dem langen Besprechungstisch saß eine blonde, äußerst attraktive Frau. Perfekte Nase, volles Haar, sinnliche Lippen, die sich nun zu einem netten Lächeln verzogen. Der Mann saß ihr gegenüber und hatte mir den Rücken zugedreht. Über sein breites Kreuz spannte sich ein teurer dunkelblauer Anzug. Ich erkannte dunkelbraunes, verwuscheltes Haar. Seine Unterarme lagen auf dem Tisch und aus seinem Ärmel blitzte eine silberne Uhr.

Das waren sie wohl. Hübsches Paar.

Ich drehte mich um und schloss die Tür, ging an das Kopfende und wollte mich gerade setzen, als ich erstarrte. Im gleichen Moment hörte meine Welt auf sich zu drehen. Der Boden unter meinen Füßen gab nach und ein Rauschen trat in meine Ohren. Ganz kurz hatte ich das Gefühl, zu ersticken, und atmete mit einem Male weiter, als mein Gegenüber sich lächelnd erhob. Mit den Fingern suchte ich Halt an der Ledermappe, die ich hielt.

Das freche, unfassbar charmante Lächeln, an das ich so lange gedacht hatte, bis ich überhaupt nicht mehr wusste, wie es aussah.

Die grünen Augen, die mich anfunkelten und mir den Halt gegeben hatten, den ich damals brauchte.

Wie in Trance beobachtete ich seine Bewegungen, und ganz automatisch drehte ich den funkelnden Stein, der an meiner linken Hand steckte, nach unten, so dass der Ring nur noch wie ein einfacher Schmuckring aussah. Wieso verspürte ich plötzlich den Drang, das Zeichen meiner eigenen Verlobung zu verstecken?

»Lena!« Dominik sah genauso verblüfft aus, doch dann trat pure Freude auf seine immer noch schönen Gesichtszüge. Er sah etwas reifer aus, aber seine Augen verrieten immer noch den offenen, lebensfrohen Mann, der er damals gewesen war.

Mir war auf einmal eiskalt und ich unterdrückte ein Zittern, als er sich zu mir beugte und mich sanft auf die Wange küsste.

»Was für ein Zufall«, hauchte er.

»Ihr kennt euch?«

Die Stimme seiner Zukünftigen zog mich aus meinem Bann. Ich räusperte mich, probierte ein professionelles Lächeln aufzulegen und setzte mich, zeitgleich mit Dominik, an den Tisch.

»Ja«, entgegnete er nur, ohne es weiter auszuführen. Was hätte er ihr auch sagen sollen? Schatz, ich hatte vor drei Jahren eine Affäre mit unserer Hochzeitsplanerin? Wohl kaum.

»Das ist wirklich eine Überraschung«, sagte ich gefasst, obwohl es in mir ganz anders aussah. Er würde heiraten. Sie. Eine perfekte Mischung aus Model und Mädchen von nebenan. Ein Stich fuhr durch mich hindurch.

Natürlich hatte sich die Welt nach unserem Urlaub weitergedreht und natürlich blieb er nicht enthaltsam. Was hatte ich für naive Vorstellungen? Ich hatte mein Leben ebenfalls wieder aufgenommen. Ich war genauso verlobt!

Es machte mich nervös, dass er mich die ganze Zeit beobachtete, während ich versuchte, die Unterlagen in meiner Hand zu sortieren. Oder zumindest so auszusehen, als hätte ich eine Ahnung von dem, was ich hier tat, denn eigentlich war ich viel zu aufgewühlt, um noch klar denken zu können.

»So, die Hälfte am Tisch kennt mich bereits, dann möchte ich mich Ihnen noch vorstellen.« Ich wandte mich bewusst an die Frau. »Mein Name ist Lena Braun, und ich bin zuständig für die Planung des Caterings, wie Sie sich wahrscheinlich schon gedacht haben.«

Was erzählte ich da für einen Mist? Natürlich wusste sie das! Als mein Blick kurz zu Dominik huschte, bemerkte ich, wie seine Mundwinkel ein klein wenig zuckten. Machte er sich etwa über mich lustig?

»Haben Sie schon irgendwelche Vorstellungen?«

»Ich dachte an ein serviertes Menü. Damit keiner aufstehen muss und es kein Gerangel gibt«, sagte sie. Ich notierte es mir auf dem Notizzettel, der vor mir lag.

»Nein, auf keinen Fall! Ein Buffet ist doch viel praktischer! Jeder kann sich das nehmen, worauf er Lust hat, ohne irgendetwas vorgesetzt zu bekommen«, erwiderte Dominik. Ich sah auf. Na, die waren sich ja einig.

»Aber das ist viel zu bürgerlich!«, antwortete sie und funkelte Dominik an. Okay, sie war also etwas wählerischer. Passte so gar nicht zu ihm, wenn ich an seine damaligen Aussagen dachte. Aber er hatte sich sicherlich auch weiterentwickelt.

»Vielleicht können wir eine Kombination daraus anbieten. Die Vorspeise wird serviert und für das Hauptgericht gibt es ein hochwertiges Büffet«, versuchte ich zwischen den beiden zu vermitteln. Sie nickten.

Okay, das ging einfacher als gedacht.

»Fleisch oder vegetarisch? Irgendwelche Unverträglichkeiten?«

»Tobias ist ein absoluter Fleischesser! Auf jeden Fall Fleisch!«, stellte Dominik fest, und ich zog die Stirn kraus. Tobias? Nahm er solche Rücksicht auf seinen Trauzeugen? Wie nett von ihm.

»Mia hat ausdrücklich gesagt, dass es vegetarisches Essen sein soll! Sie ekelt sich vor Fleisch, und du weißt, wie sie gerade drauf ist. Außerdem ist das, was die Braut will, Gesetz!« Ihre Antwort war schnippisch. Also wollte sie unbedingt ihren Kopf durchsetzen, nur weil sie die Braut war? Ich sollte das für mich selbst übernehmen, damit ich den Mut fand, Simone und meiner Mutter genauso die Meinung zu sagen.

»Wieso denn das? Tobias heiratet an dem Tag schließlich auch!«, erwiderte Dominik, und mein Kopf schnellte nach oben. Eine Doppelhochzeit? Sollte ich doppelt so viele Menschen bewirten?

»Ähm, Tobias?«

Dominik sah mich verwirrt an. »Ja, der Bräutigam.«

»Ihr heiratet gar nicht?«, fragte ich und deutete mit dem Kugelschreiber in meiner Hand auf die beiden. Dominik hob abwehrend die Hände und drückte sich gegen die Stuhllehne.

»Großer Gott, nein!«

Auch sie schüttelte wild den Kopf und verzog das Gesicht, als hätte ich vorgeschlagen, dass es rohes Fleisch zum Essen gab.

»Ich würde mir lieber eine Glatze rasieren!«, antwortete sie. Mein Blick wanderte zurück zu Dominik, der mich erneut schief angrinste. Ich konnte es nicht abstreiten, er hatte noch genau die gleiche Wirkung auf mich. Mein Herz machte einen Satz und meine Hände wurden so feucht, dass mir fast der Stift durch die Finger glitt.

»Die Braut ist schwanger, und sie haben schon genug Stress, deshalb haben wir als Trauzeugen gesagt, wir unterstützen sie beim Essen. Aber nur, weil ich dachte, das wäre das Einfachste …«, sagte Dominik, und ich nickte. Wieso musste ich mir nun auf die Lippen beißen, um das dümmliche Grinsen zu unterdrücken, das nun förmlich aus meinem Gesicht springen wollte?

»Okay. Danke für die Aufklärung.« Mein Blick flackerte zu ihm zurück. »Dann werden wir uns wohl doch einig.«

»Das werden wir«, sagte er schelmisch, und ich war mir sicher, dass er nicht nur das Menü meinte.

Nachdem ich meinen Plan wieder aufgenommen und wir alles besprochen hatten, erhoben wir uns und standen gemeinsam vor der Tür.

»Vielen Dank! Ich bin gespannt auf Ihr Angebot, Lena«, sagte Sarah, wie ich mittlerweile mitbekommen hatte.

»Bis dann, Dominik«, verabschiedete sie sich. Unruhig trat ich von einem Bein auf das andere und drückte meine Notizen gegen meine Brust. Dominik sah genauso verloren aus und fuhr sich durch die Haare. Zwischen meinen Fingern spürte ich immer noch seine weichen Haarspitzen. Es war ein merkwürdiges Gefühl, sich einmal so nahe gewesen zu sein und sich jetzt nicht mehr einfach berühren zu können.

»Also, Lena …«, begann er, und ich sah ihn aufmerksam an. »Du organisierst Hochzeiten?«

Ich nickte. »Sieht wohl so aus. Und du wohnst auch hier in Frankfurt?«

»Noch nicht, aber ich hatte vor, mir einige Häuser hier anzusehen. Tobias und seine Zukünftige wohnen hier, und Milan möchte seine Firma ebenfalls verlagern.« Einen schlimmeren Zufall, als ihn hier zu treffen, konnte es doch gar nicht geben! War das Schicksal ein Miststück! Hätte sie nicht früher zuschlagen können?

»Unglaublich, oder?«, erwiderte ich, weil ich nicht wusste, was ich sonst antworten sollte.

»Hast du Lust, mit mir noch etwas trinken zu gehen? Ein bisschen reden? Es würde mich interessieren, wie es dir so ergangen ist.«

Ich leckte über meine trockenen Lippen und unterdrückte ein Seufzen. Wie gerne würde ich noch Zeit mit ihm verbringen, seine Nähe genießen, die so unverwechselbar auf mich wirkte wie in unserem Urlaub. Doch ich konnte nicht. Ich hatte Verpflichtungen. Gegenüber meinen Schwiegereltern, und vor allem gegenüber meinem Verlobten.

»Es tut mir leid, ich habe noch etwas vor. Genau genommen jetzt gleich.«

»Dann vielleicht ein andermal?«, fragte er hoffnungsvoll. Ich konnte nur nicken. Er kramte in der Innentasche seines Jacketts und zog einen Stift hinaus.

»Darf ich?«, fragte er. Ich nickte. Als ich ihm mein Notizbuch entgegenstreckte, berührten sich unsere Finger ganz leicht. Ein Kribbeln lief mir über den Arm und ich zog hastig meine Hand zurück.

Er schrieb seine Nummer auf die letzte Seite und gab es mir wieder. »Du kannst dich gerne jederzeit melden, wenn du Zeit hast. Ich würde mich sehr freuen.«

»Okay.«

Mehr als dieses eine Wort bekam ich nicht zustande. In der letzten halben Stunde hatte ich mein gesamtes Pulver an Worten verschossen. Alles, was ich jetzt noch sagen würde, würde ich bereuen. Ich schluckte hart, denn ich konnte seine Nähe kaum noch ertragen.

»Dann melde ich mich bei euch, wenn ich das Angebot erstellt habe«, sagte ich geschäftsmäßig, ging an ihm vorbei und hielt ihm die Tür auf. Wir liefen nebeneinander den Flur entlang bis zur Eingangstür. Glücklicherweise hatte Inga bereits Feierabend gemacht, denn Dominik und Sarah waren heute unsere letzten Kunden.

Als er an mir vorbeiging, zog sein Duft an mir vorüber und ich hielt den Atem an, um nicht mehr davon aufzunehmen als unbedingt nötig.

»Es hat mich sehr gefreut, dich heute wiederzusehen. Vielleicht meint das Schicksal es doch gut mit uns«, sagte er und zwinkerte mir zu.

»Vielleicht …«

»Tschüs, Lena.« Er umfasste meinen Ellenbogen, zog mich sanft zu sich und hauchte mir ein Küsschen auf die Wange, das mein Herz ein kleines bisschen stolpern ließ.

»Tschüs, Dominik«, erwiderte ich tonlos und sah ihm hinterher, wie er die Treppen ins Erdgeschoss herunterging. Ich musste mindestens noch zehn Minuten warten, bis ich mir sicher sein konnte, dass er tatsächlich weg war. Außerdem konnte ich diese Zeit gut gebrauchen, um mich für Eric wieder auf Normalzustand zu bringen. Denn das Wiedersehen mit Dominik hatte mich eindeutig mehr aus der Bahn geworfen, als es sollte.

Kapitel 14

Während der Autofahrt zu Erics Eltern versuchte ich, nicht mehr daran zu denken, was eben passiert war. Dominik nach drei Jahren wiederzusehen hatte mich durcheinandergebracht. Ich sollte nicht darüber nachdenken, wie es wäre, sich tatsächlich mit ihm zu treffen. Andererseits interessierte es mich wirklich, wie es ihm ergangen war. Hatte er die Weltreise tatsächlich gewagt? Und riskierte er immer noch seine Knochen auf den Rennstrecken des Landes? War er nochmal in dem Hotel gewesen, in dem wir uns kennengelernt hatten? Auf unserem Sonnendeck?

Wenn ich mich mit ihm treffen würde, wäre es doch nur ein Abendessen unter alten Freunden, nichts mehr! Das ginge bestimmt klar.

Als ich von der Straße auf die Einfahrt abbog, sah ich, dass Eric schon da war und gerade aus seinem schwarzen Mercedes stieg. Ich parkte neben ihm vor der kleinen Villa und öffnete meine Tür. Eric lächelte mir liebevoll zu und ich freute mich tatsächlich sehr, ihn zu sehen.

»Hallo, Schatz«, sagte er und nahm mich in die Arme, nachdem ich ausgestiegen war. Ich drückte meinen Kopf gegen seine Brust und atmete den vertrauten Geruch ein, der mich so oft wieder auf den Boden der Tatsachen brachte.

»Alles gut bei dir?«, fragte er und löste sich ein Stück von mir, so dass wir uns in die Augen sehen konnten. Sollte ich es ihm erzählen? Aber wo hätte ich anfangen sollen? Ich nickte nur und drückte ihm einen Kuss auf die Lippen.

»War nur stressig auf der Arbeit. Alles gut«, antwortete ich, und er sah etwas beruhigter aus.

»Okay. Bei mir war es auch nicht besser«, sagte er und verdrehte die Augen. Er nahm meine Hand und führte mich zur Eingangstür.

Noch bevor wir klingeln konnten, öffnete uns Erics Vater Bernd die Tür und wir traten ein. Eric gab ihm zur Begrüßung die Hand und Bernd drückte mir ein Küsschen auf die Wange. Mit dem Daumen zeigte er hinter sich. »Kommt mit ins Esszimmer. Das Essen ist schon fertig!«

Ich stellte meine Handtasche auf die Flurkommode und folgte den Männern in das angrenzende Zimmer. Jedes Mal, wenn ich in Erics Elternhaus kam, überzog eine Gänsehaut meinen Körper, denn ich hatte das Gefühl, hier herrschten grundsätzlich einige Grad weniger als draußen.

Simone übertrieb immer maßlos, wenn wir einmal im Monat zum Essen kamen. Sie hatte wie immer ihre polierten Kerzenleuchter auf den Tisch gestellt, das Silberbesteck und die feinen Stoffservietten bereitgelegt. Es könnte ja jemand darüber reden, dass sie sich nicht angemessen verhielt. Einfach mal Pizza oder Essen auf der Couch war bei Erics Familie unmöglich. Niemals würde Simone, wie meine Mutter, sonntags mit Lockenwicklern am Tisch sitzen oder sein Vater mal etwas anderes als ein Hemd zum Abendessen tragen.

Aber mir war das egal. Das eine Mal alle vier Wochen verkraftete ich schon, und ich war froh, dass ich mit Eric bei uns zu Hause nicht ganz so förmlich sein musste.

Simone kam aus der Küche auf uns zugelaufen. In der Hand hielt sie eine dampfende Suppenschüssel aus feinstem Porzellan, die sie auf den Tisch stellte. Den Inhalt hatte sie garantiert nicht selbst gekocht.

»Kinder, da seid ihr ja! Kommt, setzt euch!«, sagte sie, und wir nahmen alle am Tisch Platz. Ihr Lächeln erreichte nicht mal ansatzweise ihre Augen.

Bernd schöpfte uns allen die Vorspeise auf die Teller und Simone legte eine Stoffserviette auf ihren Schoß.

»Jetzt erzähl! Wie war es heute, Lena?«

Eric sah mich aufmerksam von der Seite an, und ich spürte seine Blicke fast brennend auf meinen glühenden Wangen.

»Das Brautpaar war nicht selbst da. Die Trauzeugen planen das Buffet«, klärte ich auf, allerdings ohne zu erwähnen, dass ich einen von ihnen näher kannte.

»Oh.« Simones Blick wurde fast bedauernd. »Aber sie wissen doch sicherlich, dass wir uns um das Essen kümmern? Und erwähnen uns auch irgendwo?«

»Ich denke schon.«

»Du denkst!«, rief Simone aus und sah mich mit gerunzelter Stirn an.

»Ein neuer wichtiger Auftrag?«, fragte Eric, und Simone plapperte gleich wieder drauflos. Er nickte, als sie ihre Erklärung beendet hatte.

»Das ist doch großartig!«, freute er sich und lächelte mich an.

»Aber wenn der Rennfahrer schon nicht selbst gekommen ist, ist es das Mindeste, dass du bei der Hochzeit dabei bist, Lena!«, wies Simone an. Ich schluckte. Dabei sein? Dominik den ganzen Tag um mich haben?

»Ich kann doch nicht einfach an einer Hochzeit teilnehmen, bei der ich niemanden kenne. Normalerweise reicht es doch, wenn ich nach dem Rechten sehe und dann wieder unauffällig gehe.«

»Normalerweise haben wir nicht solch einen wichtigen Auftrag!«, japste Simone empört.

»Ich werde sehen, was sich machen lässt«, entgegnete ich und senkte den Blick. Um nicht weitersprechen zu müssen, begann ich, die Suppe zu löffeln. Glücklicherweise gab sich Simone damit zufrieden.

»Sehr gut! Ach, Eric, du kannst dir nicht vorstellen, wie es am Montag bei der Anprobe war!«, jubelte Simone, und ich konnte nur knapp ein Seufzen unterdrücken.

Ich spürte zart Erics Finger, die mein Knie kurz drückten, und war ihm dankbar für die kleine Geste. Auch darüber hatten wir uns noch gar nicht unterhalten, weil wir uns nicht lange genug gesehen hatten. Die ganzen Abende war Eric laufen gewesen, und ich hatte noch von zu Hause gearbeitet.

»Das Kleid war so perfekt für Lena, wirklich, Eric! Aber ich will ja nicht zu viel verraten!«, lachte meine Schwiegermutter übertrieben. Ich führte den Löffel Suppe an meine Lippen, um nichts erwidern zu müssen.

»Also hast du doch schon ein Kleid?«, fragte Eric an mich gewandt.

Ich schüttelte den Kopf.

»Noch nicht so ganz, es ist ...«

»Wunderbar!«, platzte Simone dazwischen. Man hätte meinen können, dass sie und Bernd nochmal heirateten und nicht Eric und ich. Aber ihr Mann hatte seine blauen Augen ebenfalls auf mich gerichtet und lauschte der Unterhaltung. Er wusste sicherlich, dass es keinen Sinn machte, seiner Frau dazwischenzufunken.

»Habt ihr schon das Schlosshotel angerufen?«, fragte Bernd nun.

Eric tupfte sich mit der Stoffserviette den Mund ab. »Bisher noch nicht.«

»Junge, ich habe alle meine Kontakte spielen lassen, damit die im September noch einen Platz für euch schaffen können. Das solltest du dir nicht entgehen lassen!«, sagte mein Schwiegervater und zog missbilligend die grauen Augenbrauen zusammen.

»Ja, Vater, machen wir gleich morgen.«

So entschlossen und selbstsicher Eric mir gegenüber war, so zurückhaltend war er in Bezug auf seine Eltern. Gut, sie hatten sich alles, was sie besaßen, wirklich verdienen müssen, und ich gönnte ihnen das schicke Haus und das dicke Auto. Aber je mehr sie gearbeitet hatten, desto länger war Eric bei seiner Babysitterin und später im Internat gewesen. Natürlich hatte man ihm dort beigebracht, dass die Eltern stets zu achten waren. Trotzdem hätte er mir in manchen Situationen mehr beistehen können. Wir waren schließlich sechsundzwanzig und keine sechs mehr.

»Habt ihr auch schon den Kutscher angerufen?«, fragte Simone. Ich legte den Löffel neben meinem Teller ab. Mir war der Hunger auf einmal gründlich vergangen. Gab es denn überhaupt noch ein anderes Gesprächsthema als diese Hochzeit? Die Fragerei und Simones Art war mir einfach zu viel. Der ganze Tag war zu viel gewesen!

»Ihr entschuldigt mich einen Moment«, sagte ich und zwang mich zu einem Lächeln. Ich verließ das getäfelte Esszimmer und ging in den Flur zur Gästetoilette. Dort angekommen schob ich die Tür hinter mir zu und lehnte mich mit dem Rücken dagegen.

Hatte Selina doch recht? Wollte ich das wirklich? Hatte ich bisher noch nichts organisiert, weil ich die Hoffnung hatte, einfach mit allem zu spät dran zu sein? So dass alles schon ausgebucht war und wir die Hochzeit auf das nächste Jahr verschieben mussten?

Und was wäre dann?

Ich war mir meiner Gefühle Eric gegenüber sicher gewesen, auch wenn mich die Trennung damals schwer verletzt hatte. Aber ich hatte ihm verziehen. Wir hatten nie über das Jahr gesprochen. Er wusste nichts von Dominik, ich wusste nicht, mit wem er sich getroffen hatte. Und das war gut so. Hätte ich es gewusst, hätte ich mich immer gefragt, ob sie besser gewesen wären. Aber dann hätte er keinen Grund gehabt, zu mir zurückzukommen, oder?

Und dass Dominik nun einfach so auf der Bildfläche aufgetaucht war, machte die Situation nicht besser. Er sah noch genauso aus wie damals und versprühte den gleichen lebenslustigen Charme, der mich magisch anzog. Unser aufregender Urlaub war das komplette Gegenteil zu meinem jetzigen Leben. Aber deshalb passte es auch überhaupt nicht zusammen und war unvereinbar. Ich sollte mich wirklich nicht mit Dominik treffen. Das würde alles durcheinanderbringen. Noch mehr Chaos konnte ich gerade nicht ertragen.

»Schatz?«

Als es an der Tür hinter mir klopfte, zuckte ich zusammen. Ich öffnete Eric und drückte das Türblatt hinter ihm zu.

»Alles in Ordnung?«, fragte er mich und zog die Augenbrauen zusammen.

»Ja, schon … Es ist nur, wieso können sie uns nicht einfach machen lassen?« Ich ging zur Toilette und setzte mich auf den geschlossenen Deckel. Eric kam zu mir und strich mir leicht über mein offenes Haar.

»Sie freuen sich einfach. Natürlich ist das spannend. Sie mögen dich und sind froh, dass wir alles so gut meistern.«

»Wieso sagen sie das dann nicht, sondern schießen nur mit hunderten Vorschlägen um sich, die wir überhaupt nicht wollen?«

Er verschränkte die Arme vor der Brust. Ich kannte ihn lange genug, dass ich wusste, was für ein Zeichen das war.

»Lass ihnen doch den Spaß. Eine Kutsche oder nicht, ist doch nicht wichtig. Wenn sie uns so sehen wollen …«

»Was soll das? Ich will aber so einen Blödsinn nicht! Das sind doch nicht wir! Wieso sollen wir uns für andere verstellen?«

»Na hör mal, das sind doch keine anderen, das sind meine Eltern. Außerdem sind deine doch auch Feuer und Flamme.« Ich seufzte, denn so hatte ich mir den Abend nicht vorgestellt. Ich war schon verwirrt genug.

»Es ist unsere Hochzeit, und die sollte so sein, wie wir es haben wollen. Wenn du das nicht verstehen kannst, dann …« Ich verstummte, und Eric sah mich mit großen Augen an.

»Was dann? Stellst du jetzt alles in Frage wegen einer bescheuerten Kutsche?« Seine Stimme wurde lauter, und ich stand auf, damit ich mit ihm auf Augenhöhe war.

»Nein, natürlich nicht, aber du könntest mir ruhig etwas mehr beistehen! Außerdem, hör auf mit der Flucherei.«

»Scheiß drauf! Du sagst ja selbst nichts dagegen!«

»Weil ich nicht zu Wort komme!«

Wir funkelten uns wütend an, bis Eric mich betroffen ansah.

»Jetzt verstehe ich, du zögerst es hinaus. Willst du mich überhaupt noch heiraten?«, fragte er leise, und es versetzte mir einen Stich.

»Natürlich! Eric, was sagst du für Sachen?« Mir traten Tränen in die Augen beim Anblick seines verletzten Blickes. Ich ging zu ihm und griff nach seiner Hand, die er mir ruckartig entzog.

»Vielleicht solltest du dir erstmal klar darüber werden, was du eigentlich willst, bevor du meine Eltern dafür verantwortlich machst.«

Mit diesem Satz ließ er mich einfach stehen und knallte die Tür hinter sich zu. Ich setzte mich wieder auf den Toilettendeckel und stützte meinen Kopf auf die Hände. Ich konnte es nicht ertragen, wenn es ihm schlecht ging, und das noch wegen mir. Außerdem war ich mit unserer Verlobung eine Verpflichtung eingegangen, die ich nicht brechen wollte.

Wahrscheinlich brauchte ich einfach nur ein paar Tage Ruhe und Zeit für mich, um alles ordentlich planen zu können. Das würde es sein. Einige freie Tage wären gut.

Doch ich wusste, das konnte ich nicht. Nicht jetzt, nicht in der Hochsaison unserer Firma! Mit gesenktem Kopf ging ich zurück, bereit, mich ihren Vorschlägen zu stellen und Eric wieder zu besänftigen.

»Geht es dir gut?«, fragte mich meine Schwiegermutter, als ich wieder meinen Platz einnahm.

»Ja, es war nur etwas stressig in letzter Zeit.«

Eric hatte den Blick gesenkt und löffelte weiter stumm in seiner Suppe.

»Na ja …«, sagte Simone und tupfte sich mit der Serviette den Mundwinkel ab. »Wenn ihr verheiratet seid, ist dieses ganze Karriereding für dich ja sowieso Geschichte. Es ist so viel wichtiger, dann für die Kinder da zu sein.«

Sie schenkte mir ein vielsagendes Lächeln, und ich unterdrückte ein Seufzen. Es reichte, dass ich Eric gegen mich aufgebracht hatte. Jetzt auch noch seine Familie vor den Kopf zu stoßen, dafür hatte ich einfach keine Kraft mehr. Nicht heute. Stattdessen nickte ich stumm und aß einfach weiter.

Kapitel 15

Am nächsten Tag konnte ich mich kaum auf die Arbeit konzentrieren. Ständig schwirrte mir der Streit mit Eric und vor allem die Begegnung mit Dominik im Kopf herum.

Am besten wäre es, das Wiedersehen einfach zu vergessen, aber alle paar Minuten spukten Bilder von damals durch meinen Kopf. Es war wirklich nicht einfach, wenn man so viel mit einem Menschen erlebt hatte und nicht einfach da anknüpfen konnte, wo man aufgehört hatte. Aber war es mir mit Eric damals nicht genauso gegangen?

Er war wieder in mein Leben getreten, hatte mich um Verzeihung gebeten, und ich war sofort bereit gewesen, die Tür unserer Beziehung erneut aufzustoßen. War das mein Problem? Dass ich einfach nicht nein sagen konnte?

Seufzend richtete ich die Menükarten auf den Tischen aus. Das Brautpaar und die Gäste müssten gleich aus dem Standesamt kommen und dann sollte alles perfekt aussehen.

»Lena, gibt es noch etwas zu tun?«, hörte ich die Stimme meines Kollegen hinter mir. Ich überlegte kurz.

»Nein, alles ist fertig.«

Ich lächelte Marius freundlich zu und er ging zurück in die Küche. Mein Handy begann zu klingeln und ich zog es aus meiner hinteren Jeanstasche. Ich musste erreichbar sein, immer. Es könnte schließlich irgendetwas schieflaufen, das ich wieder einmal geraderichten musste. Wieso fiel es mir so schwer, gegenüber Eric und meiner Familie selbstbewusst zu sein, aber auf der Arbeit verwandelte ich mich in einen anderen Menschen?

»Hi«, sagte ich ruhig, als ich gesehen hatte, wer mich anrief.

»Hi«, hörte ich Erics Stimme. »Bist du heute Abend zu Hause?«

»Nein, heute Abend bin ich doch mit Selina verabredet. Wie jeden Donnerstag«, erwiderte ich. Ich hatte ein schlechtes Gewissen, ihm einen Korb geben zu müssen. Aber ich konnte nicht jedes Mal meine Pläne über den Haufen werfen, nur weil er anrief und mit den Fingern schnipste. Außerdem konnte ich auch Selina nicht jedes Mal absagen, das hatte ich schon viel zu oft getan.

»Oh … ja, dann … bis später.«

»Bis später«, sagte ich und legte auf. Eric hatte in unserer Beziehung immer den Plan gehabt. Ich vertraute ihm blind und bedingungslos. Aber wieso hatte ich diesmal das Gefühl, dass wir ohne Ziel losschipperten? Dieser Eindruck machte mich nervös und unruhig, denn ich brauchte die Sicherheit, die er mir immer gegeben hatte. Und die mir bisher kein anderer geben konnte.

Nach einem Blick auf meine Armbanduhr sah ich, dass ich unbedingt losmusste, wenn ich noch rechtzeitig bei Selina ankommen wollte. Ich packte meine Sachen, sagte den Kellnerinnen und Köchen Bescheid, dass ich ging, und verließ das kleine Gemeindehaus, in dem heute das Abendessen und die Hochzeitsparty stattfanden.

Die Straße war noch recht belebt und es waren viele Fußgänger unterwegs. Mein Mini stand auf der gegenüberliegenden Straßenseite, aber ich konnte die Fahrbahn nicht überqueren, weil zu viele Autos an mir vorbeibrausten. Ich suchte eine Fußgängerampel und steuerte darauf zu. Mein Blick schweifte weiter über die Geschäfte und Restaurants in der Straße. Plötzlich stoppte mich ein fieser Rempler gegen meine Schulter und ich blieb unvermittelt stehen.

»Entschuldigung«, murmelte ein Mann, unter den einen Arm eine Aktentasche geklemmt, in der anderen Hand ein Handy. Ich rieb mir die Stelle, an der er mich erwischt hatte, während er einfach weiterging. Plötzlich fiel mir etwas ins Auge.

Zwischen den Geschäften befand sich ein halber Bretterschlag. Ein altes Restaurant war fast vollständig zugezimmert. Ich ging hinüber, um durch die Schlitze zu spähen. Was war das hier? Im Inneren konnte ich nichts außer Dunkelheit erkennen und über der Tür hing schief ein altes Schild.

Taverna Georgios.

Ein ehemaliges griechisches Restaurant. Ich sah mich um. Die Geschäfte in der Straße waren gut besucht. Es gab Parkplätze, und die Lage in der Innenstadt war perfekt, um genug Gäste anzulocken.

Auf der Tür klebte ein Zettel. *Zum Verkauf stand darauf,* darunter eine Telefonnummer. Verstohlen sah ich mich um und riss den vergilbten Wisch kurzerhand komplett ab. Schnell steckte ich ihn in meine Tasche.

Und bereute es im gleichen Moment. Was wollte ich denn mit einem Restaurant? Ich hatte doch wirklich genug Stress, und vielleicht hatte jemand richtiges Interesse daran und ich klaute ihm die Chance, etwas aufzubauen.

Zweifelnd ging ich weiter, aber behielt den Zettel trotzdem in meiner Tasche. Nur für den Fall.

***

Schon von weitem sah ich Selina vor der Tür unseres Lieblingsrestaurants stehen. Qualm stieg vor ihr in die Luft.

»Wieso fängst du wieder mit dem Mist an?«, fragte ich sie vorwurfsvoll, und sie zuckte mit den Schultern, während sie an der Zigarette zog. Selina rauchte nicht wirklich, eigentlich nur, wenn sie sich mal wieder getrennt hatte. Und dann auch nur, bis sie den nächsten Mann am Haken hatte.

»Was ist mit Maik?«

»Nichts, was soll mit dem Blödmann sein?«

»Verstehe.« Ich deutete mit dem Kopf auf die Zigarette.

»Keine Lust, darüber zu sprechen«, grummelte sie und sah mich mit schief gelegtem Kopf an. »Und was ist mir dir? Du siehst miserabel aus!«

»Danke auch!« Selina kannte mich einfach zu gut, als dass sie mir nicht direkt eine schlaflose Nacht angesehen hätte.

»Ich hatte Streit mit Eric. Wegen seinen Eltern.«

Sie nickte, als wäre das nichts Neues. War es auch nicht.

»Und was noch?«, fragte sie. Der Rauch entwich ihren Lippen und kringelte aufwärts durch die Luft.

»Gib mal her«, sagte ich und zog ihr die Zigarette aus den Fingern.

»Oje, wenn Miss Sauber raucht, liegt ein ordentlicher Haufen im Busch!«

Ich gab ihr den Glimmstängel zurück, denn einer würde mich nicht von dem beklemmenden Gefühl in meiner Brust ablenken. Ich bräuchte eine ganze Packung. Oder einen Lastwagen voll mit den Dingern. Ach, was machte ich mir vor, selbst dann nicht …

»Ich habe neue Kunden.«

Selina schnalzte mit der Zunge. »Ja, das ist richtig schlimm! Uhhhh, mir schlottern die Knie, wie kannst du hier noch so locker stehen?«

»Du bist doof!«, meckerte ich, musste aber doch grinsen. »Es ist Dominik.«

Ihre Kinnlade kippte herunter und ihre dichten Wimpern klimperten auf und ab, als sie einige Male wild blinzelte. »Dein Dominik?«

»Er ist nicht mein Dominik … Er ist nur Dominik. Und ja, er ist der Trauzeuge von diesem komischen Rennfahrer. Der, den ich noch so reingequetscht habe. Hätte ich es mal gelassen …«

»Aber, woher? Wie? Warum?«

»Du kannst auch ganze Sätze, ich glaube an dich!«

»Wie kann er auf einmal hier auftauchen?«

»Sein Freund wohnt hier, und Dominik hilft ihm, die Hochzeit zu organisieren. Er hat eventuell vor, ebenfalls hierher zu ziehen«, schnaubte ich. Sie warf die Kippe auf den Boden und trat sie mit ihren Ballerinas aus.

»Nein! Habt ihr euch damals nicht unterhalten, wo ihr lebt, verdammt?« Es klang mehr nach Vorwurf als nach Frage.

»Die Sache war geklärt. Ein Urlaub, mehr nicht. Wieso sollte es mich dann interessieren, wo er wohnt oder vorhat hinzuziehen?«

»Puh … Und, wie ging es dir dabei?«

Ich sah durch die Gegend, an ihr vorbei, denn ich wusste die Antwort auf diese Frage selbst nicht. Neben dem Restaurant saß ein verliebtes Pärchen eng umschlungen auf einer Parkbank. Sie kicherten, küssten sich und sahen sich tief in die Augen. Hatte ich so etwas jemals mit Eric gehabt? Wir waren seit der Schulzeit zusammen, da war unsere Verliebtheitsphase gewesen, aber danach? Konnte man so etwas überhaupt aufrechterhalten oder begann eine neue Liebe immer so? Bis sie schließlich irgendwann abflachte, oder das Verliebtsein zu echter Liebe wurde. Verknalltsein war vergänglich! Alles endete irgendwann im Alltag!

»Na ja, es war … nett.«

»Nett?« Sie zog ungläubig eine perfekt gezupfte Augenbraue nach oben. »Nett glaubt dir ein anderer!«

»Er wollte mit mir etwas trinken gehen und hat mir seine Telefonnummer gegeben.«

»Triffst du dich mit ihm?«

»Ich weiß es nicht.« Das tat ich wirklich nicht. War es Eric gegenüber fair? Wie würde ich reagieren, wenn ich wüsste, dass Eric sich mit einer Liebschaft von früher traf? Sicherlich nicht gut.

»Nein, eher nicht«, schob ich dann nach. »Komm, lass uns reingehen, ich hab jetzt wirklich Hunger!«

»Lena, du willst mir doch etwas sagen, oder?«

Sie war meine beste Freundin. Wenn mich jemand verstand, dann sie. Also wieso um alles in der Welt erzählte ich ihr nicht einfach, was los war? Dass ich nicht sicher war, was ich überhaupt wollte. Dass ich nicht sicher war, was ich Dominik gegenüber empfand.

»Alles gut, wirklich«, antwortete ich stattdessen und spürte förmlich, wie ich wie ein verängstigtes Hündchen den Schwanz einzog. Doch Selinas Blick machte deutlich, dass sie mir kein Wort davon abnahm.

Ich ging an ihr vorbei und betrat das spanische Restaurant. Wir liebten es deshalb so sehr hier, weil wir uns nie für ein Gericht entscheiden konnten. Tapas waren die beste Option und schmeckten hier wirklich köstlich.

»Hallo, Mädels«, begrüßte uns die Kellnerin Sophie und zwinkerte uns zu. »Euer Platz ist frei, wie immer!«

»Danke!«, sagte Selina und wir setzten uns an den Tisch in der Ecke.

»Bist du dir sicher, dass du mir nicht doch etwas erzählen willst?«, fragte Selina erneut und sah mich vorwurfsvoll an.

Ich sah durch den hellblauen Fensterrahmen nach draußen und erwiderte dann erst ihren Blick.

»Ich hab vorhin ein leerstehendes Restaurant gesehen, das von außen wirklich gut aussah.« Auch wenn ich nicht vorgehabt hatte, ihr das zu erzählen, wollte ich doch dringend das Thema wechseln.

»Oh wow! Steht es zum Verkauf?«

Ich nickte. »Ja, stand auf einem Zettel an der Tür.«

»Und? Hast du schon angerufen?«

»Angerufen? Nein! Das geht etwas schnell …«

»Wieso schnell? Es ist doch immer noch dein Traum, oder nicht?«

Sophie stellte uns wie jede Woche zwei Cola auf den Tisch und ging, nachdem wir uns bei ihr bedankt hatten. Ich nippte an dem Glas, aber Selina sah mich immer noch aufmerksam an. Oh Mann, wieso hatte ich damit angefangen? Irgendwie gab es in letzter Zeit ständig nur Themen, die ich meiden wollte.

»Klar, aber ein Traum ist eben ein Traum. Ich kann nicht einfach aufhören und Simone im Stich lassen.«

»Im Stich lassen? Wer arbeitet denn ganz alleine und schmeißt den gesamten Laden?«, schnaubte Selina. Ich zuckte mit den Schultern. »Tu das! Ruf da an! Was soll schon passieren?«

Sie hatte gut reden. Es konnte einiges passieren. Es ging hier um meine Existenz! Und die würde ich nicht einfach leichtfertig aufs Spiel setzen, wegen eines Hirngespinsts!

Egal, ob es hier um einen neuen Job oder einen gewissen alten Bekannten ging. Es war besser, dass alles blieb, wie es war. Da war ich mir absolut sicher.

Kapitel 16

Ich hatte gemerkt, dass der wöchentliche Eisbecher mit Selina doch etwas mehr anschlug, als ich mir eingestehen wollte. Deshalb raffte ich mich dreimal die Woche auf und ging morgens eine Runde laufen. Immer dann, wenn wir in der Firma Kundentage hatten, musste ich erst um elf Uhr im Büro sein und nutzte den Vormittag zum Lauftraining.

In meinem eigenen Tempo, ohne Stoppuhr im Nacken, machte es mir sogar Spaß, durch die Stadt zu joggen. Unsere Wohnung lag nur wenige Gehminuten von einem Park entfernt. Doch das war nicht schwer, da es hier in Frankfurt massenhaft davon gab.

Die Musik dröhnte durch die Kopfhörer in meine Ohren. Hard Rock brauchte ich, um durchzuhalten, auch wenn ich ihn sonst nicht unbedingt einlegen würde. Aber wenn ich mir den Kopf freiblasen wollte, gehörte laute, rockige Musik einfach dazu.

Meine Schuhe prallten in stetem Tempo auf den Asphalt, meine Atmung ging schnell und tief. Leichte Schweißperlen hatten sich auf meinem überhitzten Gesicht gebildet. Die Sonne verhieß heute wieder einen perfekten Sommertag, und ich lief in Shorts und Shirt.

Auch wenn mich eine erschöpfende Sportrunde sonst alles vergessen ließ, wirbelten meine Gedanken heute Morgen wie verhext im Kreis. Schon allein, dass ich Dominiks Nummer in mein Handy gespeichert hatte, ließ meine Alarmglocken schrillen. Ich hätte sie einfach wegschmeißen, ja noch nicht mal daran denken sollen, überhaupt anzurufen. Aber was tat ich? Ich wurde langsamer und mein Laufschritt wechselte zum Gehen. Das Handy aus meiner Shorts kramend, sah ich mich wie ein verschrecktes Reh um. War doch nichts dabei. Alte Freunde konnten doch mal etwas trinken gehen! Eric erzählte mir sicherlich auch nicht von jedem, den er von früher auf der Straße traf. Und ich musste einfach wissen, wie es Dominik ergangen war.

Mein Finger glitt wie von selbst über den Touchscreen und durch mein Telefonbuch. D. Dominik. Mein Herz begann aufgeregt zu schlagen, als ich die Nummer wählte. Was tat ich hier? Schnell drückte ich auf den roten Knopf, der das Gespräch beendete, noch bevor es sich aufbauen konnte.

Wir hatten eine rein geschäftliche Beziehung, mehr nicht. Alles, was einmal gewesen war, war genau das. Vergangenheit. Hektisch steckte ich das Handy wieder in die Tasche, drehte vorher noch die Musik lauter und sprintete los.

Ich rannte, bis mir die Beine weh taten und ich das Gefühl hatte, meine Lunge zersprang. Es war mir egal, dass mich die anderen Menschen merkwürdig ansahen, weil ich bis ans Ende meiner Kräfte lief. Ich wollte etwas anderes fühlen als diese ständigen Zweifel! Die Erschöpfung, die sich nun wie eine schwere Decke über mich legte, kam mir gerade recht.

***

»Schmeckt es dir?« Ich lächelte Eric an, während wir an unserem Küchentresen saßen. Weil ich ihm eine Freude machen wollte, hatte ich ihm heute sein Lieblingsessen zubereitet, Hähnchen süß-sauer. Nach unserem Streit vor zwei Tagen hatten wir uns wieder einigermaßen gefangen. Um genau zu sein, verloren wir kein einziges Wort mehr darüber. Aber das war unsere Taktik, so gingen wir mit allen unseren Problemen um. Bisher hatte es uns nicht geschadet.

»Ja, sehr köstlich, danke Lena«, sagte er. Ich atmete erleichtert auf.

»Es ist Freitag, hast du mal wieder Lust auf Kino oder so? Gelaufen bist du ja schon«, fragte ich erwartungsvoll. Außer Arbeit und Sport kannte Eric in letzter Zeit nicht sehr viel, und ich war mir sicher, wenn wir mal wieder etwas gemeinsam unternahmen, würde uns das nur guttun. Vielleicht war es genau das. Wir hatten uns einfach ein wenig auseinandergelebt.

»Klingt gut, aber ich bin ziemlich müde. Ich falle wahrscheinlich nur auf die Couch.«

Ich nickte und stocherte weiter in meinem selbstgekochten Essen herum, das mir auf einmal nicht mehr schmeckte. Da ich nicht viel vom Fernsehprogramm hielt, konnte ich genauso gut auch noch arbeiten. Dann könnte ich schneller als geplant den blöden Auftrag abschließen und wäre die irrsinnigen Gedanken endlich wieder los. Ich räumte das herumstehende Geschirr in die Spülmaschine, nachdem wir aufgegessen hatten. Eric hatte sich auf die Couch gelegt und war keine zehn Minuten später eingeschlafen.

Ich setzte mich an die Theke und versank in dem Menü für die anstehende Hochzeit. Die Uhr zeigte mir erst neun Uhr an und ich überlegte, ob ich Selina noch anrufen sollte. Es war Freitagabend, wir waren jung und ich hatte keine große Lust, wie eine alte Frau jetzt schon ins Bett zu gehen.

Ich zog mein Handy heran und öffnete das Menü der zuletzt gewählten Anrufer, weil Selina dort sicherlich auf Platz eins rangierte. Aber heute nicht. Heute stand dort ein anderer Name.

Egal, was ich mir einzureden versuchte. Ich musste mir einfach sicher sein, dass es nur ein Strohfeuer war. Wenn ich ihn nicht wieder traf, würde ich mir niemals sicher sein und mich mein gesamtes Leben lang fragen, wieso ich in diesem Moment eine solche Unsicherheit gespürt hatte. Doch der Mut verließ mich wieder, während ich die Nachricht tippte, und ich wich auf eine andere Lösung aus. Ihn nicht heute zu sehen, sondern das Ganze geschäftlicher wirken zu lassen. Trotzdem war der Drang, mich bei ihm zu melden, übermächtig.

Hallo Dominik,
hier ist Lena. Ich habe das Angebot fertig, hast du Montag Zeit, es dir anzusehen?
Viele Grüße, Lena

Schnell legte ich mein Handy auf den Tresen, als wäre es eine tickende Zeitbombe. Er hätte heute sicherlich sowieso etwas vor. Es war Freitagabend! Auch wenn er nicht mit Sarah zusammen war, hatte er bestimmt trotzdem eine Freundin. Was machte ich mir vor?

Ich öffnete mein E-Mail-Programm auf dem Laptop, um zu sehen, ob ich noch eine andere Anfrage bearbeiten konnte, als mein Handy plötzlich vibrierte.

Hektisch griff ich danach, bevor Eric aufwachte, und öffnete die Nachricht.

Hallo Lena,
es freut mich, von dir zu hören! Sehr sogar! Klar, Montag geht. Aber hast du jetzt noch Zeit?
Liebe Grüße
Dominik

Genau das, wovor ich mich gefürchtet hatte, war nun eingetreten. Ich fuhr mir mit einer Hand durchs Gesicht, bis ich mit klopfendem Herzen tippte:

Ja, gerne. Wo willst du dich treffen?

Pete's Bar, Westend. Um zehn? Toll, ich freue mich!

Ich kannte die Bar, und das Westend war nur wenige Bahnminuten von meiner Wohnung entfernt.

Auch wenn ich mir wie eine Ehebrecherin vorkommen sollte: Es fühlte sich so gut an, als ich antwortete:

Das passt. Ich freue mich auch!

Kapitel 17

Nachdem ich mich bestimmt zwanzig Mal umgezogen hatte, entschied ich mich für eine enge schwarze Jeans und einen cremefarbenen, dünnen Pullover mit U-Boot-Ausschnitt. Trotz Sommer waren die Nächte frisch, und ich wollte mich nicht zu sehr auftakeln. Nicht dass Dominik dachte, es wäre ein Date. Dabei wusste ich selbst nicht, was das hier war. Oder was ich überhaupt hier machte!

Eric war, kurz bevor ich fertig war, ins Bett gegangen, und ich hatte ihm erzählt, ich würde mich mit Selina treffen. Wie schäbig ich mir dabei vorkam! Und die Tatsache, dass ich meinen Verlobungsring kurz vor Betreten der Bar in meine Hosentasche steckte, machte die Sache nicht besser. Trotzdem ging es nicht anders. Ich musste Dominik einfach treffen, und ich konnte nicht mit der Tür ins Haus fallen, dass ich heiraten würde.

Mein Blick glitt über die kleinen Tische in der Mitte und die Sitzecken am Rand, bis ich ihn entdeckte. Er schaute gedankenverloren durch die hohen Scheiben nach draußen. Seine Finger tippten angespannt auf die Tischplatte, während er immer wieder auf sein Handy sah, das vor ihm lag. Irgendwie gab es mir ein gutes Gefühl, dass er genauso nervös war wie ich. Sein weißes Hemd war oben geöffnet, und unter dem Tisch konnte ich eine dunkelblaue Jeans ausmachen.

Langsam hob er den Kopf und unsere Blicke fanden sich wie automatisch. Mein gesamter Körper kribbelte, als ich seine Augen auf mir spürte, und mein Atem begann zu stocken. Hatte er diese

Wirkung nur auf mich, weil er das Neue, das Unbekannte war? Oder weil wir nie abschließen konnten, was wir begonnen hatten?

Ich setzte mich in Bewegung und durchquerte hastig den Raum. Kurz bevor ich bei ihm war, stand er auf und lächelte leicht, sogar etwas unsicher.

»Hi«, sagte er leise.

»Hallo, Dominik.«

Wie bereits im Besprechungsraum zog er mich an sich und drückte mir einen Kuss auf die Wange. Seine weichen Lippen auf meiner Haut weckten verlorene Gefühle in mir, die ich ganz und gar nicht gebrauchen konnte. Er setzte sich wieder auf die Bank, und ich nahm auf einem Stuhl links neben ihm Platz. Auf dem anderen Stuhl, gegenüber und etwas weiter weg von ihm, hing eine schwarze Jacke, so dass ich mich nur nahe zu ihm setzen konnte, obwohl ich lieber mehr Abstand hätte nehmen wollen. Unsere Knie berührten sich unter dem Tisch und sofort schoss ein verlangendes Gefühl in meinen verräterischen Unterleib.

»Auch auf die Gefahr hin, dass ich nerve, aber ich freue mich wirklich, dass du Zeit hattest«, sagte er. Sein schiefes Lächeln ließ meinen Körper förmlich zerfließen.

»Du nervst ganz bestimmt nicht.«

Sein Grinsen wurde breiter. »Möchtest du Wein? Ich habe schon mal eine Flasche bestellt, ich hoffe, das war in Ordnung.«

»Ja, natürlich.«

Er schenkte mir ein, und ich nippte zur Beruhigung direkt an dem Glas. Der Wein schmeckte perfekt, wie alles, was er damals schon bestellt hatte.

»So, jetzt erzähl doch mal. Du hast kein Restaurant eröffnet, wie ich gemerkt habe.«

»Nein, leider nicht. Es hat sich so ergeben, mit dem Catering-unternehmen.« Natürlich verschwieg ich gewisse Details, wie zum Beispiel, dass die Möglichkeit durch meine Schwiegereltern zustande gekommen war.

»Also hast du deinen Traum aufgegeben?«

»So würde ich das nicht ausdrücken. Es hat sich eher verlagert. Es war vernünftiger so …«

»Ach, die Vernunft«, sagte er, als wäre es ihm bereits klargewesen, bevor ich es gesagt hatte. Was meinte er damit? Stempelte er mich etwa ab?

»Es kann nicht jeder kopfüber aus einem Flugzeug springen!« Anscheinend lebte er immer noch unbedacht in den Tag hinein. Es hätte mich gewundert, wenn nicht.

»Oder von einer Klippe«, erwiderte er und grinste wölfisch. Automatisch erwiderte ich sein Grinsen, weil ich verstand, auf was er anspielte.

»Doch, das kann jeder.«

Nun lachte er laut. Ich war stolz darauf, ihn zum Lachen gebracht zu haben, und wollte das Geräusch auf einmal wieder viel öfter hören.

»Mittlerweile habe ich so viel ausprobiert und gemerkt, dass das alles nur einen kurzen Kick gibt. Vielleicht wurde mir vor zwei Tagen bewusst, dass ich einen längeren Kick möchte.« Er führte seine Hand sachte zu meiner und strich zart über meine Fingerspitzen. Ich zuckte leicht zusammen und unterdrückte den Wunsch, ihm meine ganze Hand hinzustrecken, damit er sie berühren konnte. Seine grünen Augen bohrten sich in meine, und ich konnte mich kaum seinem Bann entziehen. Erinnerungen blitzten vor meinem inneren Auge auf. Salz auf der Haut. Sein Geschmack auf meiner Zunge. Sand im Haar. Die Eindrücke, die nun meinen Kopf fluteten, waren zu viel. Ich entzog ihm meine Hand und legte sie sicherheitshalber auf meinen Schoß, denn ich vertraute mir selbst nicht mehr. Außerdem, wo war er die letzten Jahre geblieben? Er sah mich wieder, und auf einmal machte es plötzlich klick?

»Und deine Weltreise? Hast du Fotos?«, lenkte ich ab.

»Massenhaft. Ich würde sie dir gerne zeigen!«

»Also hast du es tatsächlich getan?«

»Hast du etwas anderes gedacht?« Sein breites Grinsen war ansteckend.

»Ehrlich gesagt nicht. War Milan dabei?«

»Nein, ich war alleine unterwegs.«

»Er hat dich doch sicherlich vermisst«, feixte ich. Etwas änderte sich an seiner spielerischen Stimmung.

»Irgendwie brauchte ich eine Pause von dem ganzen Trubel … Ich musste das für mich machen. Alleine.« Er senkte den Blick und spielte an der Serviette unter seinem Getränk. »Außerdem ging das Jahr wahnsinnig schnell rum.«

Ich nickte in Gedanken an die vergangenen drei Jahre. Auch diese waren rasend schnell vorbeigegangen.

Er drehte den Stil des Glases zwischen seinen Fingern. Seine Hände waren wie in meiner Erinnerung groß und männlich. Wieder schaute eine silberne Uhr aus seinem weißen Hemdärmel heraus.

»Du fährst doch noch Motorradrennen, oder?«, fragte ich, und er sah wieder auf. Seine Mundwinkel zuckten ein wenig nach oben, aber seine Augen blieben undurchdringlich.

»Ja, klar. Ganz ohne den Kick geht es dann doch nicht!«

»Adrenalinjunkie!«, zog ich ihn auf, und sein Lächeln wirkte warm. »Warst du nochmal im Hotel?«, fragte ich leise.

Ich musste es wissen! Aber was wollte ich hören? Vielleicht hätte er es mir einfacher gemacht, wenn er gesagt hätte, dass er jedes Jahr dort eine Romanze gehabt hatte. Oder dass er überhaupt nicht mehr an mich gedacht hatte, bis wir uns wiedergesehen hatten. Auch wenn irgendetwas in mir zersprang, als ich diese Möglichkeiten in Betracht zog.

»Ja, war ich, ein Jahr danach. Aber nur, weil ich gehofft hatte, dass du auch wieder dort bist.« Seine grünen Augen sahen mich fast wehmütig an.

Und was hatte ich getan? Ich war fast genau ein Jahr später wieder mit Eric zusammengekommen. Weil es sich damals richtig angefühlt hatte und mir meine Eltern gut zugeredet hatten. *Eric.*

Was ich hier tat, fühlte sich mit einem Mal nicht mehr richtig an, und ich senkte meinen Blick.

»Lena, ich muss dir etwas sagen.«

Ich sah ihn erneut aufmerksam an und war gespannt, was er meinte.

»Unsere Begegnung war nicht ganz so zufällig, wie du gedacht hast.«

»Wie meinst du das?«

»Ich hab deinen Namen im Internet gesucht und da diesen Zeitungsartikel über euer Cateringunternehmen gesehen. Ich konnte es nicht fassen, als ich dich wiedererkannt habe, aber danach bist du mir nicht mehr aus dem Kopf gegangen. Als dann mein Freund Tobi gesagt hat, dass er heiratet, hab ich ihm vorgeschlagen, das Catering zu übernehmen.«

Er griff wieder nach meiner Hand und verschränkte seine Finger mit meinen. Ich hatte keine Chance, mich ihm zu entziehen. Selbst wenn ich es gewollt hätte.

»Aber eigentlich war das nur der Anstoß, denn an dich gedacht habe ich vorher schon ziemlich häufig, und ich hatte vorgehabt, dich anzurufen. Ich wusste nur nicht so richtig, wie ich ein Gespräch anfangen sollte.«

»Ich sollte besser nach Hause gehen. Ich bin ziemlich müde und es … war trotzdem schön, dich zu sehen!«, stotterte ich und stand überstürzt auf. Er erhob sich ebenfalls und griff nach meinem Arm. Angenehm fest legten sich seine Finger um mein Handgelenk.

»Ist alles in Ordnung? Es tut mir leid, ich hätte dich nicht so überfallen dürfen«, sagte er.

Ich schüttelte schnell den Kopf. Ich konnte ihm nicht sagen, dass ich nicht bestürzt war, dass er mich gesucht hatte. Im Gegenteil, denn es schmeichelte mir viel zu sehr. Hauptsächlich konnte ich ihm nicht gestehen, dass ich einen Freund hatte. Nicht nur, weil ich ihm das nicht antun wollte, sondern, wenn ich ehrlich zu mir war, war es purer Egoismus. Ich wollte nicht, dass er mich anders ansah als jetzt. Verlangend, zuversichtlich, fast liebevoll.

Wenn er wüsste, dass er keine Chance hatte, wie würde er mich dann betrachten? Er würde mich loslassen, mich sehen wie jede x-beliebige Frau hier in dieser Bar. Trotzdem würde er mich nie wieder haben können. Weil ich bereits einem anderen gehörte. Weil mein Plan etwas anderes vorschrieb.

»Nein, alles in Ordnung. Wir sehen uns Montag zur Besprechung, okay? Es war schön, dich zu sehen«, antwortete ich und zwang mich zu einem Lächeln. Sein verhaltenes Nicken zeigte mir, dass er sehr wohl wusste, dass irgendetwas nicht stimmte.

»Gute Nacht, Dominik.«

Trotz allem zog er mich so schnell an sich, dass ich mich mit den Händen auf seiner breiten Brust abstützen musste, um nicht gegen ihn zu prallen. Sein Duft vernebelte mir die Sinne, als er sich zu mir beugte und mir einen weiteren Kuss auf die Wange drückte. Langsam. Abwartend. Seine Lippen ruhten auf meiner Haut.

»Ich habe wirklich oft an dich gedacht«, flüsterte er mir ins Ohr, und ich schloss die Augen. Ich hatte es mir so sehr gewünscht.

Aber jetzt war es einfach zu spät. Wieso kam er damit nicht früher? Wieso hatte er mich nicht nach unserem Urlaub gesucht?

Ich entzog mich ihm und ging, ohne ein weiteres Wort zu sagen. Wenn ich jetzt nicht auf schnellstem Wege Abstand zwischen uns brachte, würde es mir nicht mehr gelingen. Ich musste mir unbedingt darüber klarwerden, was ich wollte.

Ein Abenteuer oder die Beständigkeit.

Kapitel 18

Seine Arme umfassen fest meine Taille und sein schwerer Körper drückt mich bestimmend auf den Boden. Unsere nackte Haut ist aufgeheizt, klebt erregend aneinander, als wären wir miteinander verschmolzen.

Ich spüre raue Sandkörner an meinem Rücken, als er meine Beine forsch mit seinem Becken spreizt. Ich habe keine Chance. Ich habe mich verloren. In ihm. In seinen tiefen Stößen. Seinem lauten Keuchen. Seinen hungrigen Küssen.

Die Haut an seiner Schulter schmeckt salzig, als ich hineinbeiße, um meine Schreie zu dämpfen und das heftige Gefühl hinauszulassen, das sich in mir aufbaut.

Es gibt nicht mehr ihn oder mich. Es gibt nur noch uns. Kopfüber falle ich in die Tiefe. Das Kribbeln zieht sich von meinem Bauch in meinen gesamten Unterleib. Sein letzter Kuss schmeckt nach so viel mehr, und ich zerberste in tausend Teile.

»Lena? Hey, Lena!«

Mein Bewusstsein kämpfte sich mühsam durch die wohlige Watte. Meine Atmung ging noch immer schnell, Schweiß stand mir auf der Stirn. Alles in mir prickelte, und ich presste noch im Halbschlaf die Beine zusammen, weil mein Unterleib vor Erregung pochte. Was war da eben passiert? Es war so intensiv, so real.

»Schatz? Wach auf, du hattest einen Alptraum!«

Eine kalte Hand strich über meine feuchte Stirn, bis ich es endlich schaffte, die Augen aufzuschlagen. Ich realisierte, dass ich in unserem Bett im Schlafzimmer war und Erics Gesicht sich knapp vor meinem befand.

Ein Alptraum. Der mich immer noch nicht losließ.

Hastig schlang ich die Arme um Erics Nacken, zog ihn zu mir und presste meine Lippen auf seine. Einen kurzen Moment war er überrumpelt, dann ließ er sich auf meinen Angriff ein. Meine Zunge teilte seine Lippen, ein Stöhnen entfuhr mir. Grüne Augen funkelten mich durch die Schwärze meiner gesenkten Lider an. Eric drückte sich eng an meine Seite und begann mit den Fingern unter mein Shirt zu tauchen, hinauf zu meinen nackten Brüsten.

Doch das Hochgefühl meines Traumes wurde schneller, als mir lieb war, durch etwas anderes ersetzt. Nicht der Traum von Eric hatte mich in diese Stimmung gebracht. Es war Dominik. Ich hatte von ihm geträumt. Seinem breiten Körper auf mir, die Geräusche, die er machte, wenn wir uns küssten. Und nun benutzte ich Eric, um mir für die Erregung Erleichterung zu verschaffen, die mir allein die Gedanken an einen anderen Mann eingebracht hatten.

Das war nicht richtig, nicht fair ihm gegenüber.

Ich entzog mich ihm und er sah mich verwirrt an. »Sorry«, murmelte ich, drückte mich an ihm vorbei und lief ins Badezimmer. Dort stützte ich die Hände auf das Waschbecken und erschrak fast vor meinem Spiegelbild. Meine braunen Haare klebten mir immer noch feucht im Nacken, unter meinen grün-braunen Augen befanden sich dunkle Ringe.

Was war los mit mir? Dominik kam in mein Leben, erzählte mir etwas davon, dass er an mich gedacht hatte, und ich wurde zur Fremdgängerin? Verrat fing im Kopf an, und dieser spielte schon eine ganze Zeit lang sein eigenes Spiel, ohne meinen Verstand auch nur ansatzweise zu fragen!

Es klopfte leise an der Tür und Eric trat vorsichtig herein.

»Ist alles in Ordnung?«, fragte er besorgt. Mein schlechtes Gewissen wuchs auf eine unerträgliche Größe an. Er war so lieb zu mir, so einfühlsam. Ich ging zu ihm und umschlang ihn mit meinen Armen. Sein Körper war durch das Lauftraining schlank. Von Krafttraining hatte er noch nie viel gehalten, trotzdem war er immer anziehend für mich gewesen. Sein gewohnter Duft beruhigte mich, und er strich mir über den Rücken.

»Es tut mir leid«, sagte er. Ich sah ihn ungläubig an. Ihm tat es leid? Ihm?

»Ich habe dich mit den Vorbereitungen ganz schön alleine gelassen, oder? Das auf der Arbeit nimmt mich wohl mehr mit, als ich gedacht habe, und ich habe es an dir ausgelassen.« Er küsste mich auf die Stirn, und am liebsten wäre ich in Tränen ausgebrochen. »Lass uns heute etwas Schönes machen! Irgendetwas, auf das du Lust hast. Wollen wir in die Therme fahren, ein bisschen entspannen?«, fragte er.

Ich nickte stumm. Wenn wir endlich mal wieder etwas zusammen unternahmen, würden wir uns schon wieder näherkommen. Wobei er mir nahe war, nur ich ihm nicht mehr so sehr, wie es sein sollte.

Er senkte seine Lippen zärtlich auf meine und ich erwiderte den Kuss. Eric war meine Beständigkeit. Und ich würde dieses Gefühl nicht durch einen aufglimmenden Funken zunichtemachen. Niemals! Auch wenn sich daraus gerade ein ausgewachsenes Feuer entwickelte.

***

Mit einem Handtuch umwickelt saß ich auf einem blauen Plastikstuhl und wartete. Die Luft war warm und feucht. Normalerweise liebte ich es, mit Eric in der Therme zu sein, eine Runde zu schwimmen oder mich in der Sauna zu entspannen. Heute regenerierte es mich nicht so sehr wie sonst. Um ehrlich zu sein, wäre ich lieber alleine gewesen.

»Hier, Schatz«, sagte er und stellte mir einen Teller Salat vor die Nase. Eric war mitten in seinem Training und sparte jedes Gramm an Gewicht, damit er schneller war. Und ich musste mitziehen. Mit gerümpfter Nase sah ich die fetten, fleischigen Tomaten auf den Blättern liegen. Eigentlich hätte er es mittlerweile wissen müssen.

Mit der Gabel schob ich sie an den Tellerrand.

»Tomaten sind so gesund, Leni! Total viel Vitamin C, Kalium, Folsäure und so was.«

»Wenn ich mich davon übergeben muss, bringen mir die Vitamine auch nichts«, muffelte ich. Er sah enttäuscht aus. Seufzend pikste ich eine auf die Gabel und führte sie zum Mund. Ich wusste selbst nicht, was ich gegen diese roten Dinger hatte, aber allein das Gefühl, wenn man reinbiss … Uh, widerlich! Es ging nicht! Schnell warf ich die Tomate zurück auf meinen Teller, aber Eric schien meinen Kampf überhaupt nicht bemerkt zu haben.

»Morgen sind wir bei meinen Eltern eingeladen«, sagte ich.

»Okay, wir können mittags hin, wenn ich meine zehn Kilometer absolviert habe.«

»Wann ist das denn? Meine Mutter wollte mit uns vormittags brunchen.«

»Brunchen? Das passt nicht wirklich in meinen Plan.«

Ich seufzte. »Dann iss dort eben nur das Obst oder so.«

Bisher hatte ich an Eric immer anziehend gefunden, dass er durchzog, was er sich einmal in den Kopf gesetzt hatte. Trotzdem wäre es manchmal einfacher gewesen, er ginge für mich auch mal Ausnahmen ein. Aber Fehlanzeige.

»Obst hat viel zu viel Fruchtzucker!«

»Dann fahre ich morgen alleine zu ihnen«, murmelte ich enttäuscht.

»Danke, Leni! Ich verspreche dir auch, dass wir uns heute Abend einen Film zusammen anschauen.« Nickend schob ich mir ein extra großes Salatblatt in den Mund, damit ich nichts erwidern musste.

Eine halbe Stunde später lagen wir wieder auf unseren Liegen und entspannten. Zumindest gab ich vor, das zu tun. Ich musste zugeben, mir war langweilig und auch das Heft in meiner Hand lenkte mich nicht ab. Eric lag mit dem Rücken zu mir gewandt auf der Seite und schlief. Ich fischte nach meiner Tasche unter der Liege und zog mein Handy raus.

Vielleicht hatte sich Selina gemeldet und ich konnte nachher noch etwas mit ihr unternehmen. Doch es prangte ein ganz anderer Name auf dem Display. Nervös sah ich zu Eric, der nichts mitzubekommen schien. Also öffnete ich sie.

Hallo Lena,
Hast du Lust auf einen Kaffee? Heute?
Oder Cola, Wasser, Fanta, Sekt, Bionade?
PS: Du hast toll ausgesehen gestern.
Liebe Grüße, Dominik

Ich musste lächeln und sah auf die Uhrzeit der Nachricht. Sie war vor über zwei Stunden geschickt worden. Mittlerweile war es fast drei Uhr, und ich konnte Eric auf gar keinen Fall heute Abend wieder alleine lassen. Auch wenn es in meinen Fingern kribbelte, Dominik ein einfaches Ja zu senden.

Hallo Dominik,
entschuldige die verspätete Antwort, ich bin heute leider beschäftigt.
PS: Danke :-) Dito.
Liebe Grüße, Lena

Prompt kam seine Antwort:

Auch wenn das jetzt bestimmt verzweifelt klingt, dann morgen? Spazieren gehen oder so was?

Wie gerne würde ich das Angebot annehmen! Aber es ging nicht. Ich musste morgen zuerst zu meinen Eltern und nachmittags noch auf einer Hochzeit vorbeischauen, ob da alles mit rechten Dingen zuging. Den Gedanken, ihn einfach dorthin zu bestellen, so dass wir doch irgendwie Zeit verbringen konnten, verwarf ich.

Da ich stark davon ausgehe, dass du keine Lust hast, meine Eltern kennenzulernen, muss ich leider wieder absagen. Ich bin morgen mit ihnen verabredet und muss danach noch arbeiten. Wir sehen uns Montag, wie abgesprochen.

Ich blieb extra etwas kühl, damit er nicht auf die Idee kam und weiter fragte, denn ich wusste, dass ich irgendwann einknicken würde. Mein Blick wanderte durch den Ruheraum und ich überlegte, wie ich aus dieser Sache jemals wieder herauskommen würde. Bis auf einmal das Handy in meiner Hand aufblinkte und ich hektisch zu Eric sah, der immer noch schlief. Eilig lief ich hinaus, erst aus dem Raum, dann durch die Terrassentür nach draußen über die breite Liegewiese.

»Hallo?«, sagte ich, nachdem ich abgenommen hatte.

»Habe ich noch nicht erzählt, dass ich Eltern liebe! Und sie mich ebenso!« Ich hörte Dominiks Grinsen am anderen Ende der Leitung und schlenderte weiter Richtung See.

»Du bist wirklich hartnäckig, weißt du das?«

»Nur bei Sachen, die mir wichtig sind.«

Mein Herz machte einen Hüpfer. »Dir ist wichtig, meine Eltern kennenzulernen?«

»Eher ihre Tochter um meinen Finger zu wickeln.«

Ich lachte. »Mein Vater ist ziemlich streng. Ich bin mir sicher, wenn du ihm sagst, dass du das vorhast, wirst du nicht weit kommen.«

»Was denkst du von mir? Ich habe natürlich nur gute Absichten, Lena.« Seine dunkle Stimme, die meinen Namen aussprach, veranstaltete ein Durcheinander in meinem Bauch.

»Davon bin ich überzeugt.«

»Also, um wie viel Uhr soll ich da sein?«

»Es geht nicht. Wirklich«, flüsterte ich und blieb vor dem See stehen. Das Wasser glitzerte in der Sommersonne und kräuselte sich an der Stelle, an der gerade ein Fisch die Oberfläche durchbrochen hatte.

»Du bist eine schwerbeschäftigte Frau. Gar nicht so einfach, dich zu einem Date zu kriegen. Also Montag?«, fragte er zuversichtlich. Er hatte ›ein Date‹ gesagt … Eigentlich hätten meine Alarmglocken nun lauter schrillen sollen denn je.

»Montag«, wisperte ich.

»Ich kann es kaum erwarten«, sagte er im gleichen leisen Ton.

Ich schloss die Augen. »Ich auch nicht.«

Mist, hatte ich das eben laut gesagt?

Kapitel 19

Eric hatte gemerkt, dass etwas nicht stimmte. Zumindest hatte ich gestern Abend wieder versucht, meine körperliche Abweisung ihm gegenüber auf die Hochzeitsvorbereitungen zu schieben. Aber das konnte nicht mehr lange so weitergehen.

Ich konnte im Moment nicht mit ihm schlafen. Sobald ich die Augen schloss, wenn er mich küsste, hätte ich in Tränen ausbrechen können vor schlechtem Gewissen.

»Lena? Hörst du mir überhaupt zu?«

Die Stimme meiner Mutter riss mich aus meinen Gedanken und ich sah sie erwartungsvoll an. Sie strich sich eine braune Haarsträhne hinter das Ohr, in dem immer noch ein bisschen Mehl von ihrer Backerei klebte. Meine Mutter war eine gute Hausfrau, wenn nicht sogar die beste. Fürsorglich und aufmerksam.

»Ja, Mama, tut mir leid. Was hast du nochmal gesagt?« Ich pikste ein Stückchen Kuchen auf meine Gabel und führte es zu meinem Mund.

»Ich hab Pfarrer Johann angerufen, und er hätte im September noch ausreichend freie Termine!«

»Mama, ich habe dir doch gesagt, dass wir nicht kirchlich heiraten wollen«, seufzte ich.

Ihre Augen wurden vor Entsetzen größer. »Ich hätte nicht gedacht, dass du das wirklich ernst meinst! Es gibt überhaupt keine Alternative dazu!«

Kopfschüttelnd ließ ich die Gabel sinken und sah hilfesuchend zu meinem Vater, der sich hinter seiner Zeitung versteckte. Das konnte er schon immer gut.

Aus diesem Grund hatte er vielleicht auch die Augen davor verschlossen, wie sich meine Mutter nach dem Schwimmunfall entwickelt hatte. Bestimmend und überfürsorglich, nur weil die Angst mitschwang, dass ihrem Kind erneut etwas passieren konnte. Meine Eltern hatten mir seitdem einiges verboten und mich vor allem beschützen wollen. Ich war recht eingeschränkt, hatte das jedoch nie als negativ empfunden. Im Gegenteil, Entscheidungen waren schwierig. Es war viel einfacher, sie sich abnehmen zu lassen.

Vielleicht war das auch ein Grund, warum Eric mich schon früh angezogen hatte. Er war ein Macher. Schon in der Schulzeit bestimmte er den Ablauf vieler Unternehmungen. Ich fühlte mich sicher bei ihm und gut aufgehoben. Er wusste immer, wie der nächste Tag aussah, und das war auch jetzt noch der Fall. Zumindest bis vor kurzem. Denn auch vor dem Wiedersehen mit Dominik hatte ich mich immer öfter gefragt, ob es nicht noch einen anderen Plan gab.

»Du hast die Nummer von Pfarrer Johann! Er wartet auf deinen Anruf.«

Ich nickte stumm, denn es brachte ja doch nichts, mich ihnen zu widersetzen. Natürlich würde ich ihn nicht anrufen. Allerdings konnte ich das nie offen meiner Mutter sagen, sie würde in hohem Bogen aus ihrem selbstgebauten Luftschloss fliegen. Das hatte auch mein Vater begriffen, und ich konnte es sogar ein Stück weit verstehen, dass er sich einfach raushielt. Ich legte mein Besteck zur Seite und lehnte mich satt gegen die Stuhllehne.

»Wie laufen die Vorbereitungen sonst?«, fragte mich meine Mutter weiter.

Ich zuckte mit den Schultern. »Gut. Was gibt es denn Neues bei euch?«, lenkte ich vom Thema ab. Endlich ließ mein Vater seine Zeitung sinken. Sein Blick huschte nervös zu meiner Mutter und sie stand hastig auf und stellte die Teller übereinander.

»Was ist los? Ihr seid auf einmal so komisch«, sagte ich fast panisch.

Mein Vater streckte seine Hand aus und hielt meine Mutter an ihrem Handgelenk zurück. »Astrid, entspann dich.«

Sie nickte und setzte sich wieder.

»Wir verkaufen das Haus, Liebes«, sagte mein Vater geradeheraus. Mein Blick wanderte zwischen ihnen hin und her.

»Robert! Hättest du das nicht etwas schonender sagen können?«

»Unser Haus?«, fragte ich mit dünner Stimme. Ich hatte hier meine ersten Tage im Leben verbracht, meine gesamte Kindheit und Jugend. Am Rahmen der Küchentür befanden sich noch die eingeritzten Striche, mit denen mein Vater mein Wachstum gemessen hatte. Im ersten Stock gab es eine kleine Delle in der Holzverkleidung, gegen die ich mit meinem Bobbycar gefahren war. Und in meinem alten Zimmer war sogar noch etwas Klebeband von meinen Fanpostern an der Wand. Jeder Winkel hier trug eine Erinnerung mit sich.

»Schatz, wir sind nur noch zu zweit. Wir haben eine schicke Wohnung in der Stadt gekauft«, sagte mein Vater. Ich schluckte.

»Ihr habt sie schon gekauft? Aber, wann …?«

»Du hast doch so viel um die Ohren, wir wollten dir das nicht auch noch aufhalsen.« Die Stimme meiner Mutter klang fast schüchtern. So kannte ich sie überhaupt nicht.

»Außerdem wissen wir, wie wenig du mit Veränderungen umgehen kannst«, sagte mein Vater. Ich schnappte nach Luft.

»Ich bin erwachsen! Ihr hättet mir das doch einfach erzählen können!«

Ich war doch kein Kind mehr, das sich bockig auf den Boden geschmissen hätte, beim Gedanken daran, sein Zuhause zu verlieren. Aber gerade fühlte es sich genauso an.

»Ich muss gehen«, piepste ich und stand auf. Meine Mutter hatte Tränen in den Augen und mein Vater nickte mir nur stumm zu. Unser schönes Haus in den Händen fremder Menschen? Das war der Tropfen, der das Fass eindeutig zum Überlaufen brachte.

»Ich melde mich bei euch.« Mit diesen Worten stürmte ich nach draußen und ließ die Eingangstür zuknallen. Es ging mir nicht darum, meinen Eltern vorzuschreiben, was sie zu tun hatten, aber sie hätten mir so eine Entscheidung viel früher mitteilen müssen!

Nachdem ich mich in mein Auto gesetzt hatte, ließ ich die Stirn auf das Lenkrad sinken. Es war nicht richtig, meinen Eltern deswegen ein schlechtes Gewissen zu machen. Aber wieso um alles in der Welt veränderte sich gerade mein gesamtes Leben? Damit war ich eindeutig überfordert! Ich musste mich jemandem anvertrauen.

Mit Tränen in den Augen zog ich mein Handy aus der Tasche und wählte Erics Nummer. Es klingelte einige Male, bis seine Mailbox ansprang. Auch ein zweiter Versuch ließ mich wieder auf seinem Anrufbeantworter landen und ich legte seufzend auf. Wahrscheinlich absolvierte er gerade seine geplanten Kilometer.

Als ich eine andere Nummer wählte und es klingelte, kam ich mir dumm vor, aber ich musste mit irgendjemandem darüber sprechen. Mit jemandem, der mich verstand. Das hoffte ich zumindest.

»Lena?«, fragte Dominik überrascht. »Hast du es dir doch anders überlegt?«

»Ich wollte nur Hallo sagen«, log ich. Meine Stimme klang viel zu dünn für simplen Small Talk.

»Was ist los?«, fragte er beunruhigt.

»Nichts, ach, weißt du was, vergiss es. Wir sehen uns morgen, okay?« Wie kam ich denn auf die Idee, ihn anzurufen? Er würde denken, ich wäre übergeschnappt!

»Nein, Lena! Erzähl mir, was mit dir los ist!«

Ich atmete tief ein und aus. »Es ist total kindisch, aber … meine Eltern verkaufen unser Haus.«

»Das ist nicht so schlimm«, sagte er liebevoll.

»Es ist mein Zuhause!«, rief ich entrüstet. Tränen traten mir in die Augen, als ich daran dachte, dass fremde Menschen in unserem Wohnzimmer sitzen würden.

»Aber Wände und ein Dach machen doch kein Zuhause aus. Ein Zuhause sind deine Eltern und deine Erinnerungen. Es ist doch ganz egal, ob sie in einem Haus, einer Wohnung oder auf einem Boot wohnen.«

Ich musste fast lachen. »Einem Boot?«

»Ich würde gerne auf einem Boot wohnen!« Ich hörte sein Grinsen. »Du kannst jederzeit irgendwohin schippern, wo du gerade Lust drauf hast. Wie cool ist das denn bitte?«

Nun kicherte ich doch.

»Geht es dir besser?«, fragte er mich sanft, und ich wischte mir eine einzelne Träne von der Wange.

»Ja, danke.«

»Gern geschehen. Du kannst immer bei mir anrufen, Lena. Wirklich immer!«

»Okay«, wisperte ich.

»Sollen wir uns nicht doch noch auf einen Kaffee treffen?«

»Bis morgen«, antwortete ich.

Glücklicherweise verstand er. »Bis morgen.«

Ich steckte mein Handy zurück in die Tasche. Dominik hatte recht. Ein Haus an sich machte kein Zuhause aus. Mit schlechtem Gewissen stieg ich aus meinem Auto und ging zurück zu meinen Eltern, denn ich sollte mich wirklich bei ihnen für meinen Abgang entschuldigen. Vielleicht waren Veränderungen manchmal doch kein Weltuntergang. Zumindest kleine Veränderungen.

***

Was machte ich hier? Nervös ging ich auf dem Bürgersteig auf und ab. Niemandem hatte ich Bescheid gesagt, und meinen Kollegen hatte ich mitgeteilt, dass ich etwas später zur heutigen Hochzeit kommen würde.

Nachdem ich bei meinen Eltern gewesen war, hatten meine Finger wie von selbst den zerknitterten Zettel aus der Handtasche gezogen und die Nummer darauf gewählt. Wie mir diese total verrückte Idee in den Sinn gekommen war, war mir immer noch schleierhaft.

Eine Daphne wollte sich nun mit mir vor dem leerstehenden

Restaurant treffen, und sie klang am Telefon wirklich nett. Bisher war noch niemand da. Ich hätte die Chance nutzen und einfach abhauen sollen.

»Lena?«, hörte ich eine weibliche Stimme hinter mir. Ich drehte mich um.

»Daphne?«

Eine hübsche Schwarzhaarige, ungefähr in meinem Alter, nickte. Ihre braune Augen sahen mich freundlich an und ihr Gesicht hatte weiche, nette Züge. Ganz anders als der grimmige, ältere Mann neben ihr, der mich fast wütend ansah. Was war mit dem denn los?

Ich streckte ihr die Hand hin und sie ergriff sie.

»Schön, dass Sie so kurzfristig Zeit hatten!«

»Schön für wen?«, brummte der Mann, und ich zuckte zusammen.

»Ignorieren Sie ihn bitte einfach!«, sagte Daphne und ging an mir vorbei, um aufzuschließen.

Der Mann sah mich immer noch böse an und ich lächelte ihm freundlich zu. Doch er zeigte keinerlei Reaktion. Dann eben nicht.

»Kommen Sie!«, hörte ich Daphne, und ich folgte ihr in das Innere des Restaurants. Abgestandene Luft strömte uns entgegen und nur wenig Licht fiel durch die dünnen Schlitze zwischen den Brettern vor den Fenstern.

»Es ist etwas verstaubt, aber die Geräte funktionieren noch alle«, erklärte Daphne und deutete zur Theke. Wenn man vom Dreck absah, hatte der Raum wirklich Potential.

»Ach was! Alles hier drin ist alt und kaputt! Vergessen Sie es am besten! Es ist nicht zu verkaufen!«, brummte der Alte. Daphne legte beschwichtigend eine Hand auf seine Schulter.

»Papa, hör auf!«

»Ach! Hör du auf! Du willst es einfach verkaufen! An so jemanden!«, meckerte er und nickte in meine Richtung.

»Also, hören Sie. Ich glaube, das alles ist doch keine so gute Idee. Ich bin mir auch noch gar nicht sicher, und Sie anscheinend auch nicht«, sagte ich und ging hinüber zur Tür.

»Bleiben Sie! Er kriegt sich gleich wieder ein!«, sagte Daphne verzweifelt, aber ich schüttelte den Kopf.

»Es ist in Ordnung. Eigentlich habe ich einen Job und wollte es mir einfach mal ansehen.«

»Ja, bleiben Sie bei Ihrem Job!«, keifte der Alte. Daphne zuckte entschuldigend mit den Schultern, nachdem sie ihn in einer Sprache zurechtgewiesen hatte, die bestimmt Griechisch war.

»Es tut mir leid«, sagte sie beschämt.

»Kein Problem«, erwiderte ich lächelnd und verließ das Restaurant. Es war wirklich eine blöde Idee, ich wusste selbst nicht, wie ich darauf gekommen war, es mir ansehen zu wollen.

Ich lief über den Bürgersteig in Richtung meines Autos, als ich Rufe hinter mir hörte.

»Lena! Warten Sie!«

Langsam drehte ich mich um.

»Ich wollte mich nochmal für meinen Vater entschuldigen!«

»Ach, ist schon in Ordnung. Er hat recht, ich kann so etwas gar nicht alleine.«

»Es ist nur ... Meine Mutter ist vor einem halben Jahr gestorben und sie haben das Restaurant zusammen geführt. Er ist immer noch traurig. Er war sein ganzes Leben lang Koch und hat jetzt keine Aufgabe mehr. Aber er kann sich alleine nicht um das Geschäft kümmern, deshalb musste er es aufgeben. Es war sein Leben.«

»Es ist wirklich kein Problem. Das mit Ihrer Mutter tut mir sehr leid«, sagte ich.

Sie nickte traurig. »Danke. Ich wünsche Ihnen alles Gute«, sagte sie ehrlich.

Es war eine Schnapsidee gewesen. Ich war überhaupt nicht bereit, mich kopfüber in ein weiteres Chaos zu stürzen.

Kapitel 20

Meine Finger flogen über die Tastatur, doch mein Blick wanderte immer wieder zu der kleinen Uhr, die neben dem Monitor auf dem Schreibtisch stand. Noch eine halbe Stunde, dann würde Dominik hier auftauchen. Und ich durfte mir unter keinen Umständen anmerken lassen, dass es mich mal wieder komplett aus dem Konzept brachte. Vor allem aber durfte ich mir meine Zweifel in Bezug auf die bevorstehende Hochzeit seines Freundes nicht anmerken lassen. Denn anscheinend hatte Dominik seine Kontakte spielen lassen und mir heute eine Einladung zugeschickt.

Natürlich hatte es Simone herausbekommen, denn Inga, unsere Empfangsdame, war ein unfassbares Waschweib. Sie öffnete jeden unserer Briefe und hatte die frohe Kunde sofort an unsere Chefin weitergetragen. Dabei hatte ich garantiert nicht vorgehabt, daran teilzunehmen. Aber nach Simones eindeutiger Ansage am Telefon, würde mir wohl nichts anderes übrigbleiben. Denn auch wenn sie meine Schwiegermutter war, fiel es ihr nicht schwer, mich einfach rauszuschmeißen oder einfach selbst an der Hochzeit teilzunehmen. Und das wäre eine Katastrophe, wenn ich daran dachte, dass dort irgendetwas herauskommen könnte, was mit Dominik und mir zu tun hatte.

Leise klopfte es und die Tür ging auf. Ein riesiger Strauß bunter Sommerblüten drückte sich durch die Tür, dann erst folgte unsere Empfangsdame. Ich hielt die Luft an und sah mit offenem Mund wortlos auf die Blumen.

»Der wurde eben für dich abgegeben«, sagte Inga und zwinkerte mir zu. Sie stellte die breite Vase direkt neben meinem Arm auf den Schreibtisch, und ich zuckte davor zurück. Eric hatte mir noch nie Blumen auf die Arbeit geschickt. An keinem Valentinstag und an keinem Geburtstag.

»Danke«, krächzte ich, und Inga verließ mit einem breiten Grinsen mein Büro. Hoffentlich hatte sie nicht auf die kleine Karte gesehen, die zwischen den Blüten und Gräsern steckte. Wenn sie dort Dominiks Namen gelesen hatte, konnte es eng für mich werden. Was fiel ihm überhaupt ein?

Ich erhob mich und sah mir den Strauß skeptisch von oben an. Er war wirklich wunderschön ... Vorsichtig zog ich die Karte hinaus und klappte sie auf.

Liebe Leni,
ich hoffe, ich kann dir damit eine kleine Freude bereiten.
Ich liebe dich.
Eric

Mein Herz schlug mir bis zum Hals und ich blinzelte die aufkommenden Tränen weg. Mit zittrigen Fingern steckte ich die Karte zurück und stellte den Strauß an das andere Ende meines Eckschreibtisches. Ich saß hier und freute mich, dass gleich Dominik kommen würde, und mein zukünftiger Mann schickte mir einen monströsen Blumenstrauß auf die Arbeit. Ich hatte ihn nicht verdient. Nicht den Strauß und schon gar nicht Eric.

Ich setzte mich wieder an meinen Platz, stützte meine Stirn auf meine Hände und rieb mir die pochenden Schläfen. Nicht nur, dass meine Gefühle immer noch Achterbahn fuhren, die Hochzeit von Dominiks Freund war in einer Woche.

Und Simone beharrte nicht nur darauf, dass ich teilnehmen sollte, sondern auch darauf, dass ich unbedingt Eric mitnahm. Denn sie legte Wert darauf, dass er dort ebenso seine Kontakte knüpfte – außerdem war eine Frau in ihren Augen nie alleine auf solchen Feierlichkeiten unterwegs. Spätestens dann würde alles in sich zusammenfallen. Dominik und Eric würden aufeinandertreffen, und keiner wusste auch nur ansatzweise etwas von dem anderen. Dominik würde sich verplappern, dass ich mich mit ihm getroffen hatte, aber das war nicht das Schlimmste an der gesamten Geschichte. Denn Eric würde es sich nicht nehmen lassen und mich überall als seine Verlobte vorstellen.

Das Festnetztelefon klingelte und ich zuckte schreckhaft zusammen. »Catering *Your best Day*, Lena Braun am Apparat.«

»Hallo, hier ist nochmal Inga. Deine Kunden sind da und sitzen im Besprechungsraum.«

»Sie sind zu früh!«, rief ich panisch und hörte, wie Inga die Luft einzog. Natürlich konnte sie nichts dafür, und ich unterdrückte meinen kleinen Panikanfall.

»Sorry, ich bin gleich da!«, schob ich nach und legte auf. Ich musste jetzt professionell bleiben, mir nichts anmerken lassen. Es durfte nichts mehr passieren, und dann wäre die Sache nach der Hochzeit einfach vorbei. Ich würde Dominik nicht mehr sehen, er würde erfahren, dass ich verlobt war, ich würde Eric heiraten und alle taten das, was für sie richtig war.

Bevor ich mein Büro verließ, strich ich meine schwarze Stoffhose gerade und prüfte den Sitz meiner cremefarbenen Seidenbluse. Ich war vorbereitet. Das zumindest versuchte ich mir einzureden. Immer und immer und immer wieder.

Mit rasendem Herzen ging ich über den Flur in den Besprechungsraum. An Dominiks Blick sah ich, dass er mich nach gestern gerne gefragt hätte, wie es mir ging. Ich war froh, dass er es vor Sarah, die mitgekommen war, nicht ansprach.

Nachdem wir uns professionell begrüßt hatten, begann ich den Termin wie jeden anderen auch. Ich zwang mich, nicht zu Dominik zu sehen, der links von Sarah saß, obwohl ich die ganze Zeit über seine Blicke auf mir spürte.

»Gibt es sonst noch irgendwelche Fragen?«, fragte ich eine Stunde später und sah Sarah aufmerksam an. Sie überflog noch einmal den Menüvorschlag, der vor ihr auf dem Besprechungstisch lag.

»Nein, ich denke, das hört sich alles sehr gut an«, erwiderte sie. Ich nickte zufrieden. Hastig schob ich den Rest meiner Papiere zurück in die Mappe und senkte den Blick.

»Dann werde ich heute noch die Lieferanten beauftragen, damit alles in einer Woche bereitsteht.«

Ich sah wieder hoch und meine Augen wurden wie magisch von Dominik angezogen, der die ganze Zeit über stumm daneben gesessen hatte. Er merkte, dass irgendetwas nicht stimmte. Ich hoffte inständig, dass er mich nicht alleine zur Rede stellen wollte und es auf sich beruhen ließ.

»Sehr gut, dann danken wir Ihnen für die einwandfreie Durchführung«, sagte Sarah und stand auf. Ich tat es ihr gleich, aber Dominik machte nicht einmal Anstalten, ihr zu folgen. Verdammt! Hinter ihm befand sich die Tür, sollte ich gehen wollen, musste ich zwangsläufig an ihm vorbei.

»Kommst du mit?«, fragte Sarah ihn, und er schüttelte ruhig den Kopf.

»Ich hätte noch einige kurze Fragen, aber das bezieht sich weniger auf das Menü«, sagte er. Mir wurde schwummerig. Sarah nickte. Was wusste sie über uns? Ich hoffte, nicht zu viel.

»Dann tschüs, Lena«, sagte sie, und ich hob die Hand zur Verabschiedung. Ich konnte nichts erwidern, meine Kehle war staubtrocken und meine Stimme verschwunden.

Sie verließ den Raum, die Tür fiel ins Schloss und ich hielt angespannt die Luft an. Ich stand immer noch da, zwischen uns als Schutz der breite Tisch. Mein Herz schlug heftig gegen meinen Brustkorb und eine Gänsehaut breitete sich auf meinem Körper aus, als ich sah, wie Dominik sich langsam erhob. Die Luft in dem kleinen Raum flirrte fast fühlbar.

»Ist alles in Ordnung bei dir nach gestern?«, fragte er. Seine Stimme klang weich, fast zärtlich. War er besorgt?

Ich nickte.

»Ich hatte den Eindruck, du hast dich genauso sehr gefreut, mich wiederzusehen«, sagte er und trat einen Schritt um den Tisch in meine Richtung. Wie festgewachsen stand ich da und beobachtete seine Miene. Die Falte zwischen seinen Augenbrauen wurde tiefer und er presste die Lippen zu einem Strich zusammen. »Habe ich mich getäuscht, wenn du mich die ganze Zeit ignorierst, Lena?«

Das Raunen meines Namens ließ mich erbeben, und er trat noch einen Schritt auf mich zu. Ganz langsam, kaum merklich, schüttelte ich den Kopf.

»Was ist also passiert, dass du mir heute aus dem Weg gehst?«

Ich schloss die Augen und atmete tief ein, als sein Duft in meine Reichweite kam. Eigentlich wollte ich meine Lider nie wieder öffnen. Die Dunkelheit war fast wohltuend, am liebsten hätte ich meinen Kopf mit ausgeschaltet.

Seine weichen Hände trafen meine Wangen, als er mein Gesicht umfasste und meine Lider doch flatternd aufschlugen. Er hatte die Entfernung zu mir überbrückt und stand nun direkt vor mir. Wieso hatte er so schöne Augen, die mich gerade vollständig verschlangen? Sein feuriger Blick wanderte über mein Gesicht und meine Finger zuckten, hingen aber immer noch tatenlos neben meinem Körper. Ich wollte ihn so sehr berühren, dass ich am liebsten geschrien hätte.

»In deiner Gegenwart fällt es mir schwer, klar zu denken. Du raubst mir immer noch vollständig den Verstand, Lena«, raunte er.

Plötzlich nahm er mir jegliche Entscheidung ab und drückte unvermittelt seine Lippen auf meine. Erschrocken verkrampfte ich mich, doch meine Hände wussten auf einmal ganz genau, was sie zu tun hatten. Ich krallte mich in sein Hemd, zog ihn näher zu mir und mein Kopf schaltete sich tatsächlich aus.

Seine Lippen bewegten sich sachte auf meinen, aber als er spürte, dass ich seine Bewegungen erwiderte, wurden seine Berührungen forscher. Er löste seine Hände von meinem Gesicht und umschlang meinen Oberkörper. Hungrig intensivierten wir den Kuss, und als ich seine Zungenspitze in meinem Mund spürte, fiel die Mauer, die uns bisher getrennt hatte, mit einem Mal in sich zusammen.

Jede Faser meines Körpers wollte ihn ganz für sich allein. Ich spürte, wie er mich rückwärts gegen den Tisch drückte und mich hinaufschob. Er stand zwischen meinen geöffneten Beinen und sein leises Stöhnen machte mich fast rasend. Ich wollte ihn. Jetzt. Hier. Alles andere blendete mein Verstand vollständig aus. Es ging nur noch um ihn und mich.

Meine Hände wanderten automatisch zu seiner Anzugshose, fuhren über den weichen, ausgebeulten Stoff bis zu seinem Gürtel und öffneten die Schnalle. Er sog zischend die Luft ein, als er realisierte, was ich vorhatte. Danach wurde sein Kuss noch leidenschaftlicher und drängender. Er drückte meinen Kopf zur Seite, fuhr mit den Lippen leckend und knabbernd über meinen Hals bis zu meinem Ohr.

Als er sich von mir löste, kam mein Atem nur noch stoßweise. Entschlossen drückte er meinen Oberkörper auf den Tisch und ich lag vor ihm. Unfassbar erregt. Vollständig ergeben.

Ich wollte ihn so sehr spüren, wollte, dass das sehnsüchtige Pochen zwischen meinen Schenkeln endlich aufhörte. Die harte Tischplatte presste sich gegen meinen Rücken, aber ich konzentrierte mich nur auf seine Hüften, die sich fest gegen meine Mitte zwängten.

Erst jetzt, in diesem Moment, fühlte ich, wie sehr ich ihn vermisst hatte. Seine Berührungen, seinen Duft, einfach alles.

Seine Hände fuhren unter meine Bluse und über meinen Bauch nach oben. Er drückte meine aufgestellten Brustwarzen durch den Stoff meines BHs und ich bäumte mich stöhnend auf.

»Du bist so schön«, wisperte er und fuhr weiter brennend über meine Haut. Seine raue Stimme brachte mich durch den Nebel in die Realität zurück. Mein Verstand schaltete sich mit einem Mal ein und schrie so laut, dass ich mich wunderte, ihn nicht gehört zu haben. Ich riss die Augen auf und sah ihn an, wie er mich dunkel und hungrig betrachtete.

Was machte ich hier? Panik breitete sich in mir aus und ich schob seine Hände aus meiner Bluse, während ich mich aufsetzte. Ich hatte bereits eine Grenze überschritten, weiter gehen durfte ich auf gar keinen Fall! So sehr es mich auch schmerzte, nicht das zu tun, wonach mein Körper sich sehnte.

Ich quetschte mich an ihm vorbei und rannte zur Tür.

»Lena!«

Seine Rufe ignorierend lief ich über den Flur zu meinem Büro. Gott sei Dank fanden unsere Termine immer so spät statt, dass Inga bereits Feierabend gemacht hatte und nichts von dem Ganzen mitbekam. Nicht auszudenken, wenn ich nun sogar meine Kollegen mit hineinziehen würde. Vor Simone würden sie ganz sicher nicht den Mund halten.

In meinem Büro angekommen, lehnte ich mich mit dem Rücken fest gegen die geschlossene Tür und legte mein Gesicht in meine Hände. Diesmal hatten mir nicht meine Gedanken gereicht, nein, diesmal war ich Eric wirklich untreu gewesen. Nicht, dass ich Dominik nur geküsst hatte, ich hatte es so sehr gewollt, dass es mich fast zerriss. Und das Gefühl war immer noch nicht versiegt. Heiß pochte es zwischen meinen Beinen.

»Lena!« Die Tür wurde vorsichtig aufgedrückt und ich musste einen Schritt nach vorne treten.

»Dominik, lass mich ... bitte!«, flehte ich, aber er kam trotzdem hinein. Ich musste es ihm sagen. Nur drei Worte. Ich. Bin. Verlobt.

Dann würde er mich ganz sicher in Ruhe lassen. Für immer. Wieso tat der Gedanke daran so entsetzlich weh?

Er stellte sich vor mich und umfasste meine Handgelenke. Ich wandte den Kopf von ihm ab, weil ich ihn einfach nicht ansehen konnte.

»Lena, was ist denn mit dir?« Er setzte seine Finger unter mein Kinn und zwang mich, ihn anzusehen. Ich schloss die Lider. »Spürst du das nicht zwischen uns? Es ist wie damals ...«, flüsterte er, und ich konnte die einzelne Träne, die mein Auge verließ, nicht mehr aufhalten. Ich wusste nicht, ob sie Eric oder Dominik galt.

»Hast du nicht auch an mich gedacht?« Seine Stimme ging mir durch Mark und Bein. Hier musste Schluss sein. Wenn ich es nicht jetzt beendete, würde das Gefühl mich irgendwann überwältigen und ich würde keine Notbremse mehr ziehen können.

Ich öffnete die Augen und sah ihn fest an. »Nein.«

Alles in mir zitterte, und ich wusste nicht, wie ich es geschafft hatte, dieses eine Wort so fest hervorzubringen.

Als hätte ich ihm damit eine Ohrfeige verpasst, löste er sich von mir.

»Geh jetzt. Das hier ist rein geschäftlich und ich möchte den Auftrag nicht wegen eines bedeutungslosen Quickies verlieren.«

»Bedeutungslos?«, fragte er verbittert. Ich nickte. Ich musste ihn loswerden, um Himmels willen, wieso verstand er es nicht?

»Was sollte das denn sonst sein? Dominik, es war nett, damals, aber wohin soll das denn führen?«, brachte ich so kühl heraus, wie ich konnte.

»Ich hatte in den letzten Tagen einen ganz anderen Eindruck«, sagte er verwirrt.

»Dann hat dich dein Eindruck getäuscht.« Ich verschränkte die Arme vor der Brust, um dem Bedürfnis zu entgehen, ihn weiterhin zu berühren.

»Vielleicht habe ich mich tatsächlich getäuscht und du bist nur noch äußerlich die Lena, die mich vor drei Jahren fasziniert hat … Vergiss es einfach«, presste er heraus. Er sah mich einige quälende Sekunden lang sprachlos an und verließ mein Büro.

Erst als die Tür laut knallend ins Schloss fiel, gestattete ich meinem Körper, um ihn zu trauern. Und das tat er. Heftig.

Kapitel 21

Mein ganzer Körper zitterte, obwohl es der wahrscheinlich heißeste Tag des Jahres war. Trotzdem zog sich eine Gänsehaut meine Arme entlang. Meine Beine wackelten unruhig, während ich auf dem Badewannenrand saß. Mein Blick flackerte immer wieder zu der Kommode, auf der die kleine, längliche Packung lag, die mein zukünftiges Leben bestimmen sollte.

Nervös knabberte ich an meinem Daumennagel. Eine Woche war gar nichts. Das könnte alles bedeuten. Stress zum Beispiel, oder etwas anderes. Es bedeutete doch nicht gleich, dass ich schwanger war. Das durfte nicht sein! Ich war erst sechsundzwanzig, es war noch viel zu früh für ein Kind! Ich hatte noch so viel vor!

Wieso traute ich mich nicht einfach, diesen bescheuerten Test zu machen? War doch nicht so schwer!

Was aber, wenn da tatsächlich ein Plus stand? Wäre das nicht die Krönung zu der bevorstehenden Hochzeit mit Eric?

Unser gesamtes Leben würde sich ändern. Alles. Für immer. Mein Traum wäre dahin, mein Job wäre erstmal erledigt, und auch alles andere …

Panisch drückte ich meinen Kopf zwischen die Beine und versuchte wieder normal zu atmen. Doch meine Brust schnürte sich immer weiter zu. Ich konnte den Test nicht machen, nicht jetzt zumindest.

Auf der Kommode lag auch mein Handy. Die Schnellwahltaste eins gehörte Selina, diese drückte ich nun und hielt mir das Telefon ans Ohr.

»Hey, Süße! Alles klar?«, hörte ich Selinas fröhliche Stimme in der Leitung und war fast erneut den Tränen nahe.

»Nein.« Meine Stimme zitterte.

»Oh Gott, was ist denn? Wo bist du?«

»Zu Hause …«

»Ich bin gleich da!«

Ich bekam nur noch ein »Danke« heraus, legte das Handy wieder zur Seite und rutschte an der Wanne nach unten. Mit den Armen umschlang meine Beine.

Wenn meine Eltern dachten, ich hätte ein Problem mit Veränderungen, trafen sie in dieser Beziehung voll ins Schwarze. Ich wollte kein Kind! Nicht jetzt, nicht so!

Eine gefühlte Ewigkeit später hörte ich, wie die Haustür auf- und wieder zuging. Stöckelnde Schritte erklangen innerhalb der Wohnung.

»Leni?«

»Ich bin hier«, piepste ich und wunderte mich, dass Selina mich überhaupt hörte. Die Badezimmertür flog auf, meine beste Freundin setzte sich zu mir auf den Boden und zog mich an sich. Glücklicherweise hatte sie einen Ersatzschlüssel. Sie war die Einzige.

»Was ist denn los?«, fragte sie leise und strich mir beruhigend über den Rücken, der mittlerweile vor Schluchzern bebte.

»Ich bin drüber …«

»Du meinst …?« Sie verstummte und ich nickte.

»Oje …« Selina war wohl die Einzige, die mich wirklich verstand. Jeder andere hätte mir nun gesagt, wie toll das sei und dass ich mich freuen solle. Aber sie war der Freigeist in Person. Gäbe es ein absolutes Horrorszenario für sie, dann eine Schwangerschaft.

»Warst du schon beim Arzt?«, fragte sie. Ich schüttelte den Kopf. »Das solltest du aber machen! Ich komme auch mit.«

Ich drückte sie sanft von mir. »Noch nicht«, erwiderte ich leise.

»Aber das ist nicht alles, oder? Du bist doch deswegen nicht so dermaßen aufgelöst.«

Schluckend wandte ich den Blick ab. »Ich habe Dominik geküsst.«

Selina seufzte. »Es war mir klar, dass das nochmal was geben wird …«

»Was mache ich denn jetzt?«

»Was sagt dein Herz dir?«, stellte sie mir die Gegenfrage, die ich selbst nicht aus dem Kopf bekam. Ich strich mir die Tränen, die einfach nicht versiegen wollten, mit dem Handrücken aus den Augen.

»Ich weiß es nicht mehr.«

»Weiß er, dass du heiratest?«

Langsam schüttelte ich den Kopf.

»Du musst es ihm sagen, Leni.«

»Es ist vorbei. Ich muss ihm überhaupt nichts mehr sagen. Ich habe es beendet, es wird kein weiteres Mal geben.«

Selina legte beschwichtigend ihre Hand auf mein angewinkeltes Knie. »Du weißt doch selbst, dass das nicht stimmt. Leni …«

Genervt schüttelte ich sie ab, stand auf und lief eine Spur in den Badezimmerteppich. »Jetzt sag du mir nicht auch noch, was ich machen soll! Ich liebe Eric! Das mit Dominik ist ein Strohfeuer, wie damals!«

»Das weißt du doch gar nicht! Er ist auch älter geworden, wahrscheinlich kann er jetzt sesshaft werden. Du gibst der Sache überhaupt keine Chance!«

Ich blieb stehen und sah Selina ungläubig an. »Ich kann doch nicht einfach die Hochzeit absagen, nur weil irgendein Typ von früher auftaucht und Ansprüche stellt!«

»Du weißt selbst, dass er nicht nur irgendein Typ von früher ist. Oder?«

Stumm wandte ich den Blick ab, denn ich konnte nichts erwidern. Wenn ich jetzt etwas sagte, würde meine Stimme ganz sicher brechen. Und das würde mich verraten, obwohl es Selina schon vor mir wusste.

»Außerdem habe ich mir das Restaurant angesehen …«

»Aber das ist doch großartig! Wie ist es?«

Ich lief weiter und schüttelte den Kopf. »Es war eine dumme Idee. Wie konnte ich denken, dass ich jemals alleine ein Restaurant führen kann! Da gibt es so viel zu beachten!«

»Du vermisst das Kochen doch, oder?«

»Kochen kann ich auch zu Hause!«

Im gleichen Moment hörte ich die Eingangstür, lief zur Kommode und schob den Test in die obere Schublade.

»Schatz? Ich bin zu Hause!«, hörte ich Erics Stimme. Ich sah flehentlich Selina an, damit sie nichts sagte. Langsam schüttelte sie den Kopf, und ich nickte ihr dankbar zu.

Einmal durchatmend spritzte ich mir kaltes Wasser ins Gesicht. Dann ging ich hinaus und Selina folgte mir.

»Hallo, Eric«, sagte sie, und Eric hob seine Hand kurz zur Begrüßung.

»Hi, Selina!«

Danach kam er zu mir und drückte mir einen Kuss auf die Lippen. Ich fühlte mich schlecht dabei.

»Ich geh dann mal wieder, Leni, ruf nachher nochmal an, okay?«

»Okay.«

»Bye!« Damit verschwand meine beste Freundin und ich stand alleine mit Eric im Flur.

»Alles in Ordnung?«, fragte er und ging Richtung Wohnzimmer.

»Klar.« Hinter seinem Rücken strich ich mir die letzten Spuren meiner Tränen von der Wange.

»Meine Mutter hat eben angerufen. Du hattest mir noch gar nicht gesagt, dass ich bei dieser Rennfahrerhochzeit dabei sein soll?«

Toll! Hatte Simone doch wieder geplappert.

»Brauchst du nicht! Es ist bestimmt total langweilig«, sagte ich und folgte ihm. Er legte seine Aktentasche auf die Arbeitsplatte unserer Küche und ich nahm davor Platz.

»Kein Problem. Ich unterstütze dich doch gerne.« Er gab mir einen Kuss auf den Scheitel und ging hinüber ins Schlafzimmer. Aus dieser Nummer kam ich wohl wirklich nicht raus. Wenn ich jetzt darauf beharrte, dass Eric nicht mitkam, würde es auffallen. Aber es war gut so.

Denn was würde Dominik besser von mir fernhalten als das Wissen, dass Eric mein Verlobter ist?

Nichts.

Kapitel 22

Einige Tage später lag der bescheuerte Test immer noch in der Badezimmerkommode. Unangetastet.

Verdrängung war in der letzten Woche mein bester Freund gewesen. Egal, ob es sich um eine mögliche Schwangerschaft oder meinen Ausrutscher mit Dominik handelte. Zum Glück hatte dieser sich nicht mehr gemeldet. Keine Nachricht, kein Anruf, nichts. Das machte es mir einfacher. Obwohl es sich alles andere als einfach anfühlte.

»Du siehst wunderschön aus.«

Langsam drehte ich meinen Kopf und sah Eric an, der im Anzug gekleidet gegen den Türrahmen unseres Schlafzimmers lehnte. Das Hemd war noch geöffnet und seine dunkelblaue Krawatte, passend zu meinem bodenlangen Kleid, hielt er in der Hand. Ich lächelte ihn verlegen an, als er auf mich zukam und mir einen Kuss auf die Stirn drückte. Mein Herz machte einen kleinen Hüpfer. Da war es wieder, das altbekannte, wohlige Gefühl. Ich hatte gewusst, es würde irgendwann wiederkommen.

»Danke«, flüsterte ich, und er löste sich von mir. Ich trat einen Schritt zur Seite, damit er sich in unserem Schrankspiegel den Schlips umbinden konnte. Seine blauen Augen strahlten unter seinen dunkelblonden Haaren, als er konzentriert sein Spiegelbild fixierte.

Sollte ich es ihm sagen? Dass ich vielleicht schwanger war? Er hatte ein Recht darauf, es zu wissen.

Besser nach der Hochzeit. Ich hatte sowieso nicht vor, dort

etwas zu trinken, weil ich einen klaren Kopf bewahren wollte. Hauptsächlich natürlich, weil ich ein Auge auf das Catering werfen musste. Den anderen Grund verdrängte ich gekonnt.

Ich löste mich von Erics Anblick und lief nochmal in das Badezimmer, um die Perlenohrstecker aus meinem Schmuckkästchen zu kramen. Um Gottes willen, wie viel Schmuck, den ich sowieso niemals trug, hatte sich in den letzten Jahren angesammelt?

Neben allerlei Ohrringen, Uhren, Armreifen und anderem Glitzerzeug stieß ich auf einmal auf ein ganz besonderes Stück, das ich vollständig vergessen hatte.

Als wäre es ein Mahnmal meiner Tat starrte ich das kleine Kettchen zwischen meinen Fingern an. Dominiks Geschenk an unserem letzten gemeinsamen Tag. Die kleine Muschel war ein wenig dunkel verfärbt, aber das Herz strahlte weiterhin in einem schönen Silber. Zu glauben, das sei ein Zeichen, wäre idiotisch gewesen. Trotzdem kamen mit einem Mal alle Erinnerungen hoch, die ich mühsam weggeschoben hatte. Sachte strich ich über die einzelnen Glieder. Es war immer noch so schön, wie ich es im Gedächtnis hatte.

»Bist du so weit, Schatz?«, hörte ich Erics Stimme. Hastig steckte ich das Kettchen wieder ganz nach unten in die Schatulle und schnappte mir die Ohrstecker, die ebenfalls am Boden zum Vorschein gekommen waren.

»Ja, ich komme gleich!«

Ich sah in den Badezimmerspiegel, zupfte an meinen braunen Wellen und schluckte. War ich wirklich bereit?

Nein, war ich nicht.

***

Eric trug unsere gemeinsame Reisetasche durch die Lobby auf die Rezeption zu und ich umklammerte fest meine silberne Clutch. In diesem Moment war ich froh, dass Eric in jeder Situation das Ruder an sich riss und nun für uns eincheckte.

»Ich suche mal den Saal und frage, ob alles mit dem Catering in Ordnung ist«, informierte ich Eric.

»Klar! Ich besorge schon mal unser Zimmer und bringe die Tasche hoch. Ich finde dich schon.« Er zwinkerte mir zu und ich zwang mich zu einem Lächeln. Das Grummeln wütete ganz schön in meinem Bauch, wenn ich mir vorstellte, gleich zu den anderen Hochzeitsgästen gehen zu müssen. Aber zuerst wollte ich mich versichern, dass ich zumindest meinen Job vernünftig unter Kontrolle hatte. Wenn schon alles andere nicht.

Ich folgte den Hinweisschildern einen schmalen Flur entlang und trat durch eine breite Flügeltür in den riesigen Saal des prächtigen Hotelschlosses. Inmitten dessen standen zahlreiche runde Tische mit weißen Tischdecken, hohen silbernen Kerzenleuchtern und drum herum verteilt dezente Dekoration. Wirklich sehr geschmackvoll.

Am Kopfende des Raumes befand sich ein rechteckiger Tisch mit Blick auf den gesamten Saal. Wahrscheinlich saß dort das Brautpaar. Wie ich zu meiner Verwunderung feststellen musste, war für vier Personen gedeckt. Hoffentlich würden dort nicht die Trauzeugen sitzen, mit Blick auf alle anderen Tische … inklusive meinem.

Auf der linken Seite befanden sich eine Bar und das Buffet. Einer unserer Köche kam gerade mit einem Behälter aus einer Schwingtür und grinste mich an.

»Hallo, Marius! Alles gut bei euch? Läuft alles nach Plan?«

Er nickte. »Selbstverständlich, Lena. Erwartest du etwas anderes von uns?«

Ich erwiderte sein Lächeln und schüttelte den Kopf. »Natürlich nicht.«

Mit einem letzten Zwinkern verschwand er wieder in der Küche, und ich trat näher an den Buffettisch, richtete an einer Seite die Tischdecke und stellte mehrere Essenskärtchen gerade hin. So. Jetzt war es besser.

Mein Blick wanderte zu einer kleinen Uhr über der Bar. In einer halben Stunde ging die Zeremonie im Garten los.

Ich sah geradeaus und fühlte mich wie festgewachsen. Dominik schaute von weitem durch den breiten Türrahmen, und sein Blick traf meinen. Er sah in dem dunkelblauen Anzug, den er trug, wie immer umwerfend aus. Auf seinen Lippen zeigte sich ein schmales Lächeln und er setzte sich tatsächlich in meine Richtung in Bewegung. Nein. Bitte nicht!

Ich wandte mich ab und tat so, als wäre ich wahnsinnig mit dem Buffet beschäftigt. Vielleicht würde er mich dann in Ruhe lassen.

»Lena …«

Ich spürte seine Hand sanft an meinem Rücken und er trat vor mich. Seine Finger strichen langsam über meinen Arm nach oben, bis er sich wieder von mir löste. Allein diese kleine Berührung hatte meine Haut komplett in Brand gesetzt. Alle meine Vorsätze ihm gegenüber waren verpufft.

»Hallo, Dominik.«

»Du bist wie immer bildschön.« Ich senkte den Kopf, denn sein Anblick, das Raunen seiner tiefen Stimme und seine Worte waren zu viel. Er streckte seine Hand aus und berührte zart meine Finger, verschränkte sie mit seinen und führte sie an seinen Mund.

»Bitte nicht …«, flüsterte ich, während er jeden meiner Fingerknöchel einzeln küsste.

»Wieso nicht? Ich kann dir nicht glauben, was du gesagt hast. Du kannst dich einfach nicht so verändert haben, das sehe ich in deinen Augen!«

Ich schloss die Lider, gönnte mir eine einzige Sekunde, um seine Berührungen zu genießen.

»Schatz, da bist du ja!«

Ich entriss Dominik panisch meine Finger. Mit pochendem Herzen drehte ich mich zur Tür, durch die Eric auf uns zu kam. Natürlich stellte er sich neben mich. Ein kurzer Blick auf Dominiks erschrockenes Gesicht zeigte mir, dass er umgehend verstand. Eric umfasste meine Taille und zog mich besitzergreifend an sich.

»Hallo, ich bin Eric«, sagte er und hielt Dominik die Hand hin, als wäre es völlig normal, sich ihm vorzustellen. Wäre es auch. Unter anderen Umständen.

Dominik räusperte sich, sein Blick flackerte kurz zu mir, dann sah er Eric fest in die Augen. »Freut mich. Dominik.«

Sein Kiefer mahlte und mein Herz platzte fast vor Aufregung.

»Ihr kennt euch?«, fragte Eric misstrauisch, und ich sah Dominik eindringlich an. Bitte nicht!

Er zögerte. »Ich bin der Trauzeuge und habe mich mit um das Essen gekümmert. Lena ist wirklich sehr talentiert.«

»Ja, das ist sie«, antwortete Eric stolz, zog mich zu sich und drückte mir einen Kuss auf die Schläfe. Ich wäre am liebsten im Erdboden versunken.

Dominiks Augen wanderten nach unten und wurden ganz kurz größer, als er den funkelnden Diamanten an meinem linken Ringfinger entdeckte. Diesmal war er nicht zu übersehen. Wissend sah er mich wieder an, und seine Miene drückte allerlei Emotionen aus, die Eric anscheinend zum Glück nicht deuten konnte. Ich aber umso mehr. Es schnürte mir die Brust zu.

»Die Zeremonie fängt gleich an, ich sollte mich mal an die Seite des Bräutigams begeben. Bis später«, sagte Dominik und lief an uns vorbei nach draußen.

»Komischer Typ, oder?« Erics Stimme riss mich aus meinem Schleier, in dem ich mich am liebsten für den Rest des Abends versteckt hätte. »Wollen wir auch mit raus?«

Jetzt war die Bombe geplatzt. Sie hatte alles in ihrem Umkreis mit sich gerissen und es war ein lauterer Knall als gefürchtet. Stumm nickte ich.

Kapitel 23

»Möchtest du wirklich keinen Wein zum Essen?«, fragte mich Eric, und ich verneinte zum dritten Mal.

Mein Blick huschte erneut flüchtig zum Kopfende des Saales. Dorthin, wo Dominik neben dem Bräutigam saß und mit regloser Miene den Stil seines Weinglases zwischen den Fingern drehte.

Das Brautpaar dagegen sah wirklich glücklich aus. Die Hochzeitszeremonie draußen war ein Traum gewesen. Das Wetter spielte mit, denn es war nicht zu heiß und nicht zu kalt. Der Pfarrer hatte allerlei persönliche Anekdoten erzählt und die beiden hatten sich immer wieder verliebte Blicke zugeworfen. Und das Ergebnis ihrer Liebe war wirklich unübersehbar, denn die Braut trug einen wunderschönen Babybauch unter dem leichten Spitzenkleid vor sich her.

Doch auch wenn ich während der Trauung nur Dominiks breites Kreuz gesehen hatte – er hatte sich in der vordersten Reihe natürlich kein einziges Mal umgedreht –, konnte ich seinen Schock immer noch spüren. Ich fühlte ihn auch jetzt, vier Tische von ihm entfernt, denn er füllte fast den gesamten Raum.

Eric legte seine Hand auf meine, doch ich entzog sie ihm. Es ging nicht. Bei jeder seiner Berührungen zuckte ich zusammen, obwohl er wirklich versuchte, mir einen schönen Abend zu bereiten. Er kümmerte sich um mich, hatte versucht, witzige Schnappschüsse mit den Polaroidkameras auf den Tischen zu machen und fing immer wieder eine Unterhaltung mit mir an.

Ich fühlte mich schäbiger als jemals zuvor.

»Ich muss mal auf die Toilette«, sagte ich. Ich versuchte mich an einem kleinen Lächeln und stand auf. Eric nickte mir freundlich zu und ich durchquerte den großen Raum. Er ahnte wirklich überhaupt nicht, wie verlogen ich in Wirklichkeit war.

Auf der Tanzfläche vor der Bar waren die ersten Paare dabei, sich zu den *Bee Gees* wild im Kreis zu drehen. Die Musik wurde leiser, als ich durch die Tür trat und über den Flur zu den Waschräumen lief. Am liebsten wäre ich geradewegs auf unser Zimmer gegangen, aber das konnte ich Eric nicht antun. Vielleicht konnte ich ihm weismachen, dass es mir schlecht ging … Was auf eine Art auch der Fall war, denn mir war unfassbar übel.

Unvermittelt wurde ich herumgerissen und zog erschrocken die Luft ein. Dominik hatte mein Handgelenk gepackt, sah mich kurz an und zog mich in die entgegengesetzte Richtung durch die Lobby und aus dem Haupteingang nach draußen, weg von der Hochzeitsgesellschaft.

Seine Miene hatte ich noch nie so hart gesehen und mir lief ein Schauer über den Rücken, als er mich draußen losließ und sich mit verschränkten Armen vor mich stellte. Nervös sah ich mich um, konnte aber kein Gesicht entdecken, das mir heute schon einmal aufgefallen wäre.

»Wieso hast du es mir nicht einfach gesagt?«, fragte er eisig.

Ich schluckte hart. »Ich konnte nicht.«

»Du konntest mir nicht sagen, dass du einen Freund hast und sogar verlobt bist?« Seine Stimme wurde lauter und er deutete auf meinen Verlobungsring. »War es so schwer, den Mund aufzumachen? Oder hat es Spaß gemacht, mit mir zu spielen?« Ich schüttelte schnell den Kopf.

»So war es nicht …«

»Mit allem hätte ich gerechnet, dass du wirklich keine Lust auf mich hast oder tatsächlich vergessen hast, was damals war, aber nicht mit so was!«

Ich sah nach unten auf den Boden und auf meine silbernen Highheels, die unter dem Saum des Kleides hervorblitzten.

»Weißt du, wie unfair das war? Ihm und mir gegenüber?«,

fragte er eindringlich. Ich schluckte die Tränen hinunter, die sich in meinen Augen ihren Weg bahnten.

»Verdammt, ich weiß es doch«, sagte ich leise, konnte ihn aber weiterhin nicht ansehen.

»Wie hast du dir das vorgestellt? Wolltest du uns beide? Ihn heiraten und mich als deine lustige, kleine Affäre?«

»Nein, natürlich nicht!« Nun sah ich doch nach oben. »Ich wusste doch gar nicht, was du überhaupt willst! Du hast gesagt, du willst keine Beziehung!«, sagte ich nun mutiger, und er setzte sich in Bewegung. Unruhig strich er sich durch die dunkelbraunen Haare.

»Wollte ich auch nicht … Ich … hab doch selbst keine Ahnung, was das ist!« Er blieb wieder vor mir stehen und sah mich an. Fast versank ich in der Tiefe seiner grünen Iriden. »Ich habe mich wirklich in dir getäuscht. Ich dachte, gerade du bist ehrlich.«

Ein tiefer Stich fuhr durch meine Brust. Mir lag etwas auf der Zunge, das ich unmöglich sagen konnte. Also schluckte ich es herunter und sprach etwas völlig anderes aus: »Ich bin mit Eric schon mein ganzes Leben zusammen. Ich weiß auch nicht, weshalb unsere Begegnung mich so aus der Bahn geworfen hat, aber ich werde ihn heiraten. So ist der Plan.« Meine Stimme hätte fest klingen sollen, aber die letzten Worte kamen nur noch flüsternd hervor. Dominik nickte und drehte den Kopf nach rechts.

»Der Plan«, sagte er bitter und suchte erneut meinen Blick. Ich versuchte ihm fest in die Augen zu sehen.

»Macht der Plan dich glücklich?«, fragte er, und ich konnte kaum den Ausdruck ertragen, mit dem er mich bedachte. Verletzt, enttäuscht und verbittert.

»Ja, macht er. Ich brauche ihn, und du bist so …« Ich stockte.

»So was?«, knurrte er. Ich zuckte zusammen. Bisher hatte ich ihn nur liebevoll und zuvorkommend erlebt, aber nun bot sich mir ein ganz anderes Bild. Doch das unterstrich nur meine Entscheidung. Er war flatterhaft!

»So unbeständig! Ich brauche jemanden, der bei mir bleibt«, sagte ich.

»Von mir wird er nichts erfahren ...«, wisperte er. Ich hörte die Enttäuschung eindeutig aus seiner Stimme heraus. Ohne mich noch einmal anzusehen, ging er wieder ins Gebäude, und ich lehnte mich schweratmend gegen die raue Hauswand.

Ich konnte ihm nicht sagen, was ich fühlte und dass er mich von Kopf bis Fuß durcheinanderbrachte. Und sollte ich wirklich schwanger sein, würde ich ihm ganz sicher kein Kuckuckskind unterschieben. Aber ich war nicht schwanger ... ganz sicher nicht! Es durfte nicht so sein! Was wäre dann? Machte ich einen Fehler? Aber ich liebte Eric mindestens genauso sehr, wenn nicht noch mehr. Liebe. Empfand ich dieses Gefühl für Dominik wirklich aufrichtig, oder war es nur eine Verknalltheit, die wieder verflog?

Ich schluckte meine Verzweiflung hinunter, strich über den weichen Stoff meines Kleides und lief zurück in die Lobby. Nach einem kurzen Zwischenstopp in den Waschräumen ging ich zurück in den Saal. Eric saß nicht mehr an unserem Tisch und meine Augen wanderten suchend durch den Raum.

Dominik stand an der Bar mit dem Rücken zu mir. Bevor er mich sehen konnte, ging ich an den Tischen vorbei und nach draußen, auf die Terrasse.

Auch wenn ich nicht wirklich rauchte und schon gar nicht in meiner jetzigen Situation damit anfangen wollte, brauchten meine Hände etwas zu tun. Rechts neben der Tür stand eine ältere Frau, die zwischen ihren Fingern eine Zigarette hielt. Gedankenverloren blies sie den Rauch aus und sah über den angrenzenden Park, der mittlerweile schon fast im Dunkeln lag.

»Entschuldigung, dürfte ich vielleicht eine?«, fragte ich sie und nickte zu ihrer anderen Hand, die ein Päckchen umklammerte.

»Ja, natürlich, sehr gerne.« Sie hielt mir lächelnd die Schachtel hin und ich zog mir einen Stängel heraus. Ich wollte sie nicht rauchen, nur halten. Einfach nur, damit es so aussah, als hätte ich einen triftigen Grund, hier draußen zu sein. Nicht, dass jemand mir ansah, wie verloren und fehl am Platz ich mich in Wirklichkeit fühlte.

»Alles gut bei Ihnen?«, fragte sie mich. Ihre raue Stimme brachte mir sogar so etwas wie Trost. Meine Großmutter hatte genauso eine kratzige Stimme gehabt. Seufzend nickte ich, denn ich wusste nicht, ob ich die Worte herausbrachte, die mich beschäftigten.

»Lena!«

Ich schloss kurz die Augen und drehte mich um.

»Du rauchst schon wieder? Du weißt doch, dass das so was von schädlich ist! Normalerweise verleitet dich doch nur Selina zu so einem Mist!«

»Erstens, Eric, Selina verleitet mich nicht. Wenn, dann kann ich doch ab und zu selbst entscheiden. Zweitens, wenn ich rauchen will, dann rauch ich eben«, erwiderte ich trotzig, drückte meinen Rücken durch und mein Kinn nach oben.

»Das finde ich nicht gut! Überhaupt nicht!«

»Weißt du was, das musst du auch gar nicht!«

Er schaute mich ungläubig an, denn so aufsässig hatte er mich bisher nicht kennengelernt. Aber es war wirklich meine Entscheidung, und er musste sie mir endlich einmal überlassen.

»Ich weiß nicht, was mit dir los ist, aber du bist heute wirklich merkwürdig. Anscheinend kann ich dir überhaupt nichts recht machen. Ich bin wegen dir hier! Ich geh jetzt in unser Zimmer. Komm nach, wenn du wieder normal bist.« Mit diesen Worten drehte er sich enttäuscht um und ging nach drinnen. Seufzend lächelte ich der alten Frau entschuldigend zu und ging die Treppenstufen nach unten in den Park. Ich brauchte Abstand. Ich wollte niemanden mehr sehen, hören oder gar sprechen.

Die Zigarette steckte ich in meine Clutch und ließ mich auf eine etwas entferntere Parkbank nieder. Ich wusste nicht mehr, was richtig und was falsch war. Was mein Herz wollte, mein Verstand oder beide. Keiner konnte mich aus der Situation retten oder mir einen guten Ratschlag geben, denn es gab keinen.

Eric war fürsorglich, aufmerksam, immer für mich da und liebte mich.

Dominik war aufregend, unwahrscheinlich sexy und mit ihm war kein Tag wie der andere.

Es gab keine naheliegende Lösung. Aber es war unfair, mit beiden zu spielen, das war mir klar.

Mittlerweile hatte ich jegliches Zeitgefühl verloren und mein ganzer Körper zitterte. Wahrscheinlich nicht wegen der warmen Sommernacht, sondern aufgrund meiner wirren Gedanken. Ich konnte nicht die ganze Nacht hier sitzen bleiben. Doch als ich aufstand, fiel mir auf, dass Eric die Türkarte zu unserem Zimmer mitgenommen hatte. Ich wollte ihn jetzt unter keinen Umständen wecken und damit doch noch einen Streit provozieren.

Als ich durch den Saal zur Rezeption ging, sah ich, dass bereits viele Gäste zu Bett gegangen waren. Ich hatte anscheinend wirklich länger dort draußen gesessen als gedacht.

Hinter dem Empfang stand ein schmächtiger, junger Typ, der mich nett anlächelte, als ich auf ihn zulief.

»Guten Abend, was kann ich für Sie tun?«, fragte er mich freundlich, und ich stützte mich an der Theke ab.

»Mein Freund ist schon auf unser Zimmer gegangen. Er hat unsere Karte mitgenommen und ich möchte ihn nicht wecken. Könnten Sie mir womöglich ausnahmsweise noch eine Zimmerkarte geben?«

Er musterte mich skeptisch, denn mir war klar, dass dies nicht gerade seinen Richtlinien entsprach.

»Bitte. Wir hatten Streit und ich möchte einfach nur schlafen«, sagte ich leise.

»Okay, verraten Sie es bitte keinem.« Er zwinkerte mir zu.

»Danke.«

»Wie heißt denn Ihr Freund, dann suche ich die Zimmernummer heraus.«

Ich schluckte. »Dominik Winter.«

Mein Herz schlug mir bis zum Hals. Bis eben war ich mir nicht sicher gewesen, ob ich das wirklich machen wollte, aber ich hatte nur noch einen Drang. Ich wollte zu ihm. Warum auch immer. Vielleicht auch nur, um mich für meine kalte Art ihm gegenüber zu entschuldigen.

Der Rezeptionist tippte auf seinem Computer herum. Glücklicherweise war Dominiks Nachname bei der Trauung mehrmals erwähnt worden.

»Da ist er ja. Zimmer 210, richtig?«

Ich nickte schnell. Er zog eine weiße Karte durch ein Lesegerät und schob sie mir über den Tresen.

»Hier bitte. Ich drücke Ihnen die Daumen, dass er schon schläft.«

Freundlich lächelte ich ihm zu. »Vielen Dank!«

Kapitel 24

Während ich über den weichen Hotelteppich lief, zählte ich die Muster, damit mein Kopf das Grübeln abstellte. Einen kurzen Moment hatte es sich richtig angefühlt, ja sogar nötig. Diesem Gefühl wollte ich nun die Möglichkeit geben, sich zu entfalten. Wenn es sich in Dominiks Nähe falsch anfühlen würde, hätte ich wenigstens meine Bestätigung. Doch was, wenn nicht?

Meine Finger waren feucht, als ich die Karte durch den Leser zog und vorsichtig die Tür aufdrückte.

Was, wenn er mich einfach wieder rausschmeißen würde?

Oder wenn er gar nicht da war! Vielleicht hatte er sich eine der Singlefrauen geschnappt, und ich störte sie nun bei was auch immer … Mein Plan war eindeutig nicht wirklich durchdacht.

Die geöffnete Tür warf einen langen Lichtkegel durch das Zimmer. Hinter dem kleinen Vorraum sah ich an der rechten Wand einen Schreibtisch, auf dem eine geöffnete Whiskeyflasche und ein Glas standen. Davor saß Dominik, die Ellenbogen auf den Tisch gestützt, und sah mich ungläubig an. Immer noch mit rasendem Herzen betrat ich sein Zimmer, drückte die Tür zu und lehnte mich mit dem Rücken dagegen.

Was sollte ich sagen? Ich war so furchtbar unsicher.

»Es tut mir leid. Ich musste dich sehen …« Ich war mir nicht sicher, ob er meine leisen Worte verstand, aber er stand auf und kam zu mir. Sein Sakko hing über der Stuhllehne und an seinem weißen Hemd waren die oberen Knöpfe geöffnet. Vorsichtig streckte er die Hand aus und legte sie mir sanft auf die Wange, als könnte ich mich in Luft auflösen, wenn er mich anfasste. Die Wärme seiner Finger fühlte sich auf meiner kalten Haut so gut an, und ich schmiegte mich in seine Berührung.

»Ich bin so verwirrt. Es tut mir leid, was ich gesagt habe, oder eher, was nicht …«, wisperte ich, und sein Daumen strich zart über meine Lippen.

»Ich kann dich nicht vergessen, Lena. Es ist mir egal, wieso du hier bist, ich kann es nur nicht fassen, dass du es tatsächlich bist.« Er löste seine Hand von meinem Gesicht, zog mich an meinen Schultern zu ihm und umschlang meinen Oberkörper. Mein Kopf ruhte an seiner harten Brust und ich hörte sein schnell schlagendes Herz, während er mir beruhigend über den Rücken strich. Sein warmer Atem glitt über mein Haar.

»Irgendwo muss doch noch die alte Lena sein, deren Augen gestrahlt haben, als sie endlich mal etwas Verrücktes getan hat. Ich mochte sie …«

»Ich mochte sie auch«, erwiderte ich leise. Mit dem Finger hob er mein Kinn ein Stück an.

»Wieso sind deine Augen jetzt so leer?«

Zaghaft umfasste ich seine Hüften, drückte mich noch näher an ihn, roch seinen unfassbar guten Duft und gab mich dem Gefühl einfach hin. Ich war nicht hierhergekommen, um ihn erneut fortzuschieben, sondern um mir über meine Gefühle klarzuwerden.

Und das ging nur mit Nähe.

Egal, was morgen war, jetzt wollte ich ihn spüren. Ich hob den Kopf und er schaute mir fast gequält in die Augen. Ich erkannte seine unausgesprochene Frage genau. Für wen würde ich mich entscheiden?

Doch ich konnte sie ihm nicht beantworten. Nicht jetzt. Nicht heute.

Ich stellte mich auf die Zehenspitzen und legte zart meine Lippen auf seine. Sein Körper spannte sich an, als ich herausfordernd mit meiner Zungenspitze über seine Unterlippe leckte. Der Griff um meinen Oberkörper verstärkte sich und er zog mich eng an sich, erwiderte nun endlich meinen Kuss.

Das aufregende Gefühl war umgehend wieder da, füllte meinen Kopf und meinen Körper. Mein Herz raste, mein Unterleib pulsierte und ich drückte mich immer enger an ihn.

Rückwärts schob er mich zu seinem Bett und drückte mich hinauf, ohne sich ein einziges Mal von meinen Lippen zu lösen. Küssend legten wir uns der Länge nach auf die weichen Laken. Seine Hand streichelte zart an meiner Seite hinauf und wieder herunter, und ich krallte meine Fingernägel tief in seinen breiten Oberarm.

Doch eines wurde mir bewusst. Wenn ich jetzt mit ihm schlief, so sehr ich es in diesem Moment auch wollte, gäbe es kein Zurück mehr. War ich wirklich nur hergekommen, um meiner Lust Freigang zu geben, oder wollte ich ihn tatsächlich kennenlernen? Damit ich mir endlich sicher sein konnte, wer Dominik tatsächlich war.

Widerwillig löste ich mich von ihm.

»Können wir auch reden?«

Er strich mir eine Haarsträhne aus dem Gesicht und lächelte mich warm an.

»Ich mache alles mit dir. Hauptsache, du bleibst bei mir.«

Seufzend drehte ich mich um und drückte meinen Rücken an seine Brust. Er legte beschützend seine Arme um mich, und ich kuschelte mich hinein.

»Es tut mir leid! Ich hätte es dir sagen sollen«, fing ich an. »Aber ich wusste nicht wie.«

»Ich kann es verstehen. Ein bisschen. Es ist sicherlich nicht einfach gewesen«, entgegnete er, und ich unterdrückte mein schlechtes Gewissen. »Auch wenn es mich rasend macht, wenn ich daran denke, dass er …«

»Hast du Geschwister?«, unterbrach ich ihn, denn es war die einzige Frage, die mir spontan einfiel und die so unverfänglich war, dass sie mich von dem Gefühl ablenkte, ihn noch einmal küssen zu wollen. Er schnaufte, dann antwortete er mir doch. Anscheinend wollte er das Thema ebenfalls erst einmal zur Seite schieben.

»Ja, eine kleine Schwester. Sie ist zwei Jahre jünger. Und du?«, fragte er. Ich spürte seinen Atem an meinem Nacken. Ein Schauer erfasste mich.

»Keine. Und wie sind deine Eltern?«

Ich fühlte sein kurzes Zögern, dann strich er mir sanft durch die Haare und spielte mit einer Strähne.

»Wir haben nicht das beste Verhältnis. Ich bin mit achtzehn zusammen mit meiner Schwester ausgezogen.«

Wie konnten seine Eltern das zulassen? Er, ganz alleine mit seiner kleinen Schwester? Er war doch damals selbst noch ein halbes Kind!

»Es war ihnen egal, wenn du dich das jetzt fragst«, vervollständigte er meine Gedanken, und ich drehte mich in seiner Umarmung um. Er lächelte bitter.

»Das tut mir leid.«

»Braucht es nicht. Sie waren schon immer schwierig, dachten nur an sich selbst. Ich weiß gar nicht, weshalb sie uns überhaupt hatten. Aber Eva, meine Schwester, und ich kamen gut alleine zurecht. Außerdem hatten wir noch unseren Onkel.«

Ich drückte meinen Mund auf seinen, weil ich ihn ein Stück weit darüber trösten wollte, dass seine Eltern versagt hatten. Vielleicht auch einfach nur, weil er meinen vollen Respekt hatte, das alleine geschafft zu haben. Als ich mich von ihm löste, drückte er mich wieder an sich und ich legte meinen Kopf auf seine Schulter.

»Und deine Familie?«, fragte er nach einigen Sekunden Stille.

»Sind ziemlich übervorsichtig, was manchmal ganz schön anstrengend ist.«

»Dann weißt du wenigstens, dass du ihnen etwas bedeutest.«

So hatte ich es noch gar nicht gesehen.

»Ja, eigentlich sind sie toll«, sagte ich leise. Er drückte mir einen Kuss auf den Scheitel. »Wie hast du das alles geplant, bevor du mich wiedergefunden hattest?«, fragte ich und strich mit einem Finger über seinen Kiefer. Die Stoppeln seines Dreitagebartes kitzelten meine Fingerkuppen.

»Ich habe gar nichts geplant«, antwortete er. »Irgendwie hat sich alles so passend ergeben.«

»Was ist mit deinem Job?«

»Was soll mit ihm sein?«

»Du hast gesagt, du brauchst Abstand vom Trubel.«

Er atmete hörbar aus. »Ja, habe ich.«

Ich stütze mich auf meinem Unterarm und sah ihn an. »Wie lange kann man so einen gefährlichen Job denn machen?«

»Machst du dir etwa Sorgen um mich?«, fragte er. Er fuhr mit seinem rauen Daumen über meine Unterlippe und grinste mich so Dominik-typisch an, dass alles in mir vor Aufregung kribbelte. »Brauchst du nicht, ich mache das schon ewig!«

Ich nickte wenig überzeugt.

»Trotzdem habe ich hin und wieder darüber nachgedacht, aufzuhören. Es wäre toll, Nachwuchstalente als Manager zu fördern, sie in den Sport reinzubringen.« Als er das sagte, leuchteten seine Augen, und ich musste ihn einfach erneut küssen. Eine seiner Eigenschaften, die mich wie magisch anzogen, war seine Begeisterungsfähigkeit. Die Freude und Energie, die er für das empfand, was er tat.

»Du würdest dein Leben nicht mehr aufs Spiel setzen?«, flüsterte ich an seinen Lippen und spürte sein Grinsen.

»Kommt drauf an. Ich hab so eine Vermutung, dass du mich nochmal ins Grab bringst.«

Er umschlang meinen Hinterkopf und zog mich enger zu sich. Seine Zunge drang in meinen Mund und massierte meine gekonnt, während meine Hand wie von selbst in seine Haare fand. Wie zwei Untergehende klammerten wir uns aneinander fest, und ich seufzte enttäuscht, als er sich ruckartig von mir löste.

Sanft strich er mir über den Kopf. »Ich will ehrlich zu dir sein. Bis vor kurzem dachte ich noch, ich muss die Jugend, die ich viel zu früh aufgeben musste, nachholen. Ich habe alles ausprobiert, bin überall gewesen, aber nichts hat mich längere Zeit halten können.«

Ich schluckte, denn ich hatte genau davor Angst. Dass ich ihn ebenfalls irgendwann langweilen würde.

»Aber als ich dich wiedergesehen habe … Es ist schwer zu erklären …«

»Versuch es«, flüsterte ich, fuhr über seinen Kiefer und legte meinen Kopf erneut auf seine Brust. Es dauerte einige Atemzüge, bis er antworten konnte.

»Kannst du dich noch an unser Telefonat erinnern, als es um ein Zuhause ging?«

Ich nickte stumm.

»So hat es sich angefühlt. Ich kannte das vorher nicht.«

Ich schloss die Augen und fühlte Dominiks gleichmäßigen Atem. Konnte ich mich auf ihn einlassen? Auf die Gefahr, dass ich irgendwann doch alleine dastünde und alles verlor, was ich mir aufgebaut hatte? Konnte ich Eric das antun, nachdem er mein ganzes Leben lang an meiner Seite gewesen war? Das alles, die vielen Fragen, die Ungewissheit und die im Raum stehenden Entscheidungen machten mich unsagbar müde. Eng kuschelte ich mich an Dominiks Seite und schlang meinen Arm um seinen Oberkörper. Langsam driftete mein müder Geist ab, nur ganz leise vernahm ich noch Dominiks Stimme durch den Schlaf, der mich fortriss.

»Ich habe die alte Lena vermisst. Danke, dass du wieder da bist. Schlaf gut.«

Als ich seine weichen Lippen auf meiner Stirn und die Decke um meinen Körper spürte, war ich bereits fast eingeschlafen.

Kapitel 25

Als ich die Augen aufschlug, war es in dem Hotelzimmer noch düster. Kurz besann ich mich, wo ich war, bis ich einen gleichmäßigen, kräftigen Atem hörte. Dominik.

Ich war tatsächlich zu ihm gegangen. Was, wenn Eric bereits wach war und mich suchte? Was, wenn er mich hier fand? War ich bereit, mich zu entscheiden? Hatte die Zeit mit Dominik gereicht?

Ich war verwirrt, traurig, nervös, durcheinander und das alles gleichzeitig. Vorsichtig wand ich mich aus Dominiks fester Umklammerung und rutschte vom Bett. Er sah so gut aus. Sein markanter Kiefer mit dem Dreitagebart, die dichten Wimpern und sein schokoladenbraunes Haar. Leise seufzend schlich ich zur Tür, sammelte meine Handtasche vom Boden auf und verließ das Hotelzimmer.

Ich brauchte Luft zum Atmen und musste zurück, bevor Eric aufwachte. Ich war ihm gegenüber wahnsinnig unfair. Er sollte nicht so erfahren, dass ich auf dem Weg war, mich in einen anderen Mann zu verlieben. Reuevoll schlich ich über den Flur, fuhr ein Stockwerk nach oben und blieb vor unserer Tür stehen. Ich hatte immer noch keinen Schlüssel und kaute nervös auf meiner Unterlippe, bis ich eine schwarze Socke um den Knauf sah, die mich stutzig machte. Ich wickelte sie herunter und spürte eine Karte darin. Unsere Zutrittskarte. Eric hatte sie extra für mich draußen gelassen, damit ich nicht vor verschlossener Tür stand.

Leise öffnete ich sie und betrat unser Zimmer, welches genauso wie Dominiks aufgebaut war. Die Gardinen waren zugezogen, ich sah Erics halb zugedeckten Körper in dem breiten Doppelbett. Ich unterdrückte einen Schluchzer, der aus meiner Kehle wollte, und ging schnell ins Bad. Nachdem ich die Tür hinter mir geschlossen hatte, lehnte ich mich über den Waschtisch und sah in den Spiegel.

Ich musste es ihm sagen. Er hatte ein Recht, es zu wissen. Ich würde ihm das Herz brechen. So, wie er einmal meines gebrochen hatte. War es reine Rache, die mich antrieb? Das war Schwachsinn, das wusste ich.

Nachdem ich mich ausgezogen hatte, stellte ich mich unter die Dusche. Das heiße Wasser prasselte auf meine sensible Haut, die immer noch nach Dominik roch. Ich musste den Geruch loswerden, denn er betörte all meine Sinne. Hektisch seifte ich mich mit dem Duschgel ein, wusch mir die Haare und stützte mich mit den Händen gegen die Fliesen. Die Tränen, die über meine Wangen kullerten, mischten sich mit dem Wasser aus dem Duschkopf und versanken im Abfluss.

Große Hände umfassten auf einmal meinen Bauch und wanderten hoch zu meiner Brust. Ich zuckte zusammen.

»Ich hab gar nicht gehört, als du heut Nacht zurückgekommen bist. Es tut mir leid«, flüsterte Eric von hinten in mein Ohr und begann meinen Nacken zu küssen.

Auch wenn sich alles in mir sträubte, konnte ich ihn nicht wegstoßen. Nicht schon wieder. Sollte es ein Abschied sein? Oder hatte ich mich in dem Moment entschieden, als ich mich umdrehte und ihn an mich zog? Kurz war er überrascht, dann erwiderte er meinen stürmischen Angriff und drückte sich an mich. Keuchend hob er meine Beine an, presste meinen Rücken gegen die Fliesen. Das Gefühl zog mich in einen Sog. Eric wusste nach all den Jahren genau, wie er mich anzufassen hatte. Seine Küsse waren fordernd, fast besitzergreifend, anders als sonst, aber vielleicht kam es mir auch nur so vor. Während er sich fast ruckartig in mir versenkte, hielt ich die Augen fest geschlossen, um nicht einzuknicken. Obwohl ich es genauso sehr wollte, wie er. In diesem Moment.

***

»Hat dir die Hochzeit wenigstens ein bisschen gefallen?« Eric strich mir leicht über den Rücken und ich schreckte zusammen.

»Wie bitte?« Ich drehte meinen Kopf, so dass ich ihn ansehen konnte. Wir standen eng nebeneinander in dem kleinen Lift und fuhren zur Rezeption, damit wir auschecken konnten. Dominik hatte ich nicht mehr gesehen, aber Eric und ich hatten uns nach unserer gemeinsamen Dusche noch mal ins Bett gelegt und bis zehn Uhr geschlafen. Ich hoffte inständig, dass Dominik bereits abgereist war, und dankte ihm dafür, dass er mich nicht gesucht hatte. Aber was hätte er auch machen sollen, wenn er mich gefunden hätte?

Die Aufzugstüren öffneten sich und Eric trug unseren Koffer hinaus. Ich folgte ihm mit etwas Abstand und meine Augen wanderten hektisch durch die Eingangshalle. Die Luft war wohl rein.

Wir traten vor den Rezeptionstresen und Eric übergab unsere Karte, während ich mich an den Tresen lehnte und mit meinem Verlobungsring spielte. Hatte ein solches Zeichen noch eine Bedeutung, wenn man die halbe Nacht bei einem anderen verbracht hatte? Mein Blick wanderte wieder hoch und mein Herz schlug einige Takte schneller. Dominik trat aus dem Flur, der zu dem Saal führte, in dem gestern die Feier stattgefunden hatte.

Er trug ein lockeres, weißes Longsleeve, das seine Oberarme betonte, darunter eine dunkelblaue Jeans und über seiner Schulter hing eine Reisetasche. Scheiße. Ich presste mich noch enger an den Tresen, in der Hoffnung, dass er mich übersah. Aber das Glück war nicht auf meiner Seite.

Er kam genau hinter uns zum Stehen und seine Augen weiteten sich, als er mich erkannte. Eric sah meinen erschrockenen Blick aus dem Augenwinkel und drehte sich fragend zu Dominik um. Verdammt, jetzt war alles aus.

Kaum merklich schüttelte ich den Kopf und Dominiks Miene wurde eisig. Ich konnte es Eric nicht sagen, nicht so! Mein Herz setzte einige Male aus, als ich mir vorstellte, wie es gewesen war, in Dominiks Bett zu liegen. Mit ihm über all das zu sprechen. Ihn zu riechen und zu spüren. Und nun stand ich hier, als wäre nichts gewesen.

»Ach, Dennis, richtig?«, fragte Eric, und ich hörte den leicht bissigen Unterton in seiner Stimme. Was fiel Eric ein, normalerweise konnte er sich Namen recht gut merken! Das konnte nur einen Grund haben. Er spürte, dass irgendetwas nicht stimmte.

Dominik nickte leicht und brummte: »Morgen.« Den falschen Namen wollte er wohl nicht erklären.

»Wohl auch ein Morgenmuffel, was? Da habt ihr ja etwas gemeinsam, nicht Schatz?«, fragte Eric und griff nach meiner Hand. Bitte, Gott, wenn du wirklich existierst, öffne die Erde, damit ich einfach darin versinken kann! Ich ginge auch freiwillig in die Hölle, denn nichts war schlimmer als diese Situation.

»Dann noch eine gute Heimreise. Bist du so weit?«, fragte mich Eric. Ich nickte mit gesenktem Blick. Ich konnte Dominik nicht ansehen, seine Trauer nicht ertragen, als er verstand, dass ich mit Eric ganz normal heimfahren würde. Aber ich konnte die Entscheidung nicht hier in einer Hotelhalle treffen, das musste er einfach verstehen. Doch lange ließ sie sich nicht mehr aufschieben, wenn ich nicht beide auf einmal verlieren wollte.

***

Eric knallte den Koffer in die Flurecke und ging in unser Wohnzimmer. Leise schloss ich die Eingangstür, hängte meine Jeansjacke an einen Garderobenhaken und folgte ihm. Während der Autofahrt hatten wir nicht ein Wort gewechselt. Eric war in der Vergangenheit zwar schon oft mit seinem eigenen Kram beschäftigt gewesen, aber er war nicht dumm und vor allem sensibel genug, um zu merken, wenn etwas nicht stimmte.

Obwohl es erst früh am Mittag war, stand er mit einem Whiskeyglas in der Hand vor der kleinen Kommode.

Ich blieb am Türdurchgang stehen und bemerkte, wie er den Kopf senkte und seinen Rücken anspannte. Auch wenn ich sein Gesicht nicht sah, wusste ich, was ihn beschäftigte.

»Wie lange?«

Ich räusperte mich. »Wie bitte?«

Hektisch drehte er sich um. Das karamellbraune Getränk schwappte in seinem Glas fast über. »Wie lange betrügst du mich schon, Lena?« Er knurrte meinen Namen und ich zuckte zusammen.

»Ich betrüge dich nicht«, erwiderte ich leise und wusste insgeheim, dass es eine Lüge war. Denn ich musste nicht mit Dominik geschlafen haben, damit es ein Betrug war.

Eric knallte das Glas auf die Kommode und kam zu mir rüber. Er war immer sanftmütig gewesen, aber nun schreckte ich vor seinen zornigen Augen zurück. Grob packte er mich an den Schultern und sah mich fest an.

»Denkst du, ich bin bescheuert und habe nicht gemerkt, wie du diesen Typen angesehen hast? Da lief doch was! War es auf der Arbeit? Oder habt ihr euch auch so getroffen und über mich gelacht?« Seine Hände gruben sich immer tiefer in meine Haut, und ich versuchte, mich ihm zu entziehen.

»Eric, du tust mir weh«, sagte ich fester. Sein Blick wurde weicher und er ließ mich plötzlich los.

»Es tut mir leid«, flüsterte er, ging hinüber zu unserer Couch und setzte sich.

»Willst du es mir heimzahlen?«, fragte er traurig. Ich ging zu ihm. Ich konnte ihn nicht einfach sich selbst überlassen. Nicht nachdem ich so viel falsch gemacht hatte und wir so viele Jahre zusammengewesen waren. Vorsichtig setzte ich mich auf die andere Seite des Sofas und spielte an meinem Ring.

»Ich will es dir nicht heimzahlen.«

»Was ist es dann? Willst du dich vor unserer Hochzeit noch einmal austoben? Das geht vielen so, das ist kein Problem, wirklich!«

»Eric, bitte …«

»Nein, Lena!« Er rückte näher an mich heran und ergriff meine Finger. Bittend sah er mich an. »Du kennst schließlich nur mich, ich bin der Letzte, der das nicht versteht! Du hattest dein Abenteuer und wir reden nicht mehr darüber, okay?« Seine Stimme zitterte und mein Herz begann zu brechen. Ich hatte ihm niemals von dem Urlaub mit Selina erzählt, denn es war mein kleines Geheimnis vor ihm. Aber sollte ich es ihm jetzt sagen?

»Es war doch alles gut, oder nicht? Bis du diesen Typen kennengelernt hast! Meine Mutter hätte dir niemals den Job verschaffen sollen!«

»Es lag nicht an dem Job …«

»An mir? Es tut mir leid, dass ich mit so vielen anderen Dingen beschäftigt war!«

»Eric, jetzt hör doch mal auf!«, sagte ich einen Ton lauter, entriss ihm meine Finger und stand auf. Plötzlich wusste ich ganz genau, wie er sich damals vor unserer Trennung gefühlt haben musste. Es war schrecklich. Man wollte den anderen nicht verletzen, konnte seine Bedürfnisse aber auch nicht hinten anstellen.

»Eric, ich kenne Dominik schon etwas länger.« Ich setzte mich wieder neben ihn und er rutschte ein Stück von mir weg. Seine Miene war schockiert.

»In dem Jahr unserer Trennung war ich mit Selina im Urlaub. Dort habe ich ihn kennengelernt. Aber nach den zwei Wochen war alles vorbei.«

»Du hast mir nie davon erzählt.« Ich hörte die Enttäuschung in seiner Stimme.

»Es war auch nicht relevant! Du hattest deinen Spaß und ich …«

»Ebenso«, vervollständigte er meinen Satz.

Ich nickte leicht. »Ich hätte niemals gedacht, dass er nochmal in meinem Leben auftauchen würde, aber es hat mich durcheinandergebracht.«

»Aber ihr hattet jetzt gar nichts miteinander?«, fragte er hoffnungsvoll, und ich senkte den Blick. Einige Sekunden herrschte Stille in unserem kleinen Wohnzimmer.

»Es ist mir egal! Ich kämpfe um dich! Leni, wir gehören zusammen! Das weißt du doch«, sagte er und tastete wieder nach meinen Fingern. »Ich habe gemerkt, dass du das Beste bist, was mir widerfahren kann, und du doch ebenso, oder?« Ich schluckte, doch bevor ich etwas darauf antworten konnte, redete er hastig weiter: »Denk doch an die schöne Zeit, die wir miteinander verbracht haben! Unser Campingsausflug, nur mit einem Zelt, in dem wir das ganze Wochenende geblieben sind. Es gab nur dich und mich.«

Tränen bahnten sich in meine Augen und ich ließ sie einfach meine Wange hinunterlaufen. Es war sowieso zwecklos, sie weiterhin zurückhalten zu wollen. Meine Hände lagen immer noch von Erics Fingern umschlungen in meinem Schoß. Dicke Tropfen fielen auf den Stein des Verlobungsringes.

»Oder an unseren Einzug hier, in unserer eigenen Wohnung. Wie wir uns damals fühlten, als hätte sich unser Zelt vergrößert. Lena, ich liebe dich.«

Jetzt wäre der richtige Zeitpunkt, Eric von der möglichen Schwangerschaft zu erzählen. Doch die Worte kamen einfach nicht über meine Lippen. Die stummen Tränen wurden zu lauten Schluchzern und Eric umschlang meinen Rücken und drückte mich an sich. Es ging nicht. Ich konnte nicht einfach alles aufgeben, was Eric und ich uns über Jahre aufgebaut hatten. Es war wirklich nur eine Phase gewesen. Sie würde vorbeigehen, genauso wie der Schmerz, den ich empfand, wenn ich daran dachte, Dominik nie wiedersehen zu können.

Aber eines erschien trotzdem klar vor meinem inneren Auge. Ich brauchte unbedingt einige Zeit Abstand, und das von beiden!

»Eric, ich kann das nicht einfach vergessen«, schluchzte ich. Er ließ mich abrupt los.

»Das heißt, du willst Schluss machen?« Seine Stimme bebte, und ich schüttelte den Kopf.

»Ich weiß gar nichts mehr. Bitte lass mir etwas Zeit.«

Wütend stand er auf.

»Wegen so einem Typen willst du alles wegwerfen?«, schrie er plötzlich. »Schau ihn dir doch genau an! Du lässt dich blenden, und wenn du alleine dasitzt, würdest du dir wünschen, du hättest dich richtig entschieden!«

»Eric, ich habe mich noch gar nicht entschieden. Ich …«

Bevor ich weitersprechen konnte, verließ er mit einem lauten Türknall die Wohnung.

***

Das Herz zersprang mir in tausend Teile, während ich einige Sachen packte und mich auf den Weg zu meinen Eltern machte. Wenigstens eine Nacht wollte ich allem entkommen. Mich wieder zu Hause fühlen, als wäre alles in Ordnung.

»Mama? Papa? Ich bin's, Lena!«, rief ich in den Flur, als ich die Eingangstür geöffnet hatte.

»Lena?« Meine Mutter kam mit großen Augen aus dem Wohnzimmer. »Alles in Ordnung?«

Ich nickte traurig und sah mich in dem Moment um. Im gesamten Flur standen Kisten. Sie hatten angefangen zu packen. Mein Zuhause hatte ein Ablaufdatum.

»Kann ich bei euch übernachten?«, fragte ich traurig. Die Augen meiner Mutter flackerten zu der kleinen Reisetasche in meiner Hand.

»Natürlich!« Sie kam zu mir und umarmte mich kurz. »Ist etwas mit Eric? Was hat er getan?«

»Nichts, Mama. Ich würde nur einfach gerne etwas schlafen, okay?«

»Ja, klar, Schätzchen. Papa ist im Keller und packt, wenn du ihm auch Hallo sagen möchtest.«

Ich schüttelte stumm den Kopf. Noch mehr Umzugskisten und Aufbruchsstimmung konnte ich gerade nicht ertragen.

Mit hängenden Schultern ging ich hoch in mein altes Zimmer, ließ mich auf mein Bett fallen und gab mich den Schluchzern, die meinen Körper packten, hin.

Eine halbe Stunde später klopfte es leise an der Tür und sie wurde langsam aufgedrückt.

»Schätzchen?« Ein Tablett schob sich durch den Spalt, gefolgt von meiner Mutter. »Ich dachte, vielleicht möchtest du etwas zu essen?«

Schnell wischte ich mir die Tränen von den Wangen und setzte mich auf. »Danke, Mama.«

Sie nahm auf dem Bettrand Platz, stellte das Tablett auf meinem Nachtisch ab und strich mir sanft über das Haar. Diesmal tat ihre fürsorgliche Art gut.

»Möchtest du darüber reden?«

Ich schüttelte den Kopf. Es war mir peinlich genug, dass ich mich einem anderen Mann außer meinem Freund halb hingegeben hatte, aber es jetzt noch öffentlich vor meiner Mutter zuzugeben war zu viel.

»Bist du glücklich?«, fragte sie.

»Ja, natürlich.«

»Ich meine, wirklich glücklich?«

»Abgesehen davon, dass ihr unser Haus verkauft?«, fragte ich und versuchte mich an einem Lächeln. An der Miene meiner Mutter erkannte ich, dass es grauenvoll ausgesehen haben musste.

»War nur ein Scherz«, sagte ich schnell. Sie rutschte neben mich auf mein Bett und zog mich an sich. Beruhigend strich sie mir über das Haar, so wie sie es früher schon gemacht hatte, wenn irgendetwas passiert war. Egal ob ich mir ein Knie aufgeschlagen hatte oder krank war.

»Ich weiß es nicht mehr«, erwiderte ich ehrlich.

Sie hielt kurz inne. »Wieso bist du nicht früher zu uns gekommen?«

»Ihr seid meine Eltern, es ist irgendwie schwierig, über so etwas zu sprechen, ohne dass ihr durchdreht.«

»Sind wir wirklich so schlimm?«, fragte sie nachdenklich. Ich schüttelte den Kopf, der immer noch an ihrer Schulter ruhte.

»Nein, seid ihr nicht. Ihr seid toll. Ich hab euch lieb!«

»Wir dich auch, Schätzchen.« Einige Minuten herrschte Stille.

»Ich habe jemand anderen kennengelernt und weiß nicht, was richtig ist«, offenbarte ich mich ihr.

»In der Liebe gibt es kein Richtig oder Falsch. Hör auf dein Herz, dann weißt du es.«

»Ich kann aber nicht mehr verstehen, was es sagt«, schniefte ich.

»Weißt du, damals als dein Vater und ich noch jung waren, waren wir ziemliche Hippies.« Ich hörte das Lächeln in ihrer Stimme.

»Was willst du mir damit sagen?«, fragte ich beunruhigt und sah sie an.

»Na ja, mit dem vollen Programm. Freie Liebe, Kommune und so weiter.«

»Uagh! Kannst du mir bitte so etwas jetzt nicht erzählen?«

Sie lachte. »Stell dich nicht so an. Auf jeden Fall war ich mit jemand ganz anderem zusammen, als ich deinen Vater kennengelernt habe.«

»Wirklich? Ihr habt mir nie davon erzählt! Und du wusstest sofort, dass du ihn willst?«

»Um Gottes willen, nein, dein Vater war ein Aufreißer!« Ihre Augen strahlten, als sie davon erzählte. »Lenchen, ich habe immer noch eine furchtbare Angst um dich und mir fällt es unglaublich schwer, dich so zu sehen. Aber selbst ich habe in meinen alten Tagen gelernt, dass man es manchmal einfach versuchen muss. Sonst steckt man irgendwann fest.«

Sanft drückte sie mir einen Kuss auf den Scheitel.

»Du bist nicht alt, Mama«, sagte ich, und ein Lächeln umspielte ihre Mundwinkel. Plötzlich ging die Tür auf und der Kopf meines Vaters tauchte auf.

»Alles in Ordnung bei euch?«

»Wenn man vom Teufel spricht«, murmelte ich, und meine Mutter kicherte beschämt. Sie hatte damals die richtige Entscheidung getroffen, wenn ich die Blicke sah, die die beiden sich immer noch zuwarfen. Aber nur, weil es richtig für meine Eltern gewesen war, hieß es noch lange nicht, dass es auch richtig für mich war. Also, was sagte mein verdammtes Herz mir nun?

Kapitel 26

»Hey, Süße!«, sagte Selina mitfühlend, als sie mein Büro betrat. Als sie mein Gesicht sah, stockte sie und schloss daraufhin schnell die Tür. Ich hatte ihr gestern noch eine Nachricht geschrieben, aber nicht näher darauf eingehen wollen, was passiert war, denn ich wusste nicht, ob es überhaupt über meine Lippen kommen würde. Aus diesem Grund hatte ich mich mit ihr zum Mittagessen verabredet. Doch als ich heute Morgen auf der Arbeit ankam, fühlte es sich nur noch falsch an.

»Erzähl mir alles!« Sie kam zu mir und setzte sich neben mich auf die Schreibtischkante. Ich zuckte mit den Schultern. Wo sollte ich anfangen?

»Die Hochzeit war eine Katastrophe …«

»Erzähl!«, sagte Selina und sah mich besorgt an.

»Eric hat es herausgefunden.«

Sie zog eine Augenbraue nach oben und verschränkte die Arme vor der Brust.

»Was herausgefunden?«

»Das mit Dominik etwas war …«

»Scheiße! Und jetzt?«

»Nichts und jetzt. Es ist ja nicht wirklich etwas passiert!«

Selina legte eine Hand auf meine Schulter und rüttelte leicht daran. »Lena, wach doch endlich mal auf! Wieso unterdrückst du es ständig? Eric ist zwar nett, aber ist es wirklich das, wonach du gesucht hast? Vor allem jetzt, wo du weißt, dass es noch mehr gibt!«

Ich schüttelte ihre Hand ab, stand auf und trat vor meinen Schreibtisch. »Ich kann ihn nicht einfach verlassen! Wie denkst du dir das? Wir wollen heiraten, haben eine gemeinsame Wohnung und meine Arbeit hier!«

»Willst du ihn wirklich heiraten, als wäre nichts gewesen? Dann bekommt ihr noch zwei Bälger, du musst zu Hause versauern, Eric macht weiterhin, worauf er Bock hat, und irgendwann wachst du auf und denkst, wieso hättest du es nicht einfach versucht? Du könntest mit Dominik die Welt entdecken, anstatt hier zu versumpfen!«

»Nur weil du Angst vorm Heiraten und dem ganzen Kram hast, kannst du das nicht auf mich abwälzen!«, keifte ich. Auch wenn sie meine beste Freundin war, wusste auch sie nicht immer, was die richtige Lösung war!

Sie seufzte und stellte sich vor mich. »Lena, es geht hier nicht um mich. Vielleicht solltest du dir einfach mal eine Pause gönnen, damit du merkst, was du willst.«

»Hab ich. Ich hab gestern bei meinen Eltern übernachtet und Eric um Abstand gebeten. Aber es hat nicht wirklich viel gebracht.«

In dem Moment, in dem ich meinen Kopf senkte, klopfte es leise an der Tür. Selinas Miene hellte sich auf und ich drehte mich langsam um. Mein Herz blieb stehen, als ich ihn sah, und alle meine Entscheidungen der letzten Stunden kamen mir falsch vor. Ich konnte mich nicht von ihm fernhalten. Und ich war froh, dass er es ebenso wenig konnte.

»Hallo, Selina! Schön, dich mal wiederzusehen!«

Dominik betrat mein Büro, Selina ging auf ihn zu und sie umarmten sich kurz zur Begrüßung.

»Das finde ich ebenfalls.« Sie drehte sich zu mir um. »Ruf nachher an, Leni, ich geh dann mal.«

Als sie die Tür hinter sich geschlossen hatte und ich mich alleine mit Dominik in einem Raum befand, wusste ich nicht, wie ich reagieren sollte. Ich hatte ein furchtbar schlechtes Gewissen, ihn im Hotel so stehen gelassen zu haben.

»Ich wollte dir das Geld vorbeibringen, für das Catering.«

»Normalerweise gibt es dafür eine Rechnung.«

»Ich weiß«, erwiderte er atemlos. Als er auf mich zustürmte, kam ich ihm auf halbem Wege entgegen und unsere Körper prallten förmlich aufeinander. Seine starken Arme schlangen sich um mich und ich umfasste seinen Nacken.

»Ich kann mich nicht von dir fernhalten, Lena. Es geht einfach nicht«, flüsterte er an meinen Lippen und presste seinen Mund auf meinen. Ich vergaß alles um mich herum. Mein Körper sehnte sich so sehr nach ihm, dass es fast weh tat.

»Ich wollte nicht einfach abhauen. Es tut mir so leid«, wisperte ich, als er sich kurz von meinen Lippen gelöst hatte und meinen Hals küsste. Er schob mich zu meinem Schreibtisch und ich setzte mich darauf. Ich spürte seine Berührungen kitzelnd durch meine Stoffhose, als seine Hände meine Oberschenkel nach oben wanderten. Er packte meinen Hintern und drückte mich an sich.

»Ich ertrage es nicht, dass du nicht mir gehörst«, sagte er leise. Sein Daumen streichelte zart über meine Wangen. Ich legte meine Hände auf seine Unterarme und versank in seinen grünen Augen. Zärtlich senkte er seinen Mund auf meinen und küsste mich leidenschaftlich. Ich spürte in diesem Kuss alles, was er mir geben konnte, und wollte nichts anderes mehr fühlen als das. In diesem Moment war ich mir so sicher, was ich wollte, wie niemals zuvor.

Die Tür krachte mit einem Schwung auf und wir fuhren auseinander.

»Es tut mir leid, ich …«, sagte Selina.

»Halt den Mund! Das geht dich überhaupt nichts an!«, unterbrach Eric sie, und Dominik schlang beschützergreifend einen Arm um mich. Ich hatte Eric noch nie so wütend gesehen wie in diesem Moment. Trotzdem hatte er nicht das Recht, Selina so anzufahren!

»Rede nicht so mit ihr!«, sagte ich laut. Eric schmiss den Blumenstrauß in seiner Hand raschelnd auf den Boden.

»Hast du sie noch alle? Machst hier mit deinem Macker rum und ich Vollidiot will dich auch noch überraschen!«

Sanft drückte ich Dominik von mir und glitt von meinem Schreibtisch. Es war mir unsagbar unangenehm, wie Eric mich gerade erwischt hatte. Dass er mich überhaupt bei etwas ertappen konnte.

»Eric, ich …«

»Sag besser nichts, denn alles, was aus deinem Mund kommt, ist anscheinend eine Lüge! Hatten wir nicht gestern gesagt, wir wollten es nochmal probieren?«

»Pass du besser auf, wen du hier beleidigst«, sagte Dominik und trat einen Schritt vor mich. Es war nett, aber ich hatte Erics Hass absolut verdient.

»Ach, der große Herr Macker will mich jetzt auch noch dumm anmachen? Warst du eigentlich die Nacht im Hotelzimmer bei ihm, oder hast du noch einen dritten Typen?«

»Hör auf damit, Eric!«, rief ich. Ich sah Dominiks Anspannung. Bald würde einer von ihnen explodieren. Das musste ich unbedingt vermeiden.

»Dachtest, ich hätte es nicht gemerkt, was? Aber weiß dein Lover hier auch, dass ich dich danach in der Dusche gevögelt habe? Anscheinend hat er es nicht wirklich drauf«, höhnte Eric. Dominik trat einen Schritt zur Seite und sah mich an, aber ich konnte seinen Blick nicht erwidern.

»Ist das wahr, Lena?« Dominiks anklagende Frage brachte mich schier um.

»Verpiss dich jetzt, ich würde das gerne allein mit meiner Verlobten klären!«

»Sie ist nicht mehr deine Verlobte!«, knurrte Dominik.

Beschämt drehte ich den Ring an meinem Finger, den ich immer noch nicht abgenommen hatte. Mein Atem kam nur noch stoßweise und meine Kehle schnürte sich zu. Musste dieser Auftritt hier sein?

»Sag mal, spinnt ihr?«, fragte Selina nun laut und half mir aus dem dicken Dunstschleier. Ich spürte ihre Finger um meinen Arm, die mich sanft wegzogen.

»Schlagt euch doch alleine die Köpfe ein, wir hauen jetzt ab.

Und wagt es ja nicht, Lena anzurufen, zu besuchen oder ihr zu schreiben! Lasst sie einfach in Ruhe!«

In diesem Moment war ich Selina unfassbar dankbar, dass sie da war und mich aus der Situation herausholte. Alleine wäre ich unsagbar überfordert gewesen. Ich wollte nur noch meine Ruhe, die Einsamkeit und eine, nein, besser zwei Flaschen Wein.

Kapitel 27

»Hast du jetzt mal einen Test gemacht?«, riss mich Selinas Stimme aus meinen Gedanken. Meine Stirn ruhte noch immer an der kühlen Scheibe ihrer Beifahrertür, während wir mit ihrem Auto auf dem Weg zu ihrer Wohnung waren.

»Nein.«

»Nein? Du weißt immer noch nicht, ob du … Oh Mann.« Sie schnaufte. »Wir fahren jetzt sofort zu deinem Arzt!«

»Der hat doch bestimmt keine Termine frei.«

»Ist mir egal!«, bestimmte Selina. »Zumindest ein Thema können wir heute klären! Außerdem wartet eine kalte Flasche Wein auf dich, die unbedingt Gewissheit braucht!« Selina übernahm die Anmeldung und saß händchenhaltend mit mir im Wartezimmer. Ein kleines, hübsches Mädchen spielte in der Ecke mit zwei Puppen und ihre Mutter sah ihr liebevoll dabei zu. Selina streichelte sanft meinen Kopf und ich schaute sie an.

»Alles okay?«

»Ja, klar«, antwortete ich und glaubte mir selbst nicht. Es war erbärmlich, wie stark mein Herz vor Aufregung klopfte.

»Frau Braun?«, ertönte die Stimme der Sprechstundenhilfe. Ich stand mit einem mulmigen Gefühl auf.

Eine halbe Stunde später saßen wir in Selinas Wagen und ich blickte erneut abwesend aus dem Fenster.

»Und jetzt?«, fragte sie mich leise. Ich zuckte mit den Schultern.

»Keine Ahnung.«

»Ich meine, was willst du mit der neusten Erkenntnis nun anfangen? Du musst etwas ändern, Lena, das ist doch wohl klar.«

»Ich weiß.« Ich lehnte meinen Kopf an die Nackenstütze und betrachtete die Autodecke, als gäbe es dort irgendeine Antwort zu finden.

»Also, wenn ich so haarscharf an einer Schwangerschaft vorbeigeschlittert wäre, ich würde über mein gesamtes Leben nachdenken.«

Der Arzt hatte gemeint, aus Stressgründen könnte das schon einmal passieren. Stress. Ja, den hatte ich in letzter Zeit zur Genüge. Schwanger war ich definitiv nicht. Aber was fing ich jetzt mit dieser Nachricht an? Natürlich wollte ich noch kein Kind, aber es war Zeit, endlich etwas für mich zu tun. Männer hin oder her.

»Ich weiß, wo wir hinfahren können. Los, ich sag dir den Weg«, sagte ich, und Selina startete den Wagen.

Zehn Minuten später parkte sie auf den Parkplätzen gegenüber des Gebäudes und wir stiegen aus.

»Das ist es?«, fragte sie mit hochgezogener Augenbraue und sah sich das Restaurant skeptisch von außen an.

»Es braucht einen neuen Anstrich, dann ist es gar nicht mehr so schlimm.«

Selina umschlang meine Schultern und zog mich an sich, während wir vor der breiten Fensterfront der *Taverna Georgios* standen.

»Das kriegen wir hin!«, sagte sie. Ich war ihr unwahrscheinlich dankbar.

Sie ging zur Tür und drückte die Klinke nach unten. Mit einem leisen Knarren schwang sie auf.

»Nicht, das ist Hausfriedensbruch!«, mahnte ich. Selina zuckte mit den Schultern.

»Hier wohnt doch keiner mehr. Das Ding steht leer, außerdem wolltest du es mir doch auch von innen zeigen, oder?«

»Na gut, aber nur kurz.«

Ich fühlte mich wie ein Einbrecher, als wir das Restaurant betraten. Meine Augen mussten sich kurz an die Dunkelheit gewöhnen, dann betrachtete ich den großen Innenraum. An den Wänden waren noch gezeichnete Bilder von Schiffen, Fischen und den Umrissen von Griechenland, die mir beim ersten Mal gar nicht aufgefallen waren.

Eine Bewegung aus dem Augenwinkel ließ mich zusammenfahren.

Ein Mann saß an der Theke im Dunkeln und hatte den Kopf auf die Hände gestützt. Nun sah er auf und blickte uns mit aufgerissenen Augen an.

»Was wollen Sie hier?« Seine Stimme war rau. Ich erkannte Daphnes Vater, der bei der ersten Besichtigung dabei gewesen war.

»Es tut mir leid, wir wollten nicht …«

»Einbrechen? Sie sind doch die Frau, die beim ersten Mal schon nicht verstanden hat!«, schrie er. Ich zuckte zusammen. »Verschwinden Sie!«

»Hören Sie, wir wollten nur kurz schauen, weil …« Selina stoppte, als ich sie an der Schulter berührte und Richtung Ausgang nickte. Aber eigentlich wollte ich noch nicht gehen, denn ich konnte verstehen, wie der Mann sich fühlen musste. Er tat mir leid. Und jetzt saß er hier alleine im Dunkeln. Nicht nur mein Leben war ein einziges Chaos. Wahrscheinlich ging es ihm noch deutlich schlechter.

Langsam ging ich hinüber und setzte mich neben ihn an die Theke.

»Ich bin Lena«, sagte ich leise, aber es kam keine Reaktion. »Auch wenn Sie das nicht wirklich interessiert, aber mein Leben ist heute einfach geplatzt.«

Obwohl ich dachte, er würde mich nun endgültig rausschmeißen, schaute er mich aufmerksam an. Er sah unfassbar müde aus. Ich spürte, wie Selina sich neben mich ebenfalls auf einen Hocker schob.

»Irgendwann habe ich einfach meinen Traum verloren, weil ich gar nicht mehr an mich selbst gedacht habe«, plapperte ich und wunderte mich darüber, dass ich einem Fremden so etwas erzählte. Vielleicht wollte ich auch nur, dass er sich nicht mehr so einsam fühlte.

Es herrschte eine kurze Stille zwischen uns, dann hörte ich seine kratzige Stimme. »Was war Ihr Traum?«

»Ein Restaurant aufmachen«, entgegnete ich und lächelte bitter.

»Ein griechisches Restaurant?«, fragte er aufmerksam. Ich schüttelte den Kopf.

»Nicht nur das. Alles irgendwie. Kennen Sie das, wenn man essen geht und sich nicht entscheiden kann, weil man alles gerne probieren würde?« Er nickte, und ich konnte kaum fassen, wie absurd diese Aussage zu meiner jetzigen Situation passte. »Ich würde viele Kleinigkeiten anbieten, und das von überall auf der Welt!«

Tief atmete ich ein und aus.

»Es tut mir wirklich leid mit Ihrer Frau«, sagte ich. »Ihre Tochter hat es mir erzählt. Es ist wirklich schrecklich.«

Er schluckte und ließ wieder resigniert den Kopf hängen.

»Jedenfalls wollten wir Sie nicht stören.« Ich erhob mich von meinem Hocker und sah Selina an, die es mir gleichtat.

»Wir wünschen Ihnen alles Gute«, sagte sie, und wir liefen zur Tür.

»Bleiben Sie«, krächzte er hinter meinem Rücken, und ich hielt inne. Langsam drehte ich mich um.

»Wie bitte?«

Seine Augen sahen mich klarer an als noch einige Sekunden zuvor. »Bleiben Sie noch ein wenig.«

Seit langem erfüllte mich endlich wieder etwas Freude, und ich lief zu ihm hinüber und nahm erneut neben ihm Platz.

»Wir bleiben gerne!«

Er klatschte unvermittelt in die Hände und umrundete die Theke. Fragend sah ich Selina an, aber die zuckte nur mit den Schultern.

»Wir sollten trinken!« Er stellte drei Schnapsgläser auf die Theke, nachdem er in jedes hineingepustet hatte, und fischte nach einer durchsichtigen Flasche. Mir schwante Übles.

»Bei uns auf Kreta trinken wir Raki! Selbstgebrannt von meinem Cousin Joannis! Hier«, sagte er stolz und hielt jedem von uns ein Gläschen hin. »Ich bin übrigens Georgios!« Er stieß mit uns an.

»Freut uns sehr!« Ich lächelte zuerst und kippte dann mit einem Mal die Flüssigkeit hinunter. Sie brannte mir förmlich die Speiseröhre weg und ich schloss die Augen, damit ich nicht alles wieder hinaushustete. Georgios sah die Flasche an und zuckte mit den Schultern.

»Liegt wohl schon etwas länger hier.«

Selina und ich lachten laut los und auch Georgios' Züge wurden etwas weicher. Aber nur kurz, denn er schenkte bereits wieder nach.

***

Zwei Stunden später lag ich zusammengerollt auf Selinas Couch und der gesamte Raum drehte sich.

»Willst du mich umbringen?«, brummte ich, als ich sah, wie Selina mit einer Flasche Wein ins Wohnzimmer tänzelte. Viel zu laute Popmusik dröhnte aus ihrer Anlage. Mich hatte der Raki eher müde gemacht, Selina dagegen war jetzt erst so richtig in Fahrt.

Nachdem wir das Restaurant zu dritt verlassen hatten, fuhr das Taxi erst Georgios nach Hause und danach uns zu Selina. Ich musste lächeln, als ich daran dachte, wie er sich von uns verabschiedet hatte. Er wirkte gelöster und sogar fast glücklich, was hoffentlich nicht nur an den Unmengen an Raki gelegen hatte. Wenigstens hatten wir eine gute Tat getan und ihn einige Stunden von seiner Trauer ablenken können.

»Nö, aber auf andere Gedanken bringen. Los, rutsch rüber«, säuselte sie und klopfte mir leicht auf die Beine. Ich setzte mich auf und sah ihr dabei zu, wie sie uns die Weingläser randvoll füllte und mir eines reichte.

»Danke.«

Mein Handy vibrierte zum zehnten Mal auf der Tischplatte und wir sahen beide genervt darauf.

»Hat Dominik sich gemeldet?«

»Nein. Es ist Eric. Mal wieder. Anscheinend will Dominik nichts mehr von mir wissen.« Unruhig kaute ich auf meiner Unterlippe herum und versuchte, meine aufkommende Trauer zu unterdrücken.

»Vielleicht ist genau das Gegenteil der Fall. Ich sehe, dass Dominik dir die Entscheidung überlässt. Der Einzige, der dich mal wieder bequatschen will, ist Eric. Oder hat er das die letzte Zeit etwa nicht getan?«

Ich setzte das Glas an meine Lippen und kippte die Hälfte hinunter. Jetzt war es sowieso egal. »Vielleicht hast du recht …«

»Vielleicht? Ich hab immer recht!«, witzelte sie und zwinkerte mir zu. Plötzlich sprang sie auf, entriss mir mein Weinglas und hüpfte vor mir einige Male auf und ab.

»Der Wein steigt dir ganz schön zu Kopf!«, stellte ich lächelnd fest.

»Mir ist gerade eine Erleuchtung gekommen. Wir gehen feiern! Tanzen ist die beste Medizin!«

Stöhnend warf ich mich wieder in die Sofakissen. »Oh nein, bitte nicht. Ich fühle mich furchtbar!«

»Genau deswegen! Los, Faultier! Aufstehen!«

Sie zog mich an meiner Hand nach oben. Seufzend ergab ich mich meinem Schicksal. Es war wirklich keine schlechte Idee, einfach mal abzuschalten. Bis jetzt hatten sich Selinas Einfälle zumindest zu neunzig Prozent als gut erwiesen.

Eine halbe Stunde später dröhnte laute Musik in meinem Schädel. Mein Gesicht fühlte sich vom Alkohol aufgedunsen an, meine Gedanken schweiften immer wieder ab und die Menschen um uns herum waren viel zu fröhlich für meine drückende Laune.

Wenn Selina nicht so freudestrahlend vor mir getanzt hätte, wäre ich geradewegs wieder umgedreht und hätte mir ein Taxi in ihre Wohnung genommen. Denn nach Hause konnte ich heute nicht. Wollte ich auch gar nicht!

»Alles in Ordnung?«, schrie sie gegen die Musik an.

Ich nickte. »Klar.«

»Du siehst aber nicht so aus. Tanz mit mir!«

»Bitte nicht, ich bin nicht in Stimmung …«

»An wen denkst du?«, fragte Selina. Ich zuckte mit den Schultern. Wenn ich das wüsste. Ich dachte an Erics schmerzerfülltes Gesicht, als er Dominik und mich erwischte. Und an Dominik, als er mitbekommen musste, dass ich mit Eric geschlafen hatte, obwohl er mir am Abend zuvor sein Herz ausgeschüttet hatte. Mein schlechtes Gewissen beiden gegenüber war furchtbar.

»Du vermisst ihn«, stellte sie fest und lächelte leicht.

»Ich wüsste ja noch nicht mal, wen«, antwortete ich ehrlich und glitt von dem Barhocker, auf dem ich saß. »Ich geh mal kurz an die frische Luft.«

»Ich komm mit!«

Es war nett gemeint, aber ich brauchte wenigstens einige wenige Minuten, in denen ich alleine durchatmen konnte.

»Brauchst du nicht.«

Sie zog die Augenbraue nach oben. »Aber nicht abhauen!«

»Keine Sorge! Wenn ich das gewollt hätte, hätte ich es schon längst getan.«

Sie lächelte mich warm an und ich kämpfte mich durch die dichte Menschenmenge der Diskothek nach draußen in den Raucherbereich. Auch hier war es voll, aber ich fand eine Ecke, in der ich mich gegen eine Wand lehnen und die Augen schließen konnte.

Wenn ich mir jetzt wünschen könnte, jemand wäre hier, wer wäre das? Ich zog mein Handy aus der Umhängetasche und fuhr mit den Fingern über das Display.

Knapp verharrte ich über dem Namen, der mir als Erstes eingefallen war. Sollte ich ihn anrufen? Aber hatte ich nicht um eine Verschnaufpause gebeten?

In dem Moment wurde ein Anruf angezeigt, und ich zögerte. Bevor ich es mir anders überlegte, drückte ich auf den grünen Hörer und hielt mir das Telefon ans Ohr.

»Leni! Großer Gott, endlich! Ich wollte nicht so reagieren, aber als ich dich mit diesem Kerl gesehen habe, sind mir die Sicherungen durchgebrannt!«, hörte ich Erics Stimme. Ich atmete immer flacher.

»Ich wollte dir nur sagen, dass es mir leid tut. Ich wollte das nicht. Es ist … irgendwie passiert«, stotterte ich leise und lauschte der Stille am anderen Ende.

»Liebst du mich noch?«, fragte Eric heiser.

»Ja, natürlich tu ich das.«

»Und ihn?« Ich wusste nicht, wie ich diese Frage beantworten sollte. Konnte man zwei Menschen auf einmal lieben? War meine Unsicherheit nicht ein Zeichen, dass ich eher bei Eric bleiben sollte? Weil ich ihn ganz sicher liebte?

»Ich weiß es nicht«, antwortete ich ehrlich.

»Ich weiß zu hundert Prozent, dass ich dich liebe! Wir wollten heiraten! Wir wohnen zusammen und waren uns doch sicher! Was ist in der Zwischenzeit passiert?«, fragte er traurig. Ich sah Richtung Himmel. Durch die Lichter der Stadt konnte man kaum die Sterne sehen, und trotzdem wusste ich, dass sie da waren. So war es doch auch mit der Liebe, oder?

»Bitte, lass es uns nochmal neu versuchen. Ich nehme mir mehr Zeit für dich. Wir hatten doch alles, was wir brauchen!«

Seufzend sah ich wieder zu Boden. Auf eine Art wünschte ich mir meinen alten Eric her. Ich würde ihn an mich drücken, seinen vertrauten Duft einatmen und einfach alles vergessen. Ich war doch tatsächlich glücklich mit ihm gewesen.

»Okay«, flüsterte ich.

»Wirklich? Oh Leni, ich liebe dich!«, rief Eric fröhlich. »Ich komme morgen nach Feierabend bei dir auf der Arbeit vorbei, dann gehen wir zusammen etwas essen, okay? Es wird wie früher!«

»Bis morgen«, sagte ich. Ich hatte mich entschieden.

»Bis morgen, Schatz!«

Ich drückte das Display aus und steckte mein Telefon wieder zurück. Nachdenklich ließ ich meinen Blick über die Menschen schweifen, die sich in den Raucherbereich drängten. Alle völlig unterschiedlich und wahrscheinlich alle aus ähnlichen Gründen an diesem Abend hier. Sie wollten sich von ihrem Alltag ablenken, genau wie ich.

Plötzlich wurden meine Handflächen feucht und mein Herz überschlug sich. Ich kniff meine Augen zusammen, um den Alkoholschleier zu vertreiben.

Der Rücken. Das Haar. Es kam mir unglaublich bekannt vor. Dominik? Hatte er sich nicht gemeldet, weil er hier einen draufmachte? Hatte er mich einfach vergessen? Denn die Blondine, die vor ihm stand, sah alles andere als unglücklich aus. Das konnte jetzt nicht sein Ernst sein!

Wut wallte in mir auf, mischte sich mit einer riesigen Portion Mut und ich stieß mich von der Wand hinter mir ab. Mit großen Schritten ging ich auf den breiten Rücken zu. Ich konnte mir noch nicht mal zurechtlegen, was ich sagen wollte, denn am liebsten hätte ich ihm einfach eine Ohrfeige verpasst. Aber warum eigentlich? Ich hatte doch meine Entscheidung gefällt.

»Hey!«, sagte ich laut und stupste ihn gegen die Schulter. Die Blondine runzelte die Stirn und sah mich überrascht an. Langsam drehte sich der Typ um, und ich sah in braune Augen. Die mir überhaupt nicht bekannt vorkamen. Ich hatte mich getäuscht. Weil ich insgeheim gehofft hatte, ihn tatsächlich hier zu sehen? War das die Bestätigung, dass ich mir doch nicht sicher war, für wen mein Herz schlug? Oh Mann, allmählich wurde ich verrückt!

»Was ist?«, fragte der Fremde.

Ich lächelte beschämt.

»Sorry. Habt ihr mal eine Zigarette?«

»Klar«, brummte er, zog ein Päckchen aus seiner Hemdtasche und reichte mir einen Stängel.

»Danke«, erwiderte ich kleinlaut und drehte mich, so schnell ich konnte, um und flüchtete wieder nach drinnen zu Selina. Verdammt, war das peinlich.

»Hier«, sagte ich und gab Selina die Zigarette.

»Danke. Aber woher …«

»Frag bitte nicht!«

Selina nickte und ich nahm ihr das Cocktailglas aus der Hand. Alkohol war keine Lösung. Meistens jedenfalls.

Plötzlich erstarrte ich erneut. Der verwuschelte Schopf kämpfte sich gerade durch die Menge und auf uns zu. Diesmal war es unverkennbar. Er war es. Dominik.

Schnell sah ich Selina an und sie grinste nur breit.

»Du?«

Entschuldigend zuckte sie mit den Schultern. »Ich habe ihn von deinem Handy aus angerufen, weil ich dachte, ich nehme dir die Entscheidung mal ab.«

»Wieso das denn? Du warst die Einzige, die mir immer geholfen hat und mir nicht einfach etwas aufgezwängt hat!«, rief ich gegen die Musik an. Selinas Miene wirkte auf einmal bedauernd.

»Es tut mir leid, ich dachte …«

»Wieso denkt denn jeder von euch, dass er für mich entscheiden muss! Ich habe meine Entscheidung längst getroffen!«

Schnaubend drehte ich mich um und schob mich Richtung Ausgang. Jetzt fiel mir selbst Selina in den Rücken! Meine beste Freundin! Wieso versuchte sie mich jetzt in eine Richtung zu lenken, die sie gewählt hätte? Nicht ich! Oder?

Ich war verwirrt, wurde langsam wahnsinnig und alles war mir zu viel.

Als ich die Tür aufstieß, spürte ich warme Finger um mein Handgelenk, die mich sanft aber bestimmt zurückhielten. Ich schloss die Augen und blieb stehen. Mein Herz raste allein durch diese leichte Berührung. Was war das für ein Zeichen? War es überhaupt eines?

»Lena«, hörte ich sein Flüstern an meinem Ohr und sofort zog sich eine Gänsehaut über meinen Körper. »Lass uns nur kurz reden«, bat er.

Ich konnte nur noch nicken. Er drückte sich an mir vorbei durch den Türrahmen, aber ließ mein Handgelenk nicht los. Draußen blieb er etwas weiter entfernt stehen und ich entzog ihm meinen Arm. Er trug ein schwarzes Shirt irgendeiner Band, welches sich über seiner Brust und seinen Oberarmen spannte, und sofort begann es, in mir zu pulsieren.

Nur, damit ich nicht auf die Idee kam, ihn anzufassen, verschränkte ich die Arme vor der Brust.

»Tut mir leid, dass Selina dich angerufen hat, das war ein Fehler!«

Er hob die Hand, doch als ich mein Gesicht abwandte, ließ er sie wieder sinken. »Ein Fehler? Denkst du das wirklich immer noch?«

Ich nickte stumm. »Ja, okay, da ist etwas zwischen uns. Aber das ist nur ein Strohfeuer! Du kannst doch nicht nach deiner Weltreise und deinen Urlauben und was weiß ich alles hier auftauchen und so tun, als könntest du sesshaft werden!«, sagte ich laut und lief vor ihm auf und ab. »Wieso jetzt? Wieso ich? Ich möchte das nicht, mit dem Reisen und dem Bungee-Jumping und dem ganzen Zeug! Du findest es ja noch nicht mal gut, wenn ich ein Restaurant aufmachen würde, weil du dann Angst hättest, hierbleiben zu müssen!«

Er hielt mich am Oberarm fest und ich blieb stehen. Seine grünen Augen sahen fast bittend zu mir herunter.

»Ich weiß, was ich gesagt habe.« Er seufzte und zog mich ein Stück näher an sich heran. Sein Duft umhüllte mich, und ich hielt die Luft an, weil ich nicht mehr klar denken konnte. »Es ist an der Zeit, erwachsen zu werden. Vielleicht bist du wirklich mein Zuhause …«

Ich entzog mich seinem Griff und ging einen Schritt zurück. Ich traute mir selbst nicht.

»Vielleicht! Was bedeutet denn ›vielleicht‹? Eric liebt mich.«

Er zuckte zusammen, weil ihn der Gedanke anscheinend schmerzte.

»Er wollte mich heiraten, er wollte von Anfang an dazu stehen und nicht aus einer Laune heraus!« Es tat mir selbst weh, wie Dominik den Blick senkte, aber ich musste das in Betracht ziehen. Er hatte gesagt, er wollte keine Beziehung! Er war es gewesen!

»Es ist keine Laune … Ich hab mich in dich verliebt, Lena«, wisperte er. Mein Herz schlug mir bis zum Hals.

»Heute hast du dich in mich verliebt, aber morgen willst du wieder die Welt entdecken, haust einfach ab und …«, flüsterte ich. Ich beendete den Satz nicht mit dem, wovor ich am meisten Angst hatte. Dass es mir ganz sicher das Herz brechen würde, wenn er mich erneut verlassen würde.

»So ist das nicht«, wisperte er und legte seine Hand an meine Wange. »Es fühlt sich dieses Mal anders an.«

»Woher weißt du das? Warst du vorher schon mal so richtig verliebt?«

Stumm schüttelte er den Kopf und ließ seine Hand wieder sinken.

»Es tut mir leid«, flüsterte ich und stürmte an ihm vorbei. Ich musste hier weg. Weg von ihm, von meinen widersprüchlichen Gefühlen! All das war zum Scheitern verurteilt. Nun stand ich vor den Trümmern meiner Beziehung zu Eric und meiner Arbeit. Ich hatte in meinem gesamten Leben Probleme damit gehabt, selbst kleinste Entscheidungen zu treffen, und nun musste ich die wahrscheinlich größte überhaupt treffen. Wie ging es weiter?

Kapitel 28

Jede Faser meines Körpers schmerzte. Das Essen schmeckte nicht mehr. Alles war in Grau getaucht.

Ich hatte Selina verziehen, dass sie Dominik angerufen hatte, denn sie hatte es aufrichtig bedauert. Sie hatte verstanden, dass ich diese Entscheidung ganz alleine treffen musste, und das hatte ich.

»Hallo Inga, ich bin wieder zurück!«, sagte ich zu meiner Kollegin, als ich von meinem letzten Termin über den Flur zu meinem Büro lief. Mein Kopf pochte immer noch von dem gestrigen Abend und den Mengen an Alkohol, aber ich musste arbeiten gehen, um mich wenigstens ein wenig ablenken zu können. Denn ich konnte Dominiks verletzten Blick einfach nicht vergessen.

»Hallo, Leni«, begrüßte mich Eric, nachdem ich die Tür geöffnet hatte. Er stand mitten in meinem Büro. Nervös fuhr er sich durch seine blonden Haare, und ich zögerte, zu ihm zu gehen. Es fühlte sich immer noch merkwürdig an.

»Bist du bereit?«, fragte er unsicher lächelnd und legte behutsam einen Blumenstrauß auf meinen Schreibtisch. Wie viele Blumen hatte er mir in den letzten Wochen geschenkt? Mehr als in unserer gesamten Beziehung.

Er sah schlecht aus. Dunkle Augenringe lagen wie Schatten in seinem Gesicht, er hatte in den letzten Nächten wohl genauso wenig geschlafen wie ich.

»Ja, ich hole eben nur mein Zeug, dann können wir los.« Ich setzte mich in Bewegung und trat hinter meinen Schreibtisch. Es war komisch, ihn zur Begrüßung nicht zu küssen, aber es fühlte sich auch nicht richtig an, es zu tun.

Ich schnappte mir meine Tasche und ging zurück zu ihm.

»Fertig.«

Er lächelte sanft und zog mich auf einmal an sich. Wie ferngesteuert legte ich meinen Kopf auf seine Brust und meine Arme um seine Taille.

»Ich hab dich vermisst«, sagte er.

Hatte ich das auch? Ich fühlte mich wohl bei ihm, keine Frage, aber klopfte mein Herz auch schneller, wenn er mich nur anfasste? Kribbelten meine Lippen in seiner Gegenwart, weil ich ihn unbedingt küssen musste?

Ich löste mich von ihm und wir verließen mein Büro. Auf dem Parkplatz angekommen hielt er mir die Beifahrertür auf, und bevor ich ihn umrundete, fiel mir in seiner Gesäßtasche ein Stück Papier auf. Stirnrunzelnd ging ich an ihm vorbei und nahm in seinem Auto Platz. Komisch, hatte er den Briefumschlag während der gesamten Fahrt zu mir vergessen?

»Eric?«, fragte ich, als er sich auf den Fahrersitz gesetzt hatte. Er sah mich aufmerksam an.

»Ja, Schatz?«

Ich deutete auf seine Tasche. »Du hast da einen Brief in deiner Tasche vergessen, auf dem du gerade sitzt.«

»Oh.« Seine Augen wanderten nervös durch den Innenraum. Ich setzte mich aufrecht hin und sah ihn an. Er hatte noch nie gut lügen können, und jetzt wurde er gerade nervös. Außerdem machte er keinerlei Anstalten, den Zettel aus seiner Tasche zu ziehen.

»Eric. Was ist das für ein Brief?«

Seufzend zerrte er das Papier hervor und zögerte. »Er lag auf deinem Schreibtisch.«

Wütend entriss ich es ihm. »Und du nimmst einfach Sachen, die auf meinem Schreibtisch liegen?« Mit verengten Augen sah ich auf den Umschlag. In geschnörkelter Schrift standen mein vollständiger Name und die Adresse meines Büros darauf. Mit einem Bauchgrummeln drehte ich das Schreiben um und zuckte erschrocken zusammen.

»Du wolltest mir den hier vorenthalten?«, schrie ich nun fast, und Eric wirkte noch trauriger. »Kannst du nicht einmal darauf vertrauen, dass ich die richtige Entscheidung von mir aus treffe?«

»Es tut mir leid …«

»Das sollte es auch! Eric, das geht so nicht! Ich muss freie Entscheidungen treffen dürfen! Das hier …« Ich wedelte mit dem Papier in der Luft herum. »… war der ausschlaggebende Punkt. Ich merke gerade, dass ich mich mit dir kein Stück entwickeln kann, weil du alles ausbremst, was nicht in deine Richtung geht. Und deine Eltern sind übrigens genauso!« Alles platzte aus mir heraus. Wahrscheinlich war das schon längst überfällig gewesen.

»Aber bisher fandest du es doch gut, dass ich alles übernommen habe!«

»Jetzt kann ich das nicht mehr. Ich muss leben, Eric! Nicht ein Leben leben, das ein anderer für mich ausgewählt hat. Ich kann das nicht mehr.«

»Dann war es das jetzt einfach so?« Seine Stimme wurde brüchig und klang viel zu hoch. Doch ich wusste, was ich wollte. Mehr denn je. Endlich sah ich alles klar vor meinen Augen! Wie hatte ich nur zweifeln können?

»Ja.«

Ohne ein Wort verließ ich sein Auto und machte die Tür zu. Er kam mir hinterher und hielt mich an meinem Arm fest. »Lena, bist du dir sicher? Denk nochmal darüber nach, du hast dich doch für mich entschieden!«, flehte er. Ich nickte.

»Es tut mir leid. Wirklich. Ich hab dich gern, Eric, aber es reicht nicht mehr aus. Ich bin unglücklich so, wie es ist. Ich kann nicht ich selbst sein, wenn ich bei dir bin, und du wirst dich nicht ändern. Wir sollten uns zumindest nicht gegenseitig ändern!«

»Was meinst du damit?«

»Ich hasse Yoga und ich hasse Tomaten!«

»Was? Ist doch egal, dann finden wir einen anderen Sport, und Tomaten musst du nicht mehr essen!«

»Nein! Darum geht es nicht! Ich möchte ein Restaurant aufmachen und nicht in der Firma deiner Mutter arbeiten!«

»Lena, das ist total verrückt! Du machst nur eine Phase durch …«

»Nein! Das ist keine Phase! Ich dachte das auch und habe es ausgesessen, aber sei doch ehrlich zu dir selbst. Passen wir wirklich so gut zusammen, oder ist es nur Gewohnheit?«

»Aber Gewohnheit ist doch etwas Gutes!«

»Nein, ist es nicht! Ich brauche mehr! Es tut mir leid«, sagte ich leise.

Sein Kiefer mahlte und ich fühlte mich von seinen starren Augen fast erdolcht. »Endgültig?«

»Endgültig!«

»Du wirst das bereuen! Wenn du zurückgekrochen kommst, werde ich dich nicht mehr aufnehmen.« Wütend stieg er in sein Auto und fuhr mit quietschenden Reifen an. Mit klopfendem Herzen hielt ich immer noch den Brief in meiner Hand. Meine Finger begannen zu zittern, als ich ihn aufriss. Was, wenn mir Dominik damit nun endgültig Lebewohl sagen wollte?

Liebe Lena,
seit unserem Urlaub denke ich immer wieder an unsere gemeinsame Zeit zurück. Es tut mir leid, dass ich unserer Beziehung damals nicht die Chance gegeben habe, zu etwas Großem zu werden. Aber ich hatte Angst. Angst, meine Freiheiten zu verlieren, mich zu binden, etwas zu verpassen. Alles, was ich in meiner Jugend nicht konnte, versuchte ich nachzuholen. Leider jedoch ohne zu merken, dass ich das, was ich am meisten brauchen würde, verliere. Die Chance auf mein Zuhause. Als ich dich wiedergesehen habe, wurde es mir erst so richtig bewusst. Ich wollte bei dir sein, wollte deine Nähe und dein Vertrauen. Natürlich hast du dich weiterentwickelt, wie könntest du das auch nicht? Ich hatte dir niemals Hoffnung auf mehr gegeben.
Trotzdem hoffe ich, dass es diesmal noch nicht zu spät ist. In

dem Umschlag ist ein One-Way-Ticket nach Gran Canaria. Bis zum Sonnenuntergang warte ich auf dich, auf unserem Sonnendeck.
Wenn du nicht kommst, kann ich das verstehen. Dieses Mal wird es mein letzter Versuch sein, Kontakt aufzunehmen, und ich akzeptiere deine Entscheidung.
In Liebe, Dominik

Hastig zerrte ich das Ticket aus dem Umschlag. Das Datum war von heute! Ich sah auf meine Armbanduhr. Der Flieger ging in knapp einer Stunde.

Kapitel 29

Ich zerrte mein Handy aus der Tasche und rief ein Taxi. Um mit meinem eigenen Auto zu fahren und am Flughafen erst einen Parkplatz zu suchen, hatte ich keine Zeit! Unruhig lief ich den Bürgersteig auf und ab, bis ich endlich nach zehn Minuten das gelbe Auto um die Ecke biegen sah. Ich riss die Tür auf und warf mich förmlich auf den Rücksitz.

»Hallo, zum Flughafen, so schnell es geht! Bitte!«

Der Fahrer nickte und fuhr an. Anscheinend war das kein ungewöhnlicher Wunsch. Ich wählte Selinas Nummer und sah immer wieder nervös auf meine Armbanduhr.

»Hey, Süße!«

»Selina! Ich fliege nach Gran Canaria!«

»Was?«, fragte sie laut, und ich konnte kaum fassen, was ich hier tat.

»Ich habe mich von Eric endgültig getrennt! Ich weiß nun, was ich will!«

»Oh mein Gott, endlich! Hat lange genug gedauert. Aber wieso Gran Canaria?«

»Dominik hat mir ein Ticket geschickt, einfach so! Er wartet dort auf mich! Wahrscheinlich wollte er mich daran erinnern, wie es dort war. Aber ich kann sowieso an nichts anderes mehr denken.«

»Ich freue mich so für dich! Für euch! Schnapp ihn dir, Leni!«

Ich lachte angespannt. »Ich versuch es gerade.«

»Melde dich, wenn du Zeit hast!«, sagte sie. Ih hörte das anzügliche Grinsen in ihrer Stimme.

»Klar. Bye!«

Nervös wackelte ich mit dem Bein und ließ meine Hand sinken. Hastig sah ich in meiner Tasche nach, ob das Ticket noch da war. Glücklicherweise hatte ich es gleich zwischen meinen Fingern, zog es heraus und klammerte mich wie eine Ertrinkende daran fest.

»Wir sind da, das macht fünfzehn Euro, bitte«, riss mich der Taxifahrer aus meinen Gedanken.

»Ja, natürlich.« Murmelnd kramte ich das Geld heraus, gab es ihm und öffnete hastig die Tür. Die Absätze meiner Pumps ignorierend, rannte ich über den Bürgersteig ins Gebäude. Kurz musste ich mich in der übervollen Halle orientieren, bis ich den Check-in Schalter der Fluggesellschaft sah und darauf zurannte. Glücklicherweise war dort keine Schlange. Ich stürmte auf die Frau hinter der Theke zu.

»Hallo, einmal einchecken, nur Handgepäck!«, brachte ich schweratmend hervor und gab ihr das Ticket.

»Es tut mir leid, der Check-in für die Maschine ist bereits geschlossen«, erwiderte sie und lächelte einstudiert.

»Bitte was? Aber ich muss unbedingt diesen Flug erwischen! Es ist dringend!« Panik breite sich in mir aus. Ich wollte mir nicht ausmalen, was geschah, wenn ich Dominik verpasste!

»Ich sagte doch, es gibt keine Möglichkeit mehr, einzuchecken.«

Ich knallte meine Handtasche auf den Schalter und sie zuckte kurz zusammen. Ihre Augen suchten hinter mir etwas, wahrscheinlich den Sicherheitsdienst. Es war mir egal.

»Hören. Sie. Zu«, zischte ich langsam und deutlich. »Ich muss diesen Flug nehmen! Es geht hier um meine Zukunft! Verstehen Sie?« Anscheinend hatte ich einen ziemlich irren Blick drauf, denn sie seufzte und tippte etwas in ihren Computer ein. Langsam atmete ich ein und aus, und versuchte, mich etwas zu beruhigen.

»Sie haben nur Handgepäck?«

»Ja!«

»Okay.« Das Klackern ihrer künstlichen Fingernägel auf der

Tastatur brachte mich fast an den Rand des Wahnsinns. Ich tippte nervös mit dem Fuß auf.

»Es tut mir leid«, sagte sie und sah mich mitleidig an. »Die Türen sind bereits zu … Ich kann sie nicht einchecken, selbst wenn ich es wollte.«

Meine Schultern sackten zusammen und ein dicker Kloß bildete sich in meinem Hals.

»Gegenüber gibt es Last-Minute-Flüge, vielleicht ist dort noch einer frei«, sagte sie versöhnlich. Ich nickte traurig.

»Okay, danke trotzdem«, erwiderte ich leise und wendete mich vom Schalter ab. Ich ging einige Schritte und kramte dann in meiner Tasche. Vielleicht konnte ich Dominik einfach anrufen. Ich könnte ihm doch alles erklären! Aber … wo war mein verdammtes Handy? Das gab es doch nicht! Hatte sich das bescheuerte Schicksal nun komplett gegen mich verschworen?

Ich ging in die Hocke und kramte in meiner Tasche auf dem Boden herum. Fast panisch leerte ich den gesamten Inhalt auf die grauen Steinfliesen des Frankfurter Flughafens aus. Die Frau hinter dem Schalter dachte jetzt bestimmt, ich wäre wirklich übergeschnappt. Aber so fühlte ich mich auch!

Lippenstift. Portemonnaie. Bonbons. Kaugummi. Tampons. Visitenkarte. Stift. Schlüssel. Kein Handy.

»Verdammt!«, fluchte ich laut, und ein Pärchen, das eben an mir vorbeiging, sah mich merkwürdig an. Sie sahen ekelhaft glücklich aus, wahrscheinlich ging es direkt in die Flitterwochen!

Ich schob alles zurück in meine Tasche und machte mich auf zum Last-Minute-Schalter. Dort angekommen stand ich hinter einem dicken Typen, der aussah, als käme er direkt von einem Treffen für Computernerds. Sein Hemd war etwas hochgerutscht, während er sich mit seinen dicken Armen auf der Theke abstützte, und ein Stück weiße Haut seines Rückens lag frei. Nicht sehr appetitlich.

»Wie wäre es mit Mallorca?«

»Hm … ich weiß nicht, eigentlich habe ich eine Sonnenallergie.«

»Okay, schauen wir weiter. Thailand?«

»Puh ... Da regnet es doch jetzt recht häufig, oder?«

»Ja, jetzt könnte dort Regenzeit sein«, antwortete der Mann hinter dem Schalter geduldig. Ich seufzte laut.

»Dänemark?«

»Gibt's da nicht so viele Mücken?«

Ich schloss einmal kurz die Augen und biss die Kiefer aufeinander.

»Entschuldigung, ich hätte es etwas eilig! Es geht auch ganz schnell bei mir«, sagte ich freundlich, und der dicke Typ drehte sich um. Der Flughafenangestellte lächelte mir entschuldigend zu und fuhr sich beschämt durch die blonden Haare.

»Wie bitte?«, fragte der Nerd.

»Ich möchte nur einen Flug nach Gran Canaria, dann bin ich sofort wieder weg. Ich habe leider gerade meinen Flieger verpasst und ...«

»Nein.«

»Nein?«, fragte ich ungläubig.

»Ich war zuerst dran.«

Unfassbar! Ich trat einen Schritt auf ihn zu und pikste mit dem Finger in sein weiches Brustfleisch. »Hör mir jetzt mal genau zu! Es geht hier um meine Zukunft, um die Liebe meines Lebens! Wenn du dich endlich mal vor deinem Computer wegtraust, aber nicht den Mut hast, es auch wirklich durchzuziehen, dann geh am besten schnell zurück nach Hause! Ich möchte nur kurz einen Flug buchen, dann bin ich wieder weg! Alles andere ist mir egal!«

Eine Röte zog sich über seine Wangen und im Hintergrund hörte ich schnelles Tippen auf der Tastatur. Meine Augen funkelten ihn immer noch böse an, und er traute sich kaum, zu atmen.

»Hier bitte, der Flieger geht in einer Stunde«, sagte der Mann hinter dem Schalter und hielt mir freundlich lächelnd ein ausgedrucktes Ticket entgegen. Ich hätte ihn knutschen können!

»Danke, danke, danke!«, rief ich euphorisch, griff nach dem

Zettel und nickte dem Nerd zu, bevor ich meine Kreditkarte zückte und nach dem Bezahlen zurück zum Check-in-Schalter rannte. Vielleicht würde ich es doch noch schaffen!

Kapitel 30

Als der Flieger endlich in Gran Canaria angekommen war, dämmerte es bereits. Ich hatte noch fast zwei Stunden Busfahrt bis zum Hotel vor mir und wurde immer nervöser. Würde ich es schaffen? Würde Dominik auf mich warten, oder meinte er das mit dem Sonnenuntergang wirklich so strikt?

Ich sah aus dem Busfenster und beobachtete die Landschaft, die an mir vorbeiflog. Allein der Geruch, der hier herrschte, sowie die letzten Strahlen der wärmenden Sonne des vergangenen Tages weckten Erinnerungen in mir. Dominik am Strand, das glitzernde Wasser im Hintergrund. Das Abendessen in dem kleinen Fischerrestaurant. Unsere Zweisamkeit auf dem Sonnendeck.

Schon wieder stiegen Tränen in meinen Augen auf und ich wischte sie genervt mit dem Handrücken weg. Es war noch nichts verloren, auch wenn er jetzt in diesem Moment wahrscheinlich auf dem Dach des Hotels stand und auf mich wartete. Erschöpft lehnte ich den Kopf an die Stütze und spürte das Tuckern des Busses über die unbefestigten Straßen der Insel.

Endlich hielten wir und ich sah nach draußen. Die Sonne war nun untergegangen und vereinzelte Grillen zirpten noch, als ich den Bus eilig verließ. Ich durchquerte die Hotellobby und drückte meine Handtasche haltsuchend an mich.

»Entschuldigung! Señora! Warten Sie«, hörte ich eine Stimme hinter mir. Ich drehte leicht meinen Kopf, aber verringerte mein Tempo nicht. Eine weitere Unterbrechung konnte ich jetzt nicht gebrauchen!

»Hallo? Señora, hören Sie mich? Sie sind kein Gast unseres Hotels, oder? Wo wollen Sie hin?« Ich hörte laute Schritte hinter mir, steuerte aber weiter die Aufzugstüren an. Davor angekommen drückte ich wild auf den Knopf. Bitte, bitte!

Endlich öffneten sich die Türen und ich stieg ein. Genau in dem Moment, in dem ich mich umdrehte und die Lifttüren zuglitten, stürzte der Hotelangestellte vor den Aufzug. Aber ich hatte Glück. Ich befand mich allein in der Stille des engen Raumes. Hektisch drückte ich auf das oberste Stockwerk und beobachtete, wie die kleine Anzeige nach oben schnellte.

Als die Türen endlich aufgingen, hastete ich hinaus, über den Flur und auf die kleine Treppe zu, die auf das Dach des Hotels führte. Mit angehaltenem Atem drückte ich die schwere Tür auf und weitere Erinnerungen überfluteten mich. Es war noch genauso wie damals, genauso wie in meinem Gedächtnis.

Der schummrig beleuchtete Pool, die weißen Liegen mit dem hellen Baldachin darüber, das Geländer, von wo aus man den Strand sehen konnte. Meine Augen tanzten über das Deck, suchten jeden Winkel ab. Der dunkle Himmel lag wie eine erdrückende Decke über mir. Nichts.

Ich sah auf meine Armbanduhr. Die Zeit des Sonnenuntergangs war um zwei Stunden überschritten. Zwei. Das Wort brannte sich in meinen Kopf und alles in mir verkrampfte sich. Ich trat an das Geländer und suchte den Strand unter mir ab. Er musste noch irgendwo hier sein. Oder er war einfach nur runtergegangen? Ich versuchte, in der Dunkelheit etwas zu erkennen, aber sah nur die sanften Wellen, die leicht an den Strand spülten. Die Liegen waren aufeinandergestapelt, die Sonnenschirme zusammengestellt. Doch auch zwischen den einzelnen Menschen, die dort entlangspazierten, befand sich kein Dominik.

An der Rezeption konnte man mir bestimmt Auskunft darüber geben, welches Zimmer seins wäre. Ich würde bei ihm vorbeigehen, ihm alles erklären und alles würde gut werden!

Als ich schon fast die Tür nach unten erreicht hatte, hielt ich inne. Was, wenn er doch nochmal hier hochkommen würde? Sollte ich dann nicht da sein?

Oder was, wenn ihm sogar etwas zugestoßen war? Oder er auch den Flieger verpasst hatte? Verzweiflung machte sich in mir breit. Es gab so viele Optionen, die zutreffen konnten, dass ich mir nicht sicher war, ihn hier überhaupt irgendwo zu finden.

Im gleichen Moment, in dem ich beschlossen hatte, doch zur Rezeption zu gehen, wurde die Tür aufgerissen. Ich hielt den Atem an und trat schnell einen Schritt zurück, damit mich der Schwung nicht erfasste.

Mit großen Augen sah ich den Mann an, der mir gegenüberstand. Doch bevor ich auch nur ansatzweise etwas sagen konnte, runzelte sich seine Stirn und wütende braune Augen funkelten mich an.

»Señora! Ich glaube, Sie haben kein Zimmer in diesem Hotel, oder?«, sagte der Typ von eben zu mir. Ich schüttelte langsam den Kopf.

»Ich war hier verabredet, aber ich habe ihn verpasst. Könnten Sie womöglich …«

Er hob die Hand und unterbrach mich. Fest griff er nach meinem Ellenbogen und zog mich die Treppe nach unten.

»Lassen Sie das!«, fauchte ich ihn an, aber sein eiserner Griff wurde nur noch fester.

»Erklären Sie das der Security«, antwortete er. Ich schnaubte.

»Ist es denn verboten, sich in einem Hotel zu verabreden? Das kann doch nicht wahr sein!«, schimpfte ich weiter, aber er ließ sich nicht beirren. Er schob mich in den Aufzug und stellte sich mit verschränkten Armen vor mich, so dass ich nicht abhauen konnte, wenn die Türen erneut aufgingen.

»Ich muss ihn finden! Bitte! Helfen Sie mir doch!«, flehte ich, und seine Miene wurde etwas weicher. »Es geht um etwas wirklich Wichtiges! Er ist Gast hier und hat mich hierher bestellt. Sie müssen mir glauben, was sollte ich sonst auf ihrem Dach zu suchen haben?«

Er seufzte, schüttelte daraufhin aber den Kopf. »Das hätten Sie mir sagen können, bevor Sie wie eine Besessene durch die Hotelhalle gestürmt sind!«

»Er heißt Dominik Winter! Ich muss ihn finden!«

»Sie wiederholen sich.«

»Sie haben kein Herz!«, rief ich, und er zuckte zusammen. Kurz kaute er auf seiner Unterlippe, und die Hoffnung wuchs ein Stück in mir an.

»Ich liebe ihn …«, flüsterte ich und eine einzelne Träne lief mir die Wange hinunter. Der Aufzug öffnete sich und der Hotelangestellte sah mich fast gequält an.

»Ich habe eine Frau und drei Kinder, wenn ich Ihnen etwas über Gäste in unserem Haus sage, verliere ich meinen Job«, sagte er leise. Ich ließ die Schultern sinken. »Es tut mir leid, aber Sie müssen unser Hotel jetzt verlassen.«

***

Stundenlang war ich vor dem Hotel auf und ab gelaufen. Zum Strand und wieder zurück. Sogar bis hoch zur Straße und in die Richtung des kleinen Fischrestaurants. Doch obwohl ich irgendwann völlig erschöpft auf einem kleinen Felsen zusammengesunken war, hatte ich Dominik nicht gefunden.

Alle Optionen, die mir blieben, war ich in meinem Kopf durchgegangen, aber keine brachte mich an mein gewünschtes Ziel.

Die einzig verbleibende Hoffnung war, zu Hause wieder auf ihn zu treffen. Aber wie? Vorher waren wir uns jahrelang nicht über den Weg gelaufen! Wie sollte ich ihm erklären, dass ich hier gewesen war? Er würde mir nicht glauben … Mein Handy mit seiner Nummer hatte ich verloren.

Völlig verzweifelt wartete ich auf den Bus, der mich zurück zum Flughafen bringen sollte. Ich hatte hier nichts. Das Hotel würde mir nach meiner Aktion ganz sicher kein Zimmer geben, und an Klamotten hatte ich nur das, was ich an meinem Körper trug. Ich konnte nicht ewig hier sitzen und warten. Was wäre, wenn Dominik es sich anders überlegt hatte und gar nicht hergeflogen war?

Zurück am Flughafen schlurfte ich an den Last-Minute-Schalter und buchte ein Ticket zurück. Ich war völlig fertig. Doch meine Müdigkeit, der Hunger oder mein Durst waren nichts im Vergleich zu dem Schmerz des Verlustes, der in meiner Brust wütete.

Sollte es das wirklich gewesen sein?

Im Wartebereich meines Fluges angekommen, rieb ich mir müde die Augen und schloss sie für einen kurzen Moment. Als der Flug aufgerufen wurde, stand ich seufzend auf und stieg in das Flugzeug. Die Stewardess hielt mir freundlich lächelnd eine Decke entgegen. Anscheinend fühlte ich mich nicht nur müde, sondern sah auch noch so aus.

Ich suchte meinen Platz mit Hilfe des Tickets und warf mich vor das Fenster. Draußen führten Angestellte den letzten Check durch. Ich senkte meine Stirn gegen das kühle Fensterglas. Vielleicht linderte das etwas das Pochen hinter meinen Schläfen.

Ich driftete in eine andere Welt ab und hieß die Dunkelheit, die meinen Schlaf begleitete, herzlich willkommen. Ich wollte nichts lieber, als einfach nichts mehr zu fühlen. Der Pilot begrüßte kratzend durch den Lautsprecher alle Passagiere, und ich hörte, wie die Turbinen laut ihren Dienst aufnahmen. Ich wartete darauf, dass das Flugzeug sich Richtung Startbahn bewegte und ich endlich von dieser verdammten Insel und meinen Erinnerungen wegkam. Hart schluckte ich die Tränen herunter, die heiß hinter meinen Lidern brannten.

»Das war aber in letzter Minute«, hörte ich tadelnd eine Stewardess sagen.

»Entschuldigung!« Ich spürte links von mir einen Lufthauch, als jemand im Gang an meiner Sitzreihe vorbeirannte. Zum Glück war ich wenigstens alleine hier und musste nicht mit jemand Fremdem Small Talk führen.

Die Türen wurden mit einem lauten Krachen geschlossen und endlich starteten wir. Noch bevor der Flieger vollständig in der Luft war, driftete ich endlich ab.

Kapitel 31

Drei Monate später

»Lena, einmal die Churros für Tisch drei und einmal die gemischte Fischplatte für Tisch acht. Danke!« Meine Kellnerin Samira hängte den kleinen Zettel an das Board in der Küche und verließ den Raum durch die Schwingtür in den Gastraum. Pfeifend machte ich mich an die Zubereitung der Speisen und sah Georgios dabei zu, wie er die Zwiebeln ordentlich kleinschnippelte. Es hatte eine Weile gedauert, bis Georgios sich auf meine Anweisungen eingelassen hatte, aber mittlerweile klappte unsere Zusammenarbeit mehr als gut, denn eines verband uns zu jeder Zeit: Die Liebe zum Kochen.

Hier hatte ich alles im Griff. Das war mein Metier, hier wusste ich genau, was zu tun war, und fühlte mich bei jedem einzelnen Handgriff glücklich erfüllt. *Del Mundo.*

Der Name war Georgios, Selina und mir bei unserem dritten Raki-Abend eingefallen, an dem wir das Geschäft mit dem Restaurant besiegelt hatten. Georgios wollte das Restaurant nicht selbst eröffnen, aber brauchte unbedingt eine Aufgabe. Nachdem er es mir tatsächlich angeboten hatte, hatte ich ihm einen Job als zweiten Koch freigehalten. Und es lief wirklich fantastisch. Er war ein begnadeter Koch!

Zumindest beruflich hatte ich mich wirklich getraut, denn nichts hatte mir mehr gezeigt, wie kostbar Zeit war, als Dominiks Verlust.

Ich hatte versucht, ihn ausfindig zu machen, nachdem ich aus Gran Canaria zurückgekommen war, aber er befand sich anscheinend schon nicht mehr in der Stadt. Hin und wieder sah ich ihn in diversen Sportsendungen im Fernsehen, konnte mir die nervenaufreibenden Rennen jedoch zu keiner Zeit selbst ansehen. Außerdem war es egal, wohin ich schrieb oder anrief, es kam keine Antwort von ihm zurück. Entweder meine Briefe liefen ins Nirwana oder meine Telefonate wurden abgewimmelt. Wohl oder übel musste ich nach tränenreichen Wochen akzeptieren, dass ich ihn dadurch, dass ich mich nicht entscheiden konnte, verloren hatte.

Immer wenn mich etwas an ihn erinnerte, brodelte das grausame Gefühl des Verlustes unaufhaltsam in meinem Körper. Es schmerzte immer noch sehr, wenn ich daran dachte, aber ich hatte es ein Stück weit verstanden. Jeder wollte doch jemanden an seiner Seite, der genau wusste, was er wollte, und der zu hundert Prozent zu einem stand. Dominik hatte das, was er in seinem Brief angekündigt hatte, durchgezogen.

»Lena, Tisch acht sagt, die Fischplatte wäre zu salzig!«

»Zu salzig?«, fragte ich. Samira nickte mir zu.

»Er hätte gerne etwas Wein aufs Haus, weil er jetzt Durst hätte.«

»Wie bitte?« Ungläubig senkte ich das Messer in meiner Hand. »Mein Essen ist nicht zu salzig. Aber dann gib ihm eben, was er möchte. Der Kunde ist König, nicht?«, sagte ich und zwinkerte Georgios zu, der nur brummte. Bei dem letzten, der sich über sein Essen beschwert hatte, hätte er mir fast die restlichen Gäste vergrault, weil er tatsächlich an dessen Tisch gegangen war. Sein Auftritt mit einem Messer in der einen und einem rohen Fisch in der anderen Hand war filmreif gewesen. Wobei der Gast es nicht ganz so witzig gefunden hatte …

»Achso, außerdem würde er dich gerne persönlich sprechen, damit er dir sagen kann, wie man richtig kocht!«

»Wie bitte?« Ich runzelte die Stirn und Samira zuckte nur die Schultern.

»Er ist heiß, also ich würde es tun, wenn ich du wäre«, sagte sie grinsend und verließ die Küche. Manchmal gab es schon komische Gäste …

Ich lud einen Teller voll mit spanischen Churros zur Versöhnung und ging hinaus in den Gastraum. Jedes Mal, wenn ich mir mein Restaurant ansah, musste ich lächeln. Wir hatten es wirklich toll herrichten können, und die Menschen schienen sich hier wohlzufühlen. Ich ging an der breiten Theke vorbei, hinter der mein Barkeeper Matthias stand, und durchquerte den Raum zu Tisch acht.

Als ich den breiten Rücken des Mannes sah, stockte ich in der Bewegung und mein Herz begann zu rasen. Langsam stand er auf, drehte sich um und breitete die Arme aus.

»Lena!«

»Milan! Was machst du denn hier?« Überrascht stellte ich den Teller ab und erwiderte seine Umarmung. Wir setzten uns an den Tisch und er grinste mich breit an.

»Du siehst gut aus!«

»Danke, du ebenfalls!«, erwiderte ich, und er lächelte.

»Schönes Restaurant«, sagte er und ließ anerkennend den Blick durch den Raum wandern.

»Danke! Wahnsinn, wie lange haben wir uns jetzt nicht gesehen? Und dann tauchst du einfach hier auf! Wie komme ich zu der Ehre?«

Seine Miene wurde ein wenig ernster, und ich faltete die Hände auf dem Tisch. »Es ist kein Zufall, oder?«, fragte ich. Er schüttelte den Kopf.

»Nein.«

Mein Herz begann erneut heftig gegen meinen Brustkorb zu wummern. Es konnte nur einen Grund geben.

»Schickt er dich?«, fragte ich hoffnungsvoll. Milan senkte den Blick. »Also nicht …«

»Lena, hör mir zu. Ich habe dich gesucht und im Internet gelesen, dass du ein Restaurant aufgemacht hast. Ihm geht es nicht gut. Er hat mir alles erzählt, und ich muss zugeben, ich war ebenfalls ziemlich sauer auf dich. Aber er kann es nicht abstreiten, dass er immer noch an dich denkt. Auch wenn du jetzt wahrscheinlich verheiratet bist, ich musste es als Freund wenigstens versuchen.«

»Ich habe versucht, ihm zu schreiben, aber anscheinend sind die Briefe nie bei ihm angekommen! Ich dachte, er will mich nicht mehr, wie er es in seinem letzten Brief angekündigt hatte!«

Milans Blick wanderte auf meine Finger, an denen kein Ring mehr zu sehen war. »Du bist nicht verheiratet?«

»Nein! Ich habe mich für ihn entschieden! Ich war in Gran Canaria, aber ich habe ihn verpasst …«

»Du hast ihn verpasst?«, fragte Milan. Ein breites Grinsen trat auf sein Gesicht.

»Ich finde das überhaupt nicht lustig!«

»Doch, also nein, aber es heißt doch, dass du dich für ihn entschieden hast! Oder? Du willst ihn immer noch?«

»Natürlich! Mehr als alles andere!«

Milan zog zwei Tickets aus seiner Gesäßtasche und legte sie in die Mitte des Tisches. »Oh Baby, ich hab gehofft, dass du das sagen würdest! In zwei Wochen ist hier in der Nähe ein großes Rennen. Wenn er dir wirklich immer noch etwas bedeutet, komm hin. Es sind VIP-Tickets, und ich kann dich in das Fahrerlager bringen, wenn du möchtest.«

Ich sah auf die Tickets. Das war meine Chance, Dominik alles erklären zu können!

»Selbstverständlich will ich das!«

Milan stand auf und zog mich an sich. »Ich wusste schon damals, dass ein Urlaub nicht ausreicht. Aber dass ihr so lange warten musstet, unfassbar!«

Er löste sich von mir und gab mir ein Küsschen auf die Wange. Aus seiner Gesäßtasche kramte er eine Visitenkarte mit seiner Nummer und drückte sie mir gemeinsam mit einigen Geldscheinen für sein Essen in die Hand.

»Bring Selina mit«, zwinkerte er mir zu und lief Richtung Ausgang. »Bis in zwei Wochen, ruf an, wenn ihr da seid!«, rief er noch und verschwand.

»Bye«, sagte ich völlig perplex.

Als die Tür ins Schloss fiel, befand ich mich in einer Starre. Zwei Wochen. Wie sollte ich zwei ganze Wochen aushalten in dem Wissen, Dominik wiedersehen zu können? Und in der Angst, dass er mich immer noch abweisen konnte!

***

Es herrschte eine unfassbare Hektik um uns herum. Tausende von Menschen strömten auf den Eingang der Rennbahn zu und ich war innerlich ein Wrack. Na gut, auch äußerlich war ich eines, denn ich konnte meine Nervosität nicht sonderlich gut verstecken.

»Danke, dass du mitgekommen bist«, sagte ich zu Selina und drückte kurz ihre Hand, während wir mit den Tickets an den Kontrolleuren vorbeigingen.

»Ist doch selbstverständlich! Außerdem wollte ich schon immer mal in ein Fahrerlager und die heißen Rennfahrer kennenlernen«, erwiderte Selina. »Er wird dich anhören, okay? Er muss einfach!«, setzte sie ernster nach.

Ich nickte und kramte mein Handy aus meiner Umhängetasche, um Milan sagen zu können, dass wir da waren. Es klingelte einige Male, während weitere Menschen durch den Eingang hereinkamen und ich nervös durch die Gegend schaute.

»Lena?«

»Ja, hi! Wir sind da, wo sollen wir hinkommen?«

»Wo steht ihr?«

»Am Haupteingang!«

»Wartet dort, ich hole euch ab!« Milan legte auf und ich tigerte unruhig hin und her.

»Er kommt gleich«, sagte ich zu Selina, und sie nickte.

Einige Minuten später spürte ich eine Hand auf meiner Schulter und drehte mich langsam um.

»Hi!«, strahlte Milan und umarmte mich kurz, bevor er Selina ebenso begrüßte.

»Schön, dass ihr da seid!«, sagte er. »Hör zu, ich kann dich nicht gleich zu ihm bringen. Er hat noch ein bisschen was zu tun, aber ihr könnt im VIP-Bereich das Rennen sehen, und danach hole ich euch direkt, okay? Dann können wir auch noch ein bisschen quatschen, ja?«

»Okay«, erwiderte ich skeptisch. Mir jetzt noch ansehen zu müssen, wie Dominik da draußen sein Leben riskierte, ohne dass ich ihm sagen konnte, was ich wirklich fühlte, machte mich noch unruhiger, als ich ohnehin schon war. Aber mir blieb wohl nichts anderes übrig, denn ich wollte ihn auch nicht vor dem Rennen aufwühlen. Selina dagegen sah schon begeistert aus, als sie das Wörtchen VIP vernommen hatte.

Wir liefen durch Flure, über Treppen nach oben und durch einige Türen, bis wir einen ruhigeren Raum erreichten. In der Mitte waren bequem aussehende Sessel platziert, an der gegenüberliegenden Ecke gab es ein Buffet und der beigefarbene Teppich machte es hier drinnen gemütlicher als der kalte Beton, der draußen alles dominierte. Einige der Menschen im Raum bedachten uns mit neugierigen Blicken, aber ich versuchte sie zu ignorieren und trat an die breite Fensterfront, um auf die Rennstrecke zu sehen.

»Ist es wirklich so gefährlich, wie es aussieht?«, sagte ich und spürte, dass Selina an meine linke Seite trat.

»Ach was! Die haben so viel Training und tragen superdicke Schutzkleidung, mach dir keine Sorgen. Möchtest du auch etwas essen?«, fragte sie. Ich schüttelte den Kopf. War klar, dass Selina sich ein kostenloses Buffet nicht entgehen ließ.

Als die ersten Motorräder ihre Startpositionen fanden, legte ich meine Hände an das kalte Glas und drückte mich fest dagegen. Anfänglich vermied ich es, auf die kleinen Bildschirme zu sehen, die die einzelnen Fahrer identifizierten, doch dann siegte meine Neugier und ich durchforstete die Namen. Dominik war nicht dabei. Erleichtert atmete ich aus. Aber das hieß nicht, dass er heute nicht antreten würde, denn es könnte sein, dass er bei einem späteren Rennen startete.

»Geht es schon los?«, nuschelte Selina mit vollem Mund und stellte sich mit einem Teller in der Hand neben mich.

»Gleich« sagte ich leise. Im selben Moment hörte ich eine laute Stimme hinter mir, und jeder Muskel in meinem Körper spannte sich an.

»Milan, was soll der Scheiß, ich muss runter, wenn sie starten!«

»Jetzt mach dich doch mal locker, das Rennen hat doch noch gar nicht angefangen!«

Selina tippte gegen meine Schulter, und langsam drehte ich mich um.

In seinen grünen Augen stand der gleiche Schmerz, der mich in den letzten Monaten täglich begleitet hatte. Seine Stirn bekam tiefe Falten und die Luft in dem kleinen Raum schien sich zu verdichten.

Dominiks Miene wurde hart. Er schnaubte und drehte sich einfach um.

»Dominik!«, sagte ich laut.

Er blieb stehen. Milan legte eine Hand auf seine Schulter und sagte leise etwas zu ihm, das ich nicht verstehen konnte. Langsam drehte Dominik sich um, und ich sah ihm an, dass er innerlich mit sich rang. Danach aber nickte er kaum merklich und verschwand nach draußen. Milan lächelte mir leicht entgegen und hielt weiterhin die Tür auf, während ich mich in Bewegung setzte, um Dominik zu folgen.

Dominiks breiter Rücken bewegte sich vor mir den schmalen Gang entlang, und meine Finger zuckten, weil ich ihn am liebsten berührt hätte. Sein Duft zog hinter ihm her, und ich schloss ein wenig auf, damit ich ihn nicht aus der Nase verlor.

Irgendwann blieb er stehen, öffnete eine Tür und hielt sie mir auf, damit ich eintreten konnte. Als ich mich umdrehte, stieß er die Tür zu, und ich zuckte vor dem lauten Knall und seiner immer noch eisigen Miene zusammen. Mir wurde übel. Anscheinend hatte er mich schon vollständig aus seinem Kopf verdrängt.

»Ich hab nicht viel Zeit«, sagte er knapp und verschränkte die Arme vor der Brust. Sein dünner, schwarzer Pullover spannte über seinen Schultern, und ich versuchte, die richtigen Worte zu finden.

»Es tut mir leid«, sagte ich. Er schnaubte.

»Du bist nur hierher gekommen, weil du dein Gewissen erleichtern willst? Keine Sorge, ich habe verstanden, es ist alles geklärt.« Er verlagerte das Gewicht, und ich schüttelte den Kopf.

»Nein! Es ist überhaupt nichts geklärt! Ich war dumm, das tut mir leid. Es tut mir leid, dass ich nicht erkannt habe, dass du der Richtige für mich bist.« Seine Miene wurde ein wenig weicher, aber seine Muskeln zuckten immer noch vor Anspannung. »Es tut mir leid, dass ich dich verletzt und hingehalten habe. Außerdem tut es mir leid, dass ich dein Vertrauen missbraucht habe und nicht gesehen habe, dass du der beste Mensch bist, den ich in diesem Leben kennenlernen durfte. Äußerlich wie innerlich.«

»Es ist zu spät dafür«, sagte er leise, aber ich schüttelte erneut den Kopf.

»Ich war da, verdammt!«

Er zog eine Augenbraue nach oben. »Du fluchst?«

Fast hatte ich ein belustigtes Funkeln in seinen Augen gesehen, bis er meine Worte begriff.

»Was meinst du damit?«

»Ich war in Gran Canaria! Ich hab mich für dich entschieden! Aber ich war zu spät …«

Seine Arme lockerten sich und sein Mund stand ein wenig offen. Er war so schön, selbst wenn er mit dieser Mischung aus Wut und Unglauben vor mir stand.

»Was meinst du damit, du warst zu spät?«

»Eric hat mich zurückgehalten.« Sein Kiefer zuckte bei der Erwähnung von Erics Namen. »Ich habe den Flieger verpasst, konnte dich nicht anrufen. Mist, es ist einfach alles schiefgelaufen, was schieflaufen konnte!«

Ich trat einen kleinen Schritt auf ihn zu, und glücklicherweise wich er mir nicht aus. »Ich habe dir geschrieben, aber anscheinend sind meine Briefe nicht angekommen.«

»Ich wollte sie nicht lesen. Ich dachte, du willst dich nur für deine Entscheidung entschuldigen. Ich habe alles blocken lassen, was mit deinem Namen zu tun hatte.«

Noch ein Schritt. Vorsichtig legte ich meine Hand an seine warme Wange und spürte die festen Bartstoppeln unter meinen Fingern. Kurz schloss er die Augen, bevor er sie wieder öffnete. Ich sah Hoffnung in ihnen. Die gleiche Hoffnung, die mich nahezu rücksichtlos packte.

»Du bist mein Zuhause. Ich will dich! Das ist mir so klargeworden wie nichts anderes auf der Welt. Ich weiß, es ist zu viel, dich um Verzeihung zu bitten, aber ich muss es wenigstens versuchen.«

Ein liebevolles Lächeln trat auf seine Züge, was für mich die Sonne aufgehen ließ. Ohne ein weiteres Wort senkte er seine Lippen auf meine. Unser Kuss schmeckte so unfassbar gut. Wie hatte ich ihn vermisst.

Er drückte mich noch näher an sich und ich öffnete leicht die Lippen. Ein Seufzen kam aus meinem Mund, als ich realisierte, dass ich ihn endlich wieder spüren durfte. Ganz. Ohne Hindernisse oder fehlgeleitete Gefühle. Ich wollte ihn, das war mir mehr als bewusst. Und er hatte sich gerade genauso für mich entschieden.

Atemlos lösten wir uns voneinander und sahen uns an. Ich konnte kaum fassen, dass ich ihn wieder berühren durfte. Ich war so dumm gewesen.

»Du bist mein Zuhause«, wiederholte er leise meine Worte. Ich lächelte.

»Ich liebe dich«, flüsterte ich, und er umfasste mein Gesicht, zog mich erneut zu sich und presste seine Lippen auf meine.

»Ich dich auch, verdammt«, wisperte er an meinen Lippen, und ich musste kichern.

»Hör auf zu fluchen«, sagte ich im Scherz.

Er schüttelte nur den Kopf. »Damit musst du jetzt leben!«

Er hob mich hoch und ich umschlang seine Hüften mit meinen Beinen. Fest presste er mich gegen die nächste Wand und küsste mich atemlos. Der Raum drehte sich hinter meinen geschlossenen Lidern und ich krallte mich an seinem Nacken fest. Er löste sich von mir und sein Blick flog über mein Gesicht, bis er wieder auf meine Augen traf.

»Du gehörst mir!«, sagte er fest.

Ich nickte. »Nur dir!«

Da waren sie wieder, heftige, kleine Schmetterlinge, die allein wegen seines schiefen Lächelns aus mir ausbrechen wollten.

»So gerne ich das weiter vertiefen würde, aber ich muss leider wieder runter«, sagte er. Schmollend schob ich meine Unterlippe nach vorne.

»Musst du das wirklich tun? Ich habe immer noch Angst um dich«, sagte ich leise, und er gab mir einen Kuss auf die Stirn.

»Brauchst du nicht. Vom Fahrbahnrand ist es gar nicht so gefährlich«, schmunzelte er. Ich zog die Augenbrauen zusammen.

»Was meinst du?«

»Ich fahr nicht mehr selbst. Ich bin tatsächlich so verrückt und coache andere Fahrer. Irgendwie reicht mir der Kick, wenn einer meiner Schützlinge gewinnt. Ich wollte einen festen Ort, an dem ich mich niederlassen kann, so etwas wie ein Zuhause. Auch wenn es nicht ganz das war, was ich mir vorgestellt hatte.«

Die Sonne ging in mir auf. »Du fährst nicht mehr selbst?«

»Na ja, schon, aber keine Rennen mehr. Ein bisschen Streckentraining, wenn mir danach ist, und entspannte Spritztouren auf der Straße, aber ich brauch den Trubel tatsächlich nicht mehr. Und jetzt habe ich sogar noch einen viel besseren Grund, es nicht zu tun.«

Ich zog ihn zu mir und bedeckte sein Gesicht mit Küssen, während er lachte. Vorsichtig ließ er mich wieder herunter und griff nach meiner Hand.

»Ach was, ich nehm dich einfach mit und stell dich den Jungs unten vor. Selina kommt sicherlich klar im VIP-Raum mit Milan, oder?« Er zwinkerte mir zu und ich krallte mich noch tiefer in seine Hand. Denn die würde ich garantiert nicht mehr loslassen. Nie wieder! Auf die besten zwei Wochen meines Lebens sollten nun unzählige weitere folgen!

Danksagung

Ich danke vorrangig meiner Lektorin Caroline Funke, dass sie mir ermöglicht hat, über einen so großartigen Verlag zu veröffentlichen. Vor einem Jahr hätte ich das nie zu träumen gewagt. Manchmal können wenige Worte eine ganze Welt verändern. Danke dafür!

Danke meinem Mann, dass ich immer wieder in meine selbst geschaffenen Geschichten abtauchen kann, ohne dass du dich über nicht gemachte Wäsche oder Tiefkühlpizzen beschwerst. Danke dir, dass du mir ermöglichst, mich seit über einem Jahr selbst zu finden. Ohne dich wäre dies nicht möglich!

Danke meiner Familie, durch die ich überhaupt erst so bücherverrückt geworden bin! Danke, dass ihr meine neue Leidenschaft selbst zu schreiben von Anfang an ernst genommen und mich dabei ermutigt habt.

Ich möchte natürlich auch den zahlreichen Menschen danken, die ich seit der Veröffentlichung meines ersten Buches kennen und lieben gelernt habe! Dass so viele Lesesüchtige dort draußen existieren, die genau die gleiche Leidenschaft haben wie ich, macht mich extrem glücklich! Ihr habt meine Welt bereichert und mein Herz gefüllt, von Anfang an!

Rezept
Traditionelle spanische Tortilla

Zutaten:

500 g vorwiegend festkochende Kartoffeln
150 g Zwiebeln
250 ml Olivenöl
4 Eier
Salz und Pfeffer

Zubereitung:

1. Kartoffeln schälen, in kleine (ca. 1 cm große) Würfel schneiden und mit einem gestrichenen Teelöffel Salz bestreuen.

2. Die Zwiebeln kleinhacken (je nach belieben)

3. Ca. 250 ml Olivenöl in einer Pfanne erhitzen und die Kartoffelwürfel (roh!) hinzugeben.
   Die Kartoffeln sollten mit Öl bedeckt sein.
   Die Temperatur auf mittlere Hitze einstellen und dann die Kartoffeln ca. 12–15 Minuten garen.

4. Die Zwiebeln währenddessen in einer zweiten Pfanne ca. 10 Minuten glasig andünsten und dann goldbraun anschwitzen.

5. Die Eier in eine Schüssel geben und mit einem Schneebesen kräftig schlagen und mit Salz und Pfeffer würzen.

6. Die Kartoffeln in ein Sieb geben, damit das Olivenöl ablaufen kann.

7. Zwiebeln sowie Kartoffeln in die Eimasse geben und ca. 5 Minuten ziehen lassen.

8. 2–3 EL Olivenöl erhitzen und die Tortillamasse in die Pfanne geben. Dann ca. 2 Minuten anbraten. Wenn die Masse anfängt zu bräunen, die Tortilla mit Hilfe eines Tellers drehen. (Teller auf die Pfanne legen und dann die Pfanne umdrehen. ÜBUNG MACHT DEN MEISTER!)
   Vorsicht: Das Ei nicht ganz stocken lassen.

9. Die Tortilla zurück in die Pfanne gleiten lassen und nun nochmals 1 Minute braten.

Tipp:

Auch Paprika und Tomaten schmecken sehr lecker, wenn man sie mit in die Eimasse gibt. Hierbei würde ich aber die Paprika ebenfalls andünsten, sowie bei den Tomaten lediglich das Fleisch nutzen.

Schmeckt als Beilage zu Salat.

Guten Appetit!